Ritos de passagem

WILLIAM GOLDING

Ritos de passagem

TRADUÇÃO
Roberto Grey

Copyright © 1980 by William Golding
Todos os direitos reservados.

Grafia atualizada segundo o Acordo Ortográfico da Língua Portuguesa de 1990, que entrou em vigor no Brasil em 2009.

Título original
Rites of Passage

Capa e ilustração
Rogério Borges

Preparação
Eloah Pina

Revisão
Valquíria Della Pozza
Paula Queiroz

Dados Internacionais de Catalogação na Publicação (CIP)
(Câmara Brasileira do Livro, SP, Brasil)

Golding, William, 1911-1993
    Ritos de passagem / William Golding ; tradução Roberto Grey. — 1ª ed. — Rio de Janeiro : Alfaguara, 2022.

    Título original: Rites of Passage.
    ISBN 978-85-5652-134-7

    1. Ficção inglesa I. Título.

21-82979   CDD-823

Índice para catálogo sistemático:
1. Ficção : Literatura inglesa   823
Eliete Marques da Silva – Bibliotecária – CRB-8/9380

[2022]
Todos os direitos desta edição reservados à
EDITORA SCHWARCZ S.A.
Praça Floriano, 19, sala 3001 — Cinelândia
20031-050 — Rio de Janeiro — RJ
Telefone: (21) 3993-7510
www.companhiadasletras.com.br
www.blogdacompanhia.com.br
facebook.com/editora.alfaguara
instagram.com/editora_alfaguara
twitter.com/alfaguara_br

Ritos de passagem

(1)

Ilustre padrinho,

Inauguro com estas palavras o diário que me comprometi a manter para o senhor — não sei de outras mais justas! Muito bem. Local: finalmente a bordo do navio. Ano: o senhor já sabe. Data? O importante, decerto, é que se trata do primeiro dia da minha passagem ao outro lado do mundo, assinalado com o número "um" que inscrevo agora acima desta página. Pois o que estou prestes a escrever será o registro do nosso *primeiro dia*. O mês ou o dia da semana pouco importam, já que em nossa longa passagem desde o sul da velha Inglaterra aos Antípodas atravessaremos a geometria das quatro estações!

Nesta mesma manhã, antes de deixar o saguão, fiz uma visita a meus irmãos caçulas, e que enorme trabalho deram eles à velha Dobbie! O pequeno Lionel executou o que acreditava ser uma dança de guerra aborígene. O pequeno Percy deitou-se de costas e esfregou a barriga, soltando tremendos gemidos para demonstrar os resultados maléficos de ter me devorado! Dei-lhes uns bons cascudos para que assumissem as atitudes contristadas de praxe e tornei a descer para onde minha mãe e meu pai esperavam. Terá ela forjado uma ou outra lágrima? Não, eram autênticas, pois senti no meu próprio peito um calor talvez julgado impróprio a um homem de verdade. Ora, até meu pai — acho que temos valorizado o sentimentalismo de Goldsmith e Richardson em detrimento da vivacidade do velho Fielding e Smollet! Vossa senhoria decerto se convenceria de meus méritos se tivesse ouvido as preces em minha intenção, como se eu fosse um condenado metido em grilhões em vez de um jovem cavalheiro a caminho de auxiliar o governador na administração de uma das colônias de Sua Majestade! Senti grande consolo graças aos evidentes sentimentos de meus pais — e graças também aos meus próprios sentimentos! O vosso afilhado é no fundo uma boa pessoa. Precisei descer toda a entrada, passar pela casa do caseiro até chegar à primeira curva no moinho, para me recuperar!

Pois bem, em suma, estou a bordo. Subi pelo costado bojudo e alcatroado que em seus primeiros anos talvez tenha feito parte das formidáveis *muralhas de madeira* da Inglaterra. Passei por uma espécie de porta baixa, entrando na escuridão de um convés, ou algo parecido, e sufoquei ao primeiro fôlego. Deus do céu, que cheiro nauseabundo! Via-se uma grande azáfama e confusão em meio à penumbra artificial. Um sujeito que se apresentou como meu criado conduziu-me a uma espécie de baia contra o costado da embarcação, que garantiu ser minha cabine. É um homem velho e manco, com um rosto anguloso e um punhado de cabelo branco de cada lado. Esses tufos agarram-se à sua cachola, permeados por uma calva lustrosa.

"Meu bom sujeito", disse eu, "que fedor é esse?"

Ele empinou o nariz pontudo e olhou atentamente em volta como se pudesse ver o fedor em vez de cheirá-lo. "Fedor? Que fedor, cavalheiro?"

"*O fedor*", retorqui, tapando o nariz e a boca com a mão, a sufocar; "a fedentina, o mau cheiro, chame-o como quiser!"

É bem-humorado esse Wheeler. Deu-me um sorriso então, como se o convés, rente sobre nossas cabeças, tivesse se aberto e deixado entrar alguma luz.

"Cavalheiro!", disse. "Logo o senhor se acostumará a isso!"

"Não quero me acostumar! Onde está o capitão deste barco?"

Wheeler desfez o lampejo de seu semblante enquanto abria a porta de minha baia.

"Também não há nada que o capitão Anderson possa fazer, cavalheiro", respondeu. "É da areia e do cascalho. O lastro dos novos navios é de ferro, mas este é de época mais antiga. Se fosse de meia-idade, como se diz, teriam cavado e retirado esse lastro. Mas não é o caso. É bem velho, o senhor sabe. Não iriam querer remexer as suas entranhas."

"É um verdadeiro cemitério, então!"

Wheeler pensou um instante.

"Quanto a isso, nada posso lhe dizer, cavalheiro, por não ter estado nele antes. Agora sente aqui um pouco, vou trazer-lhe um conhaque."

Dito isto, desapareceu antes que eu pudesse falar de novo, e fiquei ali obrigado a inalar aquele ar *entre as cobertas*. Então lá estava eu, e aqui estou.

Deixe-me descrever o que será meu alojamento até que eu possa conseguir uma acomodação mais digna. A baia contém um beliche que parece um cocho, junto ao costado do barco, com duas gavetas construídas embaixo. Em uma extremidade da baia há uma peça de madeira dobrável que pode ser arriada e usada como escrivaninha, e na outra uma bacia de lona, com um balde embaixo. Suponho que haja no navio algum local mais *confortável* para a prática de nossas funções naturais! Há espaço para um espelho sobre a bacia e duas prateleiras destinadas a livros ao pé do beliche. Uma cadeira de lona é o único móvel neste nobre compartimento. Existe uma abertura razoável na porta, à altura da vista, que filtra alguma luz do dia, e as paredes de cada lado estão dotadas de ganchos. O piso, ou coberta, como devo chamá-lo, tem sulcos profundos o bastante para torcer um tornozelo. Creio que esses sulcos foram provocados pelas rodas de ferro das carretas dos canhões, na época em que o barco ainda era bastante novo e ágil para navegar com seu armamento completo! A baia é novidade, mas o teto — tombadilho superior? — e o costado, por trás de meu beliche, estão velhos, gastos, lascados e muito remendados. Imagine-me obrigado a morar em uma baia, em uma pocilga assim! Entretanto, hei de tolerar a situação com bom humor até que possa ver o capitão. O ato de respirar já diminuiu minha consciência do mau cheiro, e o generoso copo de conhaque que Wheeler trouxe quase me reconciliou com a fedentina.

Mas como é barulhento este mundo de madeira! O vento sudoeste, que nos obriga a ficar ancorados, ribomba e assobia no cordame e troveja sobre as suas — *nossas* (porque estou resolvido a aproveitar esta longa viagem para dominar inteiramente as coisas do mar) velas ferradas. Rajadas de chuva tamborilam em cada centímetro do barco, como se fossem tambores a dar um toque cavo de retirada. Como se não bastasse, chegam-nos da proa, alcançando até este convés, os balidos de carneiros, os mugidos de gado, gritos de homens e, sim, gritos agudos de mulheres! Faz também bastante barulho aqui. Minha baia, ou pocilga, é apenas uma entre outra dúzia de semelhantes deste lado da coberta, dando para outras tantas do lado oposto do convés. Um vestíbulo vazio separa as duas fileiras e é interrompido apenas pelo enorme cilindro ascendente de nosso *mastro de mezena*. Wheeler garante que a sala de jantar dos passageiros fica no fim desse vestíbulo, tendo de cada lado os cubículos destinados às suas necessidades. Figuras indistintas passam ou permanecem em grupos no vestíbulo. São — somos — os passageiros, devo crer; e o motivo de um antigo vaso de guerra como este ser destarte transformado em cargueiro, navio de passageiros e de transporte de animais de criação só pode ser explicado pelos apuros em que se encontram nossas senhorias do almirantado, com mais de seiscentos vasos de guerra em serviço.

Wheeler acabou de me dizer neste instante que jantaremos dentro de uma hora, às quatro. Diante do meu comentário de que solicitaria acomodações mais amplas, parou um momento para refletir, respondendo em seguida que seria um assunto algo difícil e que me aconselhava um pouco de paciência. Diante da indignação que demonstrei por se utilizar uma embarcação tão decrépita em uma viagem como esta, ele, em pé à porta da baia, com um guardanapo dobrado no braço, transmitiu-me o mais plenamente possível sua filosofia de marinheiro — vejamos: ora, cavalheiro, o navio flutuará até que afunde; e ainda: ora, cavalheiro, ele foi feito para afundar; com tal preleção sobre a vantagem do barco ficar fundeado, sem ninguém a bordo exceto pelo contramestre e o carpinteiro, e também sobre a facilidade de ficar preso a amarras *à boa e velha moda*, em vez de a uma velha e terrível corrente de ferro que chocalha como um cadáver na forca, ele fez meu ânimo afundar até o lastro imundo do navio! Que desprezo dispensou ao chapeamento de cobre! Descobri que nossa calafetagem é feita apenas com breu, *por dentro e por fora*, como o mais velho dos navios, cujo primeiro comandante foi ninguém mais nem menos que o capitão Noé! O conforto que Wheeler me deu, ao se despedir, foi dizer que tinha certeza de "que ele era mais seguro ao vendaval do que muita embarcação mais rija". *Mais seguro!* "Sim", disse ele, "se pegarmos um vento forte, ele não desmanchará como uma bota velha." Para dizer a verdade, ao deixar-me ele anulara todo o bem que o conhaque fizera. Depois de tudo isso, descobri que seria necessário retirar todos os artigos de que precisaria durante a viagem dos meus baús, antes que fossem *atirados lá embaixo*! Tamanha é a confusão neste barco que não consegui encontrar ninguém com a autoridade de contrariar esta ordem especialmente tola. Resignei-me, portanto, mandando Wheeler tirar algumas de minhas coisas, sendo que eu mesmo arrumei os livros; depois vi os baús serem levados. Teria ficado zangado se a situação não fosse tão ridícula. Contudo, gostei de escutar parte da conversa entre o pessoal que os levou, seus termos eram tão náuticos. Deixei o dicionário de termos náuticos de Falconer ao lado de meu travesseiro; pois estou determinado a falar a língua do mar tão perfeitamente como qualquer um desses marujos!

MAIS TARDE

Jantamos à luz de uma ampla janela da popa, em duas longas mesas, no meio de uma grande confusão. Ninguém sabia nada. Os oficiais não estavam presentes, os criados eram exigidos em demasia, a comida era ruim, meus colegas passageiros estavam de mau humor e suas senhoras à beira de um ataque histérico. Porém a visão dos outros barcos ancorados, à janela da popa, era inegavelmente estimulante. Wheeler, meu guia e esteio, diz que é o resto do comboio. Garante que a confusão a bordo há de diminuir e que, como diz ele, nós *nos acomodaremos* — suponho que da mesma maneira que a areia e o cascalho se acomodaram — até que, se me for permitido julgar por alguns passageiros, acabaremos fedendo como o navio. Vossa senhoria talvez note certa irritação em minhas palavras. De fato, não fosse pelo vinho tolerável, eu estaria francamente zangado. Nosso Noé, certo capitão Anderson, não se dignou a aparecer. Apresentar-me-ei a ele na primeira oportunidade, mas agora já está escuro. Amanhã de manhã me propus a examinar a topografia do barco e a travar conhecimento com os oficiais mais categorizados, se houver algum. Temos senhoras, algumas jovens, algumas de meia-idade, outras velhas. Temos alguns velhotes, um jovem oficial de exército e um reverendo mais jovem ainda. Este último, pobrezinho, tentou oficiar uma bênção à nossa refeição e desabou a comer tão encabulado quanto uma noiva. Não consegui avistar o sr. Prettiman, mas creio que esteja a bordo.

Wheeler diz que o vento *mudará* à noite e que içaremos âncora, levantaremos vela, zarparemos, começaremos nossa longa viagem na virada da maré. Disse-lhe que sou bom marinheiro e observei o mesmo lampejo significativo, que não chega a ser um sorriso, passar pelo seu semblante. Tomei logo a resolução de ensinar boas maneiras a esse sujeito, na primeira oportunidade — contudo, à medida que escrevo justamente estas palavras, o aspecto de nosso mundo de madeira se transforma. Há um barulho esvoaçante e troante em cima, suponho que oriundo do velame solto. Há o trilar de apitos. Deus do céu, será possível gargantas humanas emitirem semelhantes ruídos? Mas *isso* e *aquilo* devem ser disparos de advertência! Do lado de fora da minha baia um passageiro caiu, praguejando muito, e as senhoras dão gritos estridentes, o gado muge, os carneiros balem. Tudo é uma confusão só. Estarão as nossas vacas a balir, os carneiros a mugir e as senhoras a praguejar contra o navio, desejando que todo seu madeirame arda nas chamas do inferno? A bacia de lona na qual Wheeler despejou água para mim deslocou-se de seu *balancim* e apresenta agora uma ligeira inclinação.

Içaram nossa âncora do fundo de areia e cascalho da Velha Inglaterra. Não terei nenhuma ligação com o solo pátrio por três, ou talvez quatro, cinco anos. Confesso que mesmo diante da perspectiva de uma ocupação interessante e vantajosa trata-se de um pensamento grave.

De que outro modo, já que estamos a ser graves, devo concluir o relato de meu primeiro dia ao mar, a não ser pela expressão de meu profundo agradecimento? Foi o senhor quem colocou o meu pé na escada, e a despeito da altura a que hei de chegar — devo prevenir vossa senhoria que a minha ambição não tem limites — jamais esquecerei a quem pertence esta mão bondosa que primeiro me ajudou a subir. Que eu jamais seja considerado indigno dessa mão, nem faça *nada* que seja indigno dela — é o voto, a *intenção* — do grato afilhado de vossa senhoria.

Edmund Talbot

(2)

Coloquei o número "2" no começo deste registro, embora não saiba quanto hei de escrever hoje. Todas as circunstâncias conspiram contra o esmero na composição. Restaram-me poucas forças nos meus membros — a privada, a latrina —, rogo a ela que me perdoe por não saber como devo chamá-la, já que as *sentinas,* no linguajar rigorosamente náutico, ficam na parte dianteira do barco, os jovens cavalheiros deveriam dispor de um *reservado* e os tenentes de um — eu não sei o que teriam os tenentes. O movimento incessante da embarcação e a constante necessidade de adaptar meu corpo a ele...

Quis vossa senhoria recomendar-me que não lhe escondesse nada. Lembra-se de quando, saindo da biblioteca, o senhor me conduziu com um braço amigo em torno de meu ombro, exclamando na sua maneira jovial, "conte tudo, meu rapaz! Não esconda nada! Deixe-me viver de novo por seu intermédio!". Mas eis que o diabo interferiu, e tenho estado terrivelmente nauseado e recolhido ao leito. Afinal de contas, não foi Sêneca que, próximo a Nápoles, se encontrou em minha situação? — o senhor há de lembrar — E se até um filósofo estoico pode ser humilhado por algumas milhas de águas encapeladas, o que será de nós pobres mortais em alto-mar? Reconheço que a exaustão já me humilhou a ponto de verter lágrimas amargas, e que fui flagrado neste estado efeminado por Wheeler! No entanto, ele é um camarada valoroso. Debitei minhas lágrimas à exaustão, com o que concordou ele de bom grado.

"O senhor", comentou ele, "é capaz de caçar o dia todo e depois dançar a noite toda. Mas se me pusessem, ou a maioria dos marujos, em um cavalo, nossos rins balançariam e despencariam até a altura dos joelhos."

Resmunguei qualquer resposta e ouvi que Wheeler tirava a rolha de uma garrafa.

"Lembre-se, cavalheiro", disse, "que andar de navio é só uma questão de aprender. O senhor não demora a fazê-lo."

Este pensamento me confortou, mas não tanto quanto o odor deleitável que *cingiu minh'alma como o cálido sul*. Abri os olhos e, veja só, não tinha Wheeler produzido uma enorme dose de elixir paregórico?! O gosto aprazível me fez regredir diretamente ao meu quarto de criança, e *desta* vez sem o acompanhamento melancólico das recordações de casa e da infância! Dispensei Wheeler, cochilei um tanto e depois dormi. De certo, a papoula teria sido de mais proveito ao velho Sêneca que sua filosofia!

Acordei de sonhos estranhos e em meio a uma escuridão tão espessa que não soube onde estava, mas logo me lembrei, e descobri que nosso avanço aumentara sensivelmente. Gritei imediatamente por Wheeler. No terceiro grito — acompanhado, confesso, por mais pragas do que julgo adequado ao senso comum ou à conduta de um cavalheiro — ele abriu a porta de minha baia.

"Ajude-me a sair daqui, Wheeler! Preciso de um pouco de ar!"

"O senhor fique deitado mais um pouco, quieto, que em breve estará se sentindo firme como um tripé! Vou lhe trazer um caldo."

Há ou é possível haver algo mais tolo e menos consolador que a perspectiva de imitar um tripé? Pois imaginei esses três pés tão moralistas e presunçosos quanto uma assembleia de metodistas. Praguejei na cara do homem. No entanto, no frigir dos ovos, ele estava sendo bastante razoável. Explicou que passávamos por uma *ventania*. Achou que minha sobrecasaca, com suas capas triplas, era fina demais para que eu arriscasse enfrentar os salpicos de espuma salgada. Acrescentou, misteriosamente, que não gostaria que eu parecesse um capelão! Ele mesmo, porém, tinha em mãos uma roupa nova de oleado amarelo. Disse, com bastante perspicácia, que a comprara para um cavalheiro que não chegou a embarcar na ocasião. Era exatamente do meu tamanho e eu poderia ficar com ela pelo mesmo preço que ele pagou. Depois, ao término da viagem, revenderia a ele, já usada, se assim quisesse. Fechei negócio imediatamente diante dessa oferta muito vantajosa, pois o ar abafado me sufocava e eu ansiava pelo ar livre.

Ele me enfiou e atou dentro daquela roupa, empurrou meus pés em botas de borracha da Índia e ajeitou um chapéu de oleado na minha cabeça. Gostaria que vossa senhoria pudesse me ver, pois eu parecia um autêntico marujo, por mais que cambaleasse! Wheeler me ajudou a sair para o vestíbulo, lavado pelo mar. Continuou a tagarelar dizendo, por exemplo, que deveríamos aprender a ter uma perna mais curta que a outra, como os carneiros monteses. Disse-lhe, irritado, que desde que visitara a França durante o último período de paz sabia reconhecer um convés inclinado, já que eu não fizera a travessia andando sobre o mar. Saí para o poço e fui até a amurada de bombordo, ou seja, a parte mais baixa do convés. A mesa das enxárcias e a grande extensão dos enfrechates — ah, Falconer, Falconer! — estendiam-se acima de minha cabeça, e ainda mais acima inúmeras cordas cujo nome eu não sabia gemiam, rangiam, assobiavam. Via-se também um foco de luz, mas a espuma vinha voando da parte alta a estibordo, e as nuvens que passavam depressa não nos pareciam ultrapassar os mastros. Estávamos acompanhados, é evidente, sendo que o resto do comboio vinha a estibordo e já mostrava suas luzes, ainda que a espuma e a neblina esfumaçada as embaçassem. Eu respirava com uma facilidade extraordinária depois da fedentina de minha baia, e ainda que não pudesse, esperava que aquele tempo horrível, e até violento, varresse um pouco o seu fedor. Um tanto quanto recuperado, contemplei-me e vi que meu interesse e raciocínio se restabeleciam pela primeira vez desde que levantamos âncora. Olhando para cima e para trás, podia ver os dois timoneiros ao leme, figuras pretas envolvidas em capas, com os rostos iluminados por baixo, à medida que consultavam alternadamente a bússola iluminada e a posição das velas acima. Poucas delas estavam desfraldadas ao vento, creio que devido à inclemência do tempo, porém soube mais tarde por Wheeler — esse Falconer ambulante — que era para não nos distanciarmos do resto do comboio, já que temos mais "pernas" que os outros barcos. Como ele sabe isso, se é que sabe de fato, é um mistério, mas afirma que abandonaremos a formação ao largo de Ushant, cedendo nosso vaso de guerra e pegando outro emprestado do comboio que nos acompanhará até a latitude de Gibraltar, ocasião em que seguiremos sozinhos, garantidos contra uma captura apenas pelos poucos canhões que nos restam e por nossa aparência assustadora! É justo? Será que suas senhorias não se deram conta de qual futuro secretário de Estado lançaram despreocupadamente ao mar? Esperemos que, tal como o pão bíblico, elas tenham sucesso em me reaver! No entanto, a sorte foi lançada e é preciso correr o risco. Lá fiquei então, com as costas apoiadas na amurada, bebendo o vento e a chuva. Concluí que a maior parte de minha tremenda fraqueza se devia mais ao fedor da *baia* que ao movimento da embarcação.

Só restavam agora as últimas sobras de luz do dia, mas fui recompensado em minha vigília pela percepção do mal a que eu escapara. Do nosso vestíbulo surgiu então, expondo-se ao vento e à chuva do poço, um vigário! Supus que fosse o mesmo sujeito que tentara abençoar nosso primeiro jantar e a quem ninguém prestou ouvidos, salvo o Todo-Poderoso. Vestia calções até o joelho, um longo casaco e fitas do colarinho que se debatiam ao vento junto à garganta, como um pássaro preso se debatendo à janela! Segurava o chapéu e a peruca, esmagando-as com ambas as mãos, oscilando primeiro em um sentido, depois no outro, como um caranguejo embriagado. (*Claro* que vossa senhoria já viu um caranguejo embriagado!) Este vigário se virou, e como todas as pessoas desacostumadas a um convés inclinado, tentou subir com dificuldade, em vez de descer. Vi que estava a ponto de vomitar pela palidez mesclada ao verdor de queijo mofado evidente em seu semblante. Antes que eu pudesse gritar um aviso, de fato vomitou, em seguida escorregou e caiu no convés. Pôs-se de joelhos — acho que sem intenção devota! — e então levantou-se no exato momento em que um *corcovo* do navio deu ao movimento uma energia adicional. O resultado é que veio meio correndo, meio voando pelo convés abaixo, e poderia muito bem ter passado direto pelos enfrechates de bombordo se eu não o tivesse segurado pelo colarinho! Olhei de soslaio seu rosto verde e molhado, em seguida o criado que serve aos passageiros de estibordo, como o nosso Wheeler serve aos de bombordo, saiu correndo do vestíbulo, agarrou o homenzinho por baixo dos braços, pediu-me perdão e arrastou-o até sumir de vista. Eu praguejava contra o vigário por sujar meu oleado, quando um solavanco, um tremor e uma ducha mista de chuva e água do mar limparam oportunamente a sujeira. Por algum motivo, embora a água fizesse meu rosto arder, aquilo me deixou de bom humor. O que adianta a filosofia e a religião quando o vento sopra e o mar fica encapelado? Ali quedei, segurando-me com uma das mãos, e comecei a avaliar positivamente toda aquela confusão, iluminada que estava pelo resto de luz. Nosso enorme e velho barco, com suas poucas velas encurtadas, das quais a chuva caía aos cântaros, esbofeteava o mar, empurrando as ondas de modo oblíquo, como um sujeito insolente que abre caminho à força no meio de uma multidão compacta. E tal como o insolente era capaz de encontrar aqui e ali um espírito semelhante ao seu, do mesmo modo o nosso barco era obstruído vez ou outra, soerguido ou largado, ou talvez levasse um tapa na cara que cobrisse de espuma toda sua parte dianteira, em seguida o poço e o convés de ré, lavados pela água esbranquiçada. Comecei então, como disse Wheeler, a *andar de barco*. Os mastros se inclinavam um pouco. As enxárcias a barlavento estavam esticadas, as de sotavento, frouxas, ou quase isso. O enorme cabo do braço da *verga grande* balançava a sotavento entre os outros mastros; e aqui está uma questão que eu gostaria de frisar. Não se chega a compreender este vasto mecanismo aos poucos, nem se debruçando sobre diagramas em dicionários náuticos! A compreensão chega, quando chega, de repente, de estalo. Naquela semiescuridão, entre uma onda e outra, percebi que o barco e o mar eram compreensíveis não só em termos de sua engenhosidade mecânica, mas como — como o quê? Um cavalo, uma condução, um meio para se chegar a um fim. Este foi um prazer imprevisto. Foi, pensei talvez com um toque de condescendência, um adendo considerável à minha compreensão! Uma única escota, uma corda amarrada ao canto inferior de uma vela a sotavento vibrava a alguns metros acima de minha cabeça; frenética, decerto, mas compreensível! Como se para reforçar o meu entendimento, no instante em que eu examinava a corda e sua função, ouviu-se um grande baque à frente, uma explosão de água e espuma, e a vibração da corda mudou — foi dividida pela metade, então por algum tempo sua extensão formou duas elipses estreitas que se tocavam nas extremidades — ilustrando, na verdade, o *primeiro harmônico,* como aquele ponto na corda do violino que, se tocado com bastante precisão, dará ao violinista o mesmo tom, uma oitava acima da nota de abertura.

Mas este barco tem mais cordas do que um violino, mais do que um alaúde, acho que mais do que uma harpa, e, sob a batuta do vento, faz uma música infernal. Confesso que depois de algum tempo senti falta de companhia humana, mas a Igreja sucumbira e o Exército também. Não há nenhuma dama que possa estar em outro lugar senão no seu beliche. Quanto à Marinha — bem, ela está literalmente em seu próprio elemento. Seus membros permanecem aqui e ali envoltos em oleados, todos de preto, com os rostos muito brancos pelo contraste. De perto, parecem apenas rochedos lavados pela maré.

Quando a luz desaparecera completamente, tateei de volta à minha baia e gritei por Wheeler, que veio logo, despiu meu oleado, pendurando-o em um gancho, onde ficou pendente, torto como um bêbado. Disse-lhe para me trazer um lampião. Ele respondeu que não podia. Isto me deixou zangado, mas ele explicou bem o motivo. Os lampiões representam um perigo para todos nós, porque se virarem não há como controlar as chamas. Mas posso ter uma vela, se quiser pagar, já que a vela se apaga ao cair, ainda que mesmo assim seja preciso tomar algumas medidas de segurança ao manuseá-la. O próprio Wheeler tinha um estoque de velas. Respondi que geralmente, achava eu, se compravam esses artigos do comissário de bordo. Depois de uma breve pausa, Wheeler concordou comigo. Mas achava que eu não ia querer tratar diretamente com o comissário de bordo, que vivia isolado e era raramente visto. Os cavalheiros costumavam não ter nenhum contato com ele, empregando seus criados para garantir a lisura e a transparência de suas transações. "Porque o senhor bem sabe", disse ele, "como são os comissários!" Concordei com um ar de simplicidade, que — note bem vossa senhoria que eu estava voltando a mim — disfarçou rapidamente a reavaliação que eu fizera de Wheeler, de sua preocupação paternal e de sua disposição prestativa ao me servir! Resolvi descobrir e desmascarar sistematicamente os seus truques, superando-o naquilo que ele supunha fazer comigo. Então às onze horas da noite — *seis badaladas,* de acordo com o código náutico — aqui estou sentado à minha mesa dobrável, com este diário aberto diante de mim. Mas quantas páginas de trivialidades! Nada dos acontecimentos interessantes, das observações agudas e, ouso dizer, das centelhas de humor com as quais eu pretendia de início entreter vossa senhoria! Contudo, nossa passagem mal começou.

(3)

O terceiro dia se passou com o tempo ainda pior do que nos outros. O estado do nosso barco, ou da parte dele que recai sob o meu olhar, é de uma sordidez indizível. O convés, até o nosso vestíbulo, é lavado pela água do mar, pela chuva e até por outros líquidos mais infames, que escorrem inexoravelmente até o batente inferior sobre o qual a porta da baia deveria fechar. Nada, é claro, se encaixa. Mesmo se assim o fosse, o que aconteceria assim que este maldito barco mudasse de posição, depois que vencesse a crista de uma onda e mergulhasse no abismo do outro lado? Hoje de manhã, após chegar com dificuldade à sala de jantar — não encontrando, aliás, nada quente para beber — não consegui sair, diante da mesma dificuldade com que entrara. A porta emperrou. Sacudi a maçaneta impacientemente, puxei-a, em seguida me vi pendurado nela quando a embarcação, monstruosa como uma megera, deu um solavanco. Em si isso não foi tão desastroso, mas o que aconteceu em seguida poderia ter me matado. Porque a porta se abriu de repente e a maçaneta descreveu um semicírculo, com o mesmo raio da largura do portal! Salvei-me de ferimentos fatais ou muito graves, graças àquele instinto que faz o gato sempre cair em pé. A alternância entre este emperramento e a conformidade demasiadamente fácil ao que normalmente se espera de uma porta — um desses objetos necessários na nossa vida pelo qual eu jamais demonstrara grande interesse — pareceu-me de uma impertinência tão premeditada da parte de algumas tábuas de madeira, que eu poderia ter acreditado em um gesto dos próprios gênios, das dríadas e hamadríadas do material de que é feito a nossa caixa flutuante, em recusa a abandonar sua velha morada para nos fazer companhia no mar! Mas não — foi apenas — "apenas" — céus, que palavra! — o velho barco fazendo o que Wheeler chamaria de "ceder como uma bota velha".

Fiquei completamente de quatro, a porta ficara toda presa a um anteparo transversal ou por um gancho de mola metálico, quando surgiu uma figura na abertura que me fez rolar de rir. Era um de nossos tenentes, que ao avançar despreocupadamente em ângulo tão inclinado em relação ao convés — porque o próprio convés era meu plano de referência —, revelava (embora de modo inconsciente) a comicidade de um palhaço, o que logo me deixou de bom humor, a despeito de minhas contusões. Caminhei em aclive rumo à mesa de jantar menor, talvez a mais exclusiva das duas — que ficava bem abaixo da janela da popa —, e tornei a sentar-me. Tudo era pregado, é óbvio. Devo discorrer para vossa senhoria sobre os "cravos de fixação"? Creio que não. Mas então, observe-me a beber cerveja à mesa com este oficial. Ele é um certo sr. Cumbershum, detentor de uma patente do Rei, merecendo, portanto, a consideração devida a um cavalheiro, embora sorvesse sua cerveja com uma indiferença repugnante aos bons modos, digna de um carroceiro. Tem quarenta anos, estimo, com cabelos pretos cortados curtos, mas que quase se unem às sobrancelhas. Levou um talhe de sabre na cabeça e é um de nossos heróis, por pior que sejam seus modos. Sem dúvida ouviremos *esse* relato antes de acabarmos! Mas pelo menos ele é uma fonte de informações. Disse que o tempo estava borrascoso, mas não muito. Achava que os passageiros que ficavam em seus leitos — isto dito com uma olhada significativa para mim — e ali se alimentavam de uma dieta leve demonstravam sabedoria, porque não dispúnhamos de um cirurgião, e uma fratura, conforme disse, seria um aborrecimento para todos! Não temos cirurgião porque parece que até mesmo o mais inapto doutor consegue ganhar melhor em terra. Essa foi uma consideração mercenária que me forneceu um novo enfoque sobre uma profissão que eu sempre acreditara ser bastante desinteressante. Comentei que neste caso era de se esperar a incidência de uma mortalidade fora do comum, e que felizmente contávamos com um capelão para oficiar todas as cerimônias, da primeira à última. Diante disto, Cumbershum engasgou, afastando a boca da caneca e dirigindo-se a mim em tom de profundo espanto.

"Capelão, cavalheiro? Não temos nenhum capelão!"
"Creia-me, eu o vi."

"Impossível, cavalheiro."

"Mas a lei exige que haja um em cada navio da frota, não?"

"O capitão Anderson prefere evitar; e já que a oferta de clérigos é tão escassa quanto a de cirurgiões, é tão fácil evitar os primeiros quanto é difícil obter os segundos."

"Ora, ora, sr. Cumbershum! Os marinheiros não possuem uma índole notoriamente supersticiosa? Não precisam invocar uma vez ou outra as suas crendices?"

"O capitão Anderson não precisa, cavalheiro. Nem o grande capitão Cook precisava. Saiba o senhor que ele era um célebre ateu que preferia levar a peste a levar qualquer clérigo em seu barco."

"Deus do céu!"

"É verdade, cavalheiro."

"Mas como, meu caro sr. Cumbershum! Como manter a ordem? Se tirarmos a pedra angular, todo o arco desmorona!"

O sr. Cumbershum pareceu não compreender meu ponto de vista. Percebi que não podia usar linguagem figurada com um indivíduo assim, e reformulei a frase.

"A tripulação não é só composta de oficiais! Ali na frente há uma multidão de indivíduos, de cuja obediência depende a ordem do todo, o êxito da viagem!"

"Eles estão bem do jeito que estão."

"Mas, cavalheiro, justamente como no âmbito do estado, o maior argumento a favor da continuidade de uma igreja nacional é o chicote que ela brande em uma das mãos e — ouso dizer — a recompensa ilusória que brande na outra, então aqui também..."

Mas o sr. Cumbershum limpava a boca com as costas do punho bronzeado e já se punha de pé.

"Não sei não", respondeu. "O capitão Anderson só teria um capelão no navio se fosse algo inevitável, mesmo se houvesse algum disposto a preencher o posto. O indivíduo que o senhor viu era um passageiro e, creio, um vigário muito inexperiente ainda."

Lembrei como o pobre-diabo subira se agarrando ao lado errado do convés e vomitara exatamente contra o vento.

"O senhor tem razão, cavalheiro. É certamente um marinheiro de primeira viagem!"

Informei então ao sr. Cumbershum que eu precisava me apresentar, no momento oportuno, ao capitão. Quando pareceu surpreso, disse-lhe quem eu era, mencionei o nome de vossa senhoria e de sua excelência, seu irmão, esboçando a natureza do cargo que eu deveria ocupar no círculo do governador — pelo menos até onde era politicamente interessante fazê-lo, pois o senhor conhece a outra missão de que me incumbiram. Não cheguei a exprimir o pensamento que tive na ocasião. Isto é, já que o governador é um oficial da Marinha, e sendo o sr. Cumbershum um exemplar médio dessa espécie, era melhor frisar bem a importância desse círculo, que precisava ser obrigatoriamente bastante valorizado!

Minha informação tornou o sr. Cumbershum mais caloroso. Sentou-se de novo. Confessou que jamais estivera em um barco assim ou empreendera semelhante viagem. Tudo aquilo era novidade para ele, e, no seu entender, também para os outros oficiais. Éramos um vaso de guerra, um cargueiro, um paquete ou navio de passageiros, éramos tudo, o que significava — e aqui acredito ter detectado certa rigidez mental, que é de se esperar em um oficial de baixa patente e idade madura — que não éramos nada. Ele achava que no término da viagem o barco seria fundeado definitivamente, seus mastros principais arriados, para ser concedido à dignidade do governador, disparando apenas salvas de canhão para acompanhar suas idas e vindas.

"Antes assim", acrescentou de modo sombrio, "antes assim, cavalheiro sr. Talbot!"

"Estou de acordo, cavalheiro."

O sr. Cumbershum esperou até que o criado fora do prumo nos servisse de novo. Em seguida, olhou pela porta para o vestíbulo vazio e ensopado.

"Deus sabe o que aconteceria a este barco, senhor Talbot, se disparássemos os poucos grandes canhões que lhe restam."

"Seria o diabo, então!"

"Eu lhe rogo que não repita minha opinião ao tipo de passageiro comum. Não podemos assustá-los. Falei mais do que devia."

"Eu estava filosoficamente preparado para correr o risco da violência inimiga; mas imaginar que uma defesa enérgica de nossa parte só faça aumentar o perigo, é, é…"

"É a guerra, senhor Talbot; e na paz ou na guerra, um barco sempre corre perigo. O único outro barco de nossa categoria a empreender esta enorme travessia, um vaso de guerra convertido, digo, convertido para o uso geral — chamava-se *Guardian,* acho, sim, *Guardian —,* não completou a viagem. Agora lembro. Bateu em um iceberg no Mar do Sul, mostrando que sua categoria e idade nada contaram."

Recuperei o fôlego. Percebi que atrás de sua impassibilidade externa havia uma determinação para me atormentar, exatamente porque eu frisara bem a importância de minha posição. Dei uma risada, bem-humorado, e mudei de assunto. Pensei que era chegado o momento de testar minha mão inexperiente na arte da lisonja, que vossa senhoria me recomendou como um possível *passe-partout.*

"Com os oficiais devotados e habilidosos que temos, cavalheiro, tenho certeza de que não há nada a temer."

Cumbershum fitou-me como se desconfiasse de algum sentido oculto, talvez sarcástico, em minhas palavras.

"Devotados, cavalheiro? Devotados?"

Era hora de "virar de bordo", como nós homens do mar dizemos.

"Está vendo a minha mão esquerda, cavalheiro? Aquela porta ali fez isso. Veja como ficou arranhada e ferida a palma da mão que o senhor chamaria de bombordo, acredito. Estou com uma ferida na mão de bombordo! Não é uma expressão perfeitamente náutica? Mas seguirei o conselho que me deu. Comerei um pouco primeiro, acompanhado de um copo de conhaque, em seguida vou me recolher para conservar meus membros íntegros. Gostaria de beber comigo, cavalheiro?"

Cumbershum balançou a cabeça.

"Vou entrar de serviço", disse. "Mas cuide de seu estômago. Contudo, direi uma coisa ainda. Cuidado, eu lhe rogo, com o elixir paregórico de Wheeler. É do tipo mais forte e, à medida que a viagem for se desenrolando, seu preço há de aumentar absurdamente. Taifeiro! Um copo de conhaque para o senhor Talbot!"

Deixou-me com um gesto de cabeça tão cortês quanto podia se esperar de alguém inclinado como um telhado. Era uma cena capaz de nos deixar todos zonzos. Na verdade, acho que as propriedades caloríferas da aguardente se tornam ainda mais atraentes no mar que em terra. Por isso resolvi moderar o seu consumo, limitando-me àquele copo. Virei com cautela em minha cadeira pregada e examinei o mundo de mar furioso que se estendia e se inclinava além da nossa janela da popa. Confesso que não me trouxe o mínimo consolo; ainda mais porque eu pensava que, mesmo no caso do desfecho feliz de nossa viagem, não havia uma única onda, marola, maré, *vagalhão* que eu furasse na ida, que não houvesse de furar de novo, dentro de poucos anos, na direção oposta! Fiquei sentado durante um bom tempo a mirar meu conhaque, fitando sua pequena superfície líquida e aromática. Não havia grande consolo nessa ocasião, exceto pelo fato evidente de os outros passageiros estarem entregues a uma letargia ainda maior que a minha. Este pensamento me fez tomar a resolução imediata de comer. Engoli um pouco de pão quase fresco e de queijo leve. Bebi o conhaque em cima deles e *desafiei* meu estômago a se comportar mal, amedrontando-o tanto com a ameaça do viciar-me em cerveja, em seguida em conhaque, depois no elixir paregórico de Wheeler, e mais ainda, com a máxima provocação de recorrer ao uso habitual, que Deus nos ajude, do láudano, e assim esse pobre órgão infeliz ficou quieto como um rato diante da criada a mexer de manhã no borralho! *Recolhi-me humildemente* e depois *saí da cama* e comi; em seguida passei a trabalhar nestas mesmas páginas à luz da vela — dando a vossa senhoria, sem dúvida, uma nauseante oportunidade de "viver por meu intermédio", pela qual eu me desculpo sinceramente da mesma forma que o senhor o faria! Acredito que todo o navio, a começar pelos animais, e depois em escala ascendente ou descendente até este seu humilde criado, esteja a algum ponto nauseado — salvo sempre as figuras tortas e encharcadas, protegidas pelos oleados.

(4)

E como está hoje vossa senhoria? Gozando da melhor saúde de corpo e alma, assim espero, tal como eu! Há tamanho volume de acontecimentos no limiar da minha mente, língua, pena, como desejar, que minha maior dificuldade é saber como transpô-los para o papel! Em suma, tudo a respeito de nosso mundo de madeira mudou para melhor. Não quero dizer que eu tenha adquirido *ginga de marinheiro,* pois mesmo agora que compreendo as leis físicas de nosso movimento, elas continuam a me deixar exausto! Mas o movimento em si está mais fácil. Foi em algum momento das horas de escuridão que acordei — por alguma ordem gritada, talvez — sentindo-me, como se fosse possível, mais adaptado ainda por esse suplício de nosso progresso lento e conflituoso. Durante dias, enquanto eu ali jazia, surgia a intervalos regulares uma espécie de impedimento nessas colisões líquidas, que eu só posso descrever como se as rodas de nossa carruagem tivessem sido travadas por um instante pelas sapatas, libertando-se em seguida. Era um movimento que, estando eu deitado no meu cocho ou beliche, com os pés para a proa e a cabeça para a popa — um movimento que enterrava minha cabeça com mais força no travesseiro que, por ser feito de granito, transmitia este impulso ao longo do resto de minha pessoa.

    Mesmo agora que compreendo a sua causa, essa repetição era indescritivelmente cansativa. Mas quando acordei ouvi barulhos altos de movimentos no convés, o atropelo de muitos pés, em seguida ordens gritadas que se prolongavam ao ponto de ser possível supor que eram os condenados ao inferno vociferando. Eu não sabia (mesmo quando atravessei a Mancha) a bela *ária* que podia ser composta pelos simples comandos, "Soltar velas!", depois, "Largar e alçar!". Uma voz, precisamente acima de minha cabeça — talvez de Cumbershum —, berrou "Devagar!", e a agitação só fez crescer. Os gemidos das vergas teriam feito com que eu rilhasse os dentes de solidariedade, tivesse eu o ânimo para tanto; mas então, ah então! Até agora em nossa passagem não houve nenhuma outra situação de tanto êxtase, tanto prazer! O movimento de meu corpo, do beliche, de todo o navio mudou em instantes, como em um piscar de olhos — não é preciso, porém, elaborar esta alusão. Eu sabia exatamente o que ocasionara este milagre. Mudáramos de rumo mais para o sul e, na língua dos marujos — que confesso falar com um prazer crescente —, havíamos mudado em relação ao vento de *davante de estibordo,* para *largo pelo quarto de estibordo!* Nosso movimento, como sempre amplo, era e é mais fácil, mais feminino e consoante ao gênero da palavra embarcação, que garantia nosso transporte. Caí em um belo sono imediatamente.

Quando acordei não fiz nenhuma loucura como pular do beliche e cantar, mas chamei Wheeler com um grito, o grito mais animado que eu dera, acredito, desde o dia em que me dei conta da natureza esplêndida de meu encargo colonial...

Mas ora! Não posso, nem o senhor deseja ou espera que eu descreva minha jornada passo a passo! Comecei a compreender as limitações do diário que o tempo me permite escrever. Já não reconheço o mérito do relato piedoso da senhora *Pamela* sobre cada movimento de sua calculada resistência aos avanços de seu senhor! Levantarei, aliviado, barbeado, alimentado, tudo resumido em uma frase só. A próxima já me encontrará no convés, metido em meu traje de oleado. Sequer estava só. Pois, apesar de o mau tempo não ter melhorado de maneira nenhuma, nós o tínhamos às nossas costas, ou melhor, nos ombros, e podíamos quedar em conforto, ao abrigo de nossa parede, isto é, das *anteparas* que se erguiam no convés de ré e tombadilho. Lembrei-me dos convalescentes em uma estação de águas, todos andando animados pelo local, porém desconfiados de sua habilidade recente em andar, ou cambalear.

Deus do céu! Olhe só a hora! Se eu continuar incapaz de escolher o que digo, acabarei descrevendo anteontem para o senhor em vez escrever sobre hoje, agora à noite! Pois durante o dia caminhei, falei, comi, bebi, explorei — e aqui estou eu de novo, fora do beliche, em razão — devo confessar — do amável convite desta página! Vejo que escrever é como beber. O homem precisa aprender a se controlar.

Bem, então. Cedo, senti calor em meu oleado e voltei à cabine. Já que estava lá, e que seria em certo sentido uma visita oficial, vesti-me com esmero para causar a impressão certa no capitão. Estava de casaca e com um chapéu de pele de castor, embora tenha tomado a precaução de prendê-lo à cabeça com um lenço que passei por cima e amarrei debaixo do queixo. Argumentei comigo mesmo sobre a justeza de mandar previamente Wheeler para anunciar-me, mas achei que seria demasiado formal nestas circunstâncias. Enfiei as luvas, assim, sacudi as capas, examinei minhas botas e achei-as adequadas. Fui subir a *escada* — na verdade *escadarias*, bastante largas — até o convés de ré e tombadilho superior. Passei pelo sr. Cumbershum e um subordinado e desejei-lhe bom dia. Mas ele ignorou o meu cumprimento de uma maneira que teria me ofendido se eu não soubesse, pelas nossas trocas do dia anterior, de seus modos grosseiros e humor instável. Aproximei-me, pois, do capitão, que podia ser reconhecido por seu uniforme rebuscado, ainda que roto. Estava a estibordo do tombadilho, com o vento às suas costas, onde repousavam suas mãos entrelaçadas, fitando-me com o rosto erguido, como se meu surgimento o alarmasse.

Agora preciso comunicar a vossa senhoria uma descoberta desagradável. A despeito do garbo e, mais, da invencibilidade de nossa Marinha, do heroísmo de seus oficiais e da dedicação de seus integrantes, um vaso de guerra é a expressão de um ignóbil despotismo! O primeiro comentário do capitão Anderson — se tal rosnado pode ser assim descrito —, proferido no momento exato em que toquei a aba do chapéu com a mão enluvada e estava prestes a anunciar meu nome, foi de uma indelicadeza inacreditável.

"Quem, diabo, é este aqui, Cumbershum? Será que eles não leram as minhas ordens?"

Este comentário me espantou tanto que não prestei atenção à resposta de Cumbershum, se é que ele chegou a dar alguma. Meu primeiro pensamento foi que o capitão Anderson estava prestes a me bater, devido a algum mal-entendido totalmente incompreensível. Apresentei-me logo de viva voz. O sujeito começou a vociferar e eu teria sido dominado pela minha ira se não tomasse ciência, cada vez mais, do absurdo de nossa situação. Porque estávamos todos, eu, o capitão, Cumbershum e seu satélite, com uma perna rígida como um pau, enquanto a outra se fletia constantemente seguindo o movimento do convés. Isso me fez rir de uma maneira que devo ter parecido indelicado, porém aquele indivíduo merecia esta repreensão, ainda que acidental. A risada o fez abandonar seus modos ameaçadores e corar as faces, e ainda me deu a oportunidade de mencionar o vosso nome e de sua excelência, vosso irmão, tal como se pode impedir a aproximação de um salteador mostrando depressa um par de pistolas. Nosso capitão primeiro envesgou o olho — perdoe-me a expressão — para a boca do cano de vossa senhoria, concluindo que estava carregado, deu uma olhada cheia de medo ao embaixador em minha outra mão e sofreou seu ímpeto, mostrando os dentes amarelados! Raramente vi um semblante tão assustado e melancólico. Ele é um argumento perfeito a favor da soberania dos humores. Essa troca e o que se sucedeu serviram para que eu fosse relegado a uma posição periférica em relação a seu despotismo local, de modo que me senti muito parecido com um emissário na Grande Porta, que se sente razoavelmente seguro, ainda que constrangido, enquanto a seu redor as cabeças rolam. Juro que o capitão Anderson teria me fuzilado, enforcado, arrastado sob a quilha, abandonado em uma ilha deserta, se a prudência não houvesse sofreado o seu impulso naquele momento. Portanto, se hoje quando o relógio francês no salão da tapeçaria de Arrás deu dez horas, e o sino aqui do nosso navio bateu quatro vezes — se neste instante, digo, vossa senhoria sentiu um súbito bem-estar e um caloroso sentimento de satisfação, não nego que possa ter sido uma percepção à distância do quanto um sobrenome nobre veio a desempenhar a função de uma bela e mortífera peça de artilharia, entre pessoas de posição social mediana!

 Esperei por um instante ou dois para que o capitão Anderson engolisse a própria bile. Ele demonstra muito respeito por vossa senhoria e não gostaria de ser julgado relapso em relação a vosso, vosso... Ele esperava que eu estivesse bem acomodado, e não soubera a princípio... A regra é que os passageiros só venham ao tombadilho quando convidados, embora, é claro, no meu caso... Esperava (e isto com um olhar que teria amedrontado um lobo), esperava me ver mais vezes. Então ficamos ali por mais uns instantes, com uma perna rija e a outra dobrada como junco ao vento, enquanto a sombra da *grande latina* (obrigado, Falconer!) vagava sobre nós. Então foi divertido ver que não sustentou sua resistência, mas levou a mão ao chapéu, disfarçando esta homenagem involuntária a vossa senhoria como uma tentativa de ajeitá-lo, e se afastou. Andou com passos duros até a amurada da popa e ali ficou, com as mãos entrelaçadas nas costas, onde se abriam e fechavam, a trair inconscientemente a sua irritação. Na verdade, tive um pouco de pena do sujeito, frustrado como vi que estava quanto à segurança imaginária de seu pequeno reino. Mas julguei que não era um bom momento para amansá-lo. Na política não procuramos usar apenas a força necessária para obtermos o fim desejado? Resolvi deixar que a influência deste encontro trabalhasse durante algum tempo, e só passar a demonstrar-lhe boa vontade quando o verdadeiro estado da situação tivesse assentado em sua cabeça maligna. Temos ainda a grande passagem pela frente e não me cabe tornar sua vida intolerável, algo que eu não faria, mesmo se pudesse. Hoje, como pode supor, estou totalmente bem-humorado. Em vez de o tempo passar rastejando a passo de lesma — e se é possível que caranguejo *fique bêbado*, então é possível que a lesma ande a passo —, em vez de rastejar, passa depressa, para não dizer que me atropela. Não consigo registrar nem um décimo do dia! É tarde e devo continuar amanhã.

(5)

Passemos a este quarto dia, então... Embora, na verdade, seja o quinto... Continuando, porém.

Depois que o capitão se dirigira à amurada da popa, fiquei algum tempo procurando manter uma conversa com o sr. Cumbershum. Respondia-me da maneira mais sucinta possível e comecei a compreender que se sentia tolhido na presença do capitão. No entanto, eu não queria abandonar o tombadilho como se estivesse fugindo.

"Cumbershum", disse eu, "avançamos melhor. Mostre-me mais o nosso navio. Ou, se acha pouco aconselhável abandonar o timão, empreste-me este jovem para ser meu cicerone."

O jovem em questão, o satélite de Cumbershum, era um aspirante — não daqueles antigos, presos em sua posição inferior como cabras em uma touceira qualquer, mas um exemplar dessa raça que faz qualquer mãe derramar lágrimas —, para resumi-lo em uma frase, um rapaz espinhento de catorze ou quinze anos, tratado, como logo descobri com piedosa esperança, por "jovem cavalheiro". Levou algum tempo para que Cumbershum me respondesse, enquanto o rapaz nos olhava de um para outro. Finalmente o sr. Cumbershum disse que ele, de nome Willis, podia me acompanhar. Assim conquistei meu objetivo. Deixei o Recinto Sagrado com dignidade, roubando-lhe ainda um devoto. Ao descermos a escada ouviu-se um *aviso* do sr. Cumbershum.

"Sr. Willis, sr. Willis! Não deixe de convidar o sr. Talbot para dar uma olhada nas Ordens Permanentes do capitão. Depois você poderá me transmitir quaisquer sugestões que ele tiver para aperfeiçoá-las."

Ri com entusiasmo dessa piada, embora Willis não parecesse achar graça. Não só é espinhento, como pálido, e fica geralmente de boca aberta. Perguntou-me o que eu gostaria de ver, mas eu não tinha nenhuma ideia, tendo lhe usado apenas para deixar o tombadilho devidamente acompanhado. Indiquei com a cabeça a parte da frente do barco.

"Vamos dar uma volta para aquele lado", respondi, "para ver como vive aquela gente."

Willis seguiu-me meio hesitante, à sombra dos barcos presos aos portalós, transversais à linha branca ao mastro principal, em seguida entre os currais onde estão presos os nossos bichos. Ele então me ultrapassou e foi à frente, subindo uma escada até o castelo de proa, onde estavam o cabrestante, algumas pessoas desocupadas e uma mulher a depenar uma galinha. Dirigi-me ao gurupés e olhei para baixo. Percebi então a idade deste velho camarada, pois ele tem positivamente um *esporão,* à maneira do século passado, e tem, de modo geral, o arco delgado. Examinei sua monstruosa figura de proa, emblema de seu nome, que nossa gente, como de costume, transformou coloquialmente em uma obscenidade com a qual não aborrecerei vossa senhoria. Mas a visão dos homens lá em baixo, agachados nas latrinas, fazendo suas necessidades, era desagradável e alguns levantaram os olhos para mim com o que talvez fosse impertinência. Dei-lhes as costas e olhei a vasta extensão do navio e a extensão mais vasta ainda do oceano azul-escuro que nos cerca.

"Bem, senhor", disse a Willis, "estamos certamente ἐπ' εὐρέα νῶτα θαλάσσης (sobre o amplo dorso do mar), não estamos?"

Willis respondeu que não sabia falar francês.

"O que sabe então, rapaz?"

"O cordame, cavalheiro, as partes do navio, cabos e nós, os pontos da bússola, as marcas da linha da barquilha para calcular a nossa posição em relação a um ponto de reparo em terra, a visar o sol."

"Vejo que estamos em boas mãos."

"Há mais do que isso, cavalheiro", disse, "como, por exemplo, as peças do canhão, a fórmula do pó para desinfetar o porão e os apetrechos de guerra."

"Não se deve desinfetar os apetrechos de guerra", disse eu solenemente. "Não devemos ser mais bondosos com nós mesmos do que os franceses conosco! Parece que a instrução na sua cabeça está toda atulhada, mais abarrotada do que o conteúdo do armário de costura de minha mãe! Mas qual é a fórmula do pó que torna possível visar o sol? E não é preciso ter cuidado para não danificar essa fonte de luz e extinguir o dia?"

Willis riu ruidosamente.

"O senhor está caçoando de mim, cavalheiro", disse. "Que me perdoe, mas até um marinheiro de água doce sabe o que é visar o sol."

"Eu lhe perdoo por esse 'até', rapaz! Quando posso vê-lo fazer isso?"

"Fazer uma observação, cavalheiro? Ora, ao meio-dia, dentro de poucos minutos. Estarão presentes o sr. Smiles, navegador mestre, o sr. Davies e o sr. Taylor, os outros dois aspirantes, cavalheiro, embora o sr. Davies não saiba fazê-lo porque é velho demais e o meu amigo, sr. Taylor — eu lhe peço para não mencionar isso ao capitão —, tem um sextante que não funciona por ele ter empenhado o que seu pai lhe deu. Por isso concordamos em nos alternar usando o meu, tomando altitudes com dois graus de diferença."

Levei a mão à testa.

"E a segurança de tudo depende só desse fio de aranha!"

"Cavalheiro?"

"Nossa posição, rapaz! Deus do céu, bem que poderíamos estar entregues aos meus dois irmãos mais novos! Nossa posição há de ser calculada por um aspirante ancião e um sextante que não funciona?"

"Por Deus que não, cavalheiro! Em primeiro lugar, Tommy Taylor e eu acreditamos que podemos convencer o sr. Davies a trocar o seu sextante que funciona pelo instrumento de Tommy. Na verdade, não tem muita importância para o sr. Davies. Além do mais, cavalheiro, o capitão Anderson, o sr. Smiles e alguns outros oficiais também estão entregues à navegação."

"Entendo. Você não só acerta o sol, como o submete a uma bordada da artilharia britânica! Observarei com interesse e talvez eu também experimente acertar o sol enquanto giramos em torno dele."

"O senhor não poderia fazer isso", disse Willis de um modo que parecia afável. "Esperamos aqui até que o sol se eleve no céu e medimos o ângulo quando ele for maior, além de calcular a hora."

"Veja só, rapaz", disse eu. "Você está nos fazendo voltar à idade média! Só falta agora me citar Ptolomeu!"

"Não sei quem ele é, cavalheiro. Mas precisamos esperar a subida do sol."

"Trata-se apenas de um movimento aparente", disse eu com paciência. "Você não conhece Galileu e seu '*eppur si muove*'? A Terra gira em volta do Sol! Esse movimento foi descrito por Copérnico e confirmado por Kepler!"

O rapaz respondeu com a mais pura simplicidade, ignorância e dignidade.

"Cavalheiro, não sei como o Sol se comporta entre esses senhores em terra, mas sei que, na Marinha Real, ele sobe ao céu."

Ri novamente e pus a mão nos ombros do rapaz.

"Que suba então! Que se movimente como quiser! Para lhe dizer a verdade, sr. Willis, fico tão contente quando vejo o sol lá em cima, cercado de nuvens nevadas, que, por mim, ele poderia dançar uma giga! Olhe — seus companheiros estão se reunindo. Vá lá e mire seu instrumento!"

Agradeceu-me e se afastou subitamente. Permaneci na parte mais extrema do castelo de proa e olhei atrás, para a cerimônia que, confesso, me agradava. Vários oficiais estavam no tombadilho superior. À espera do sol, seguravam seus triângulos de bronze junto ao rosto. Ora, aqui aconteceu uma situação curiosa e emocionante. Todos os embarcadiços que estavam no convés, e também alguns emigrantes, viraram-se para observar atenta e silenciosamente este *rito*. Não era de se esperar que compreendessem a matemática dessa operação. Só tenho mesmo alguma noção devido à instrução que eu tive, a uma curiosidade incurável e à facilidade em apreender. Até mesmo os passageiros, ou aqueles que estavam no convés, ficaram observando. Não me surpreenderia se os cavalheiros tirassem os chapéus! Mas o vulgo, isto é, o tipo comum cuja vida depende, como as nossas, do rigor de cálculos que escapam à sua compreensão, e da aplicação de fórmulas que lhe são tão impenetráveis quanto a caligrafia chinesa, essa gente, digo, demonstrava o mesmo respeito a toda essa operação quanto demonstraria diante do momento mais solene de qualquer serviço religioso. O senhor tenderia a acreditar, como eu, que aqueles instrumentos brilhantes eram crendices. É certo que a ignorância do sr. Davies e os instrumentos defeituosos do sr. Taylor tinham pés de barro; mas senti que a plateia talvez confiasse justificadamente em alguns dos oficiais veteranos! E também em suas atitudes! A mulher observava com a galinha meio depenada no colo. Dois sujeitos que vinham carregando uma moça doente para cima — ora, até *eles* pararam para espiar, como se alguém tivesse dito *psiu*, enquanto seu fardo jazia inerme entre eles. Então a garota também se virou para ver o que eles observavam. Havia um belo e comovente páthos na atenção deles, como o de um cão a observar uma conversa que não tem a mínima possibilidade de compreender. Eu não me incluo, como vossa senhoria deve ter percebido, entre os amigos daqueles que incensam as piores loucuras da democracia neste e no século passado. Mas no instante em que vi certo número de nossos marinheiros em postura de tão intenso respeito, consegui compreender ao máximo, e de nova perspectiva, os conceitos de "dever", "privilégio" e "autoridade". Deixaram eles de pertencer às páginas dos livros, à sala de aula e à universidade para se inserirem no quadro mais amplo da vida cotidiana. Na verdade, até que eu tivesse visto aqueles sujeitos que, como os carneiros esfaimados de Milton, "erguiam os olhos", jamais havia pensado na natureza de minhas próprias ambições, nem procurado uma justificação para elas, tal como a oportunidade se me apresentou aqui. Perdão por entediar vossa senhoria com a minha descoberta que o senhor já deve estar cansado de conhecer.

Que nobre panorama! Nosso navio era impelido adiante pela força suficiente de um vento que não chegava a ser excessivo, as vagas cintilavam, as nuvens brancas espelhavam-se de várias maneiras no oceano profundo etc. O sol resistiu, sem nenhum esforço aparente, ao nosso canhoneio de banda! Desci a escada e voltei aonde os nossos navegadores debandavam e desciam do tombadilho superior. O sr. Smiles, o navegador mestre, é velho, mas não tão velho quanto o sr. Davies, nosso mais antigo aspirante, que é quase tão velho quanto o próprio navio! Ele desceu não apenas a escada onde eu estava, até a meia-nau, mas a seguinte também — afastando-se com um movimento lento e desanimado que aparentava ser, para todos os efeitos, uma assombração dramática voltando para o túmulo. Depois de pedir e obter licença para tal, o sr. Willis, meu jovem conhecido, trouxe seu companheiro, com certa cerimônia, até onde eu me encontrava. O sr.

Tommy Taylor deve ser uns bons dois anos mais jovem que o sr. Willis, mas possui o ânimo e o porte bem proporcionado de que este carece. O sr. Taylor é oriundo de uma família do mar. Foi logo explicando que o sr. Willis não regulava bem da cabeça e que precisava de uma reforma na cachola. Era a ele, sr. Taylor, que eu deveria procurar se quisesse saber mais sobre navegação, já que o sr. Willis não demoraria a me fazer naufragar. Justamente no dia anterior ele informara ao sr. Deverel que à latitude de sessenta graus norte era preciso subtrair um grau de longitude a cada meia milha náutica. Quando o sr. Deverel lhe perguntou — era evidentemente um trocista — quantos graus seriam subtraídos a sessenta graus sul, o sr. Willis respondera que não chegara ainda a este ponto no livro. A recordação desses erros colossais provocou um longo ataque de riso no sr. Taylor, que não pareceu aborrecer o sr. Willis. Ele é evidentemente dedicado ao seu jovem amigo, admira-o e gosta de exibi-lo sob as condições mais favoráveis. Eis então que passeio de cá para lá entre o limite do convés de ré e o mastro principal, acolitado por um jovem de cada lado; o mais jovem a *estibordo,* todo excitado, cheio de informações, opiniões, ânimo; o outro, calado, mas sorrindo de boca aberta e se solidarizando, com um gesto de cabeça, com as opiniões de seu jovem amigo sobre qualquer assunto sob o sol, e, decerto até sobre o sol!

Foi por intermédio desses dois jovens promissores que eu soube alguma coisa sobre nossos passageiros — quero dizer, evidentemente, sobre os que tinham acomodações a ré. Há a família Pike, todos os quatro devotados uns aos outros. Há, claro, um determinado sr. Prettiman, que todos conhecemos. Há, soube ainda pelo precoce sr. Taylor, na cabine entre a minha própria baia e a sala de jantar, um retratista com sua esposa e filha — uma jovem caracterizada pelo citado cavalheiro como "roncadora contumaz"! Achei perfeita essa descrição dos encantos femininos pelo sr. Taylor. Vossa senhoria pode imaginar que essa notícia sobre a presença a bordo de uma bela *desconhecida* só serviu para aumentar o ardor de meus instintos animalescos!

O sr. Taylor seria capaz de me conduzir por toda a lista de passageiros; mas ao retornarmos do mastro principal (talvez) pela vigésima vez, um — ou melhor, o — vigário que antes vomitara tão copiosamente no próprio rosto, saiu do vestíbulo da parte dos passageiros. Virava-se para subir a escada do convés de ré, mas ao ver-me entre meus jovens amigos, e percebendo que eu tinha certa importância, suponho, fez uma pausa e agraciou-me com uma reverência. Veja só, não a chamo saudação, nem sequer cumprimento. Foi uma curvatura sinuosa de todo o corpo, culminante em um sorriso minorado pela palidez e subserviência, do mesmo modo que sua reverência foi minorada pela insegurança quanto ao balanço do nosso navio. Sendo um gesto induzido apenas pelo modo de vestir de um cavalheiro, só podia me provocar repugnância. Retribuí com o mais leve roçar de mão contra a aba do chapéu, examinando-o. Ele subiu a escada. Suas panturrilhas estavam agasalhadas por grossas meias de lã, seus sapatos pesados ao subir, um após o outro, em ângulo obtuso, fizeram-me crer, portanto, que embora tapados pelo longo casaco preto, seus joelhos deviam ser naturalmente mais afastados do que o normal. Usava uma peruca redonda e um chapéu de abas largas, dando a impressão, creio eu, de ser um homem que nada acrescenta. Ele estava quase fora do alcance de nossas palavras, quando o sr. Taylor deu sua opinião de que o *timoneiro celeste* estava a caminho de ter uma conversa no tombadilho superior com o capitão Anderson, e que essa abordagem resultaria em sua liquidação imediata.

"Ele não leu as Ordens Permanentes do capitão", disse eu, como se fosse versado profundamente no comportamento dos capitães, nas suas ordens e nos seus vasos de guerra. "Será arrastado sob a quilha."

A ideia de arrastar um vigário sob a quilha esmagou por completo o sr. Taylor. Depois que o sr. Willis batera nas suas costas fazendo-o se recuperar, ainda soluçante e com os olhos marejados de lágrimas, ele declarou que seria a melhor diversão do mundo, e este pensamento provocou-lhe novo ataque de riso. Foi nesse instante que um berro inconfundível, vindo do tombadilho superior, apagou-o como se fosse um balde de água fria. Creio — não, tenho certeza — que o berro fora dirigido ao vigário, mas os dois jovens cavalheiros deram um pulo simultâneo, intimidados, ao que parece, apenas pelo ricochete ou por estilhaços do tiro certeiro do capitão. Parece que a capacidade do capitão Anderson de controlar seus oficiais, desde Cumbershum até esses infantes em armas, era inquestionável. Devo confessar que não desejo, como ração *per diem,* mais de um contato com ele, como o que já tivera.

"Vamos, rapazes", disse eu. "Esta é uma questão particular entre o capitão Anderson e o vigário. Vamos sair do alcance de suas palavras e proteger-nos."

Fomos para o vestíbulo com uma espécie de pressa fortuita. Eu estava prestes a liberar os rapazes quando ouvimos o som de passos incertos na coberta acima de nossa cabeça, em seguida um barulho metálico na escada do lado de fora do vestíbulo — que se transformou de imediato em sacudidas mais rápidas, como se solas de ferro houvessem escorregado e depositado seu dono escada abaixo, com um tremendo baque! A despeito de meu desagrado pela — devo chamá-la — *extrema-unção* daquele indivíduo, por uma questão de solidariedade humana voltei-me para ver se ele precisava de ajuda. Mas não dera mais que um passo naquela direção quando o próprio entrou cambaleando. Segurava o chapéu em uma das mãos e a peruca na outra. Suas fitas eclesiásticas estavam torcidas para um lado. Mas de tudo o mais impressionante não era a expressão — mas sim a desordem de seu semblante. Minha pena hesita. Procure imaginar, se possível, um semblante pálido e contido ao qual a natureza não deu mais do que um conjunto a esmo de feições: um semblante ao qual, além do mais, ela deu pouquíssima carne, mas ossos prodigiosos. Em seguida imagine uma boca bem aberta, e nas órbitas, escavadas sob a escassa testa, olhos fitos prestes a se debulhar em lágrimas — imagine tudo isso e ainda assim não chegará a compor a humilhação cômica que, por um instante fugaz, me olhou diretamente no olho! Em seguida o sujeito tateou a porta de sua baia, entrou, fechou-a e passou a remexer no ferrolho por dentro.

O jovem sr. Taylor começou a rir de novo. Peguei-o pela orelha e a torci até que seu riso se transformasse em um gemido de dor.

"Permita que eu lhe diga, sr. Taylor", disse eu, em um sussurro adequado à situação, "que um cavalheiro não deve se alegrar em público com o infortúnio de outro. Podem despedir-se e ir embora, os dois. Faremos outro passeio em algum outro dia, com certeza."

"Ah, cavalheiro, pois não", respondeu o jovem Tommy, que parecia achar que ter sua orelha torcida e quase arrancada era um sinal de afeição. "Quando quiser, senhor."

"Sim, senhor", disse Willis, com sua bela simplicidade. "Perdemos uma aula de navegação."

Retiraram-se descendo a escada para onde me disseram ser a coberta dos canhões, talvez algum tipo de poço barulhento. As últimas palavras que ouvi deles naquele dia foram dirigidas pelo sr. Taylor ao sr. Willis, em tom de grande entusiasmo:

"Ele detesta sacerdotes acima de tudo, não é?"

Voltei para minha cabine, chamei Wheeler e pedi-lhe que tirasse minhas botas. Ele reage tão depressa às minhas exigências que me espanta o fato de os outros passageiros também não usarem seus serviços. Sua perda é meu ganho. O outro sujeito — Phillips, eu acho — serve o lado oposto do vestíbulo, tal como Wheeler nos serve aqui.

"Diga-me, Wheeler", disse eu enquanto ele se metia naquele espaço exíguo, "por que o capitão Anderson detesta tanto os sacerdotes?"

"Um pouco mais alto se puder, senhor. Obrigado, senhor. Agora o outro, tenha a bondade."

"Wheeler!"

"Estou certo de que não sei, senhor. Detesta? Ele o disse, senhor?"

"Sei que detesta! Ouvi seus gritos, do mesmo modo que o restante do navio!"

"Normalmente não temos sacerdotes na Marinha, cavalheiro. Não existem tantos para servir a todo mundo. Ou, se existem, esses senhores reverendos preferem não servir no mar. Vou escová-las de novo. Agora o casaco?"

"Não só ouvi, mas um jovem cavalheiro confirmou que o capitão Anderson tem uma forte antipatia pelos clérigos, tal como o tenente Cumbershum afirmara antes, agora me recordo."

"Ele disse isso? Obrigado, cavalheiro."

"Não é verdade?"

"Eu não sei de nada, sr. Talbot. E agora, cavalheiro, posso lhe trazer outra dose de paregórico? Acredito que o senhor o ache bem calmante."

"Não, obrigado, Wheeler. Como vê, consegui escapulir do demônio."

"É *bastante* forte, tal como o sr. Cumbershum lhe informou. E é claro que como há menos em estoque o comissário é obrigado a cobrar mais caro. É mais do que natural, senhor. Acredito que existe um cavalheiro em terra que escreveu um livro sobre este assunto."

Pedi-lhe que me deixasse e fiquei deitado durante algum tempo no beliche. Recuei na minha memória — não conseguia lembrar quantos dias faziam da viagem —, peguei este livro, e me pareceu ser o sexto, de modo que confundi vossa senhoria e a mim mesmo. Não consigo acompanhar os acontecimentos e não hei de tentar. Já escrevi, em uma estimativa modesta, dez mil palavras e preciso me moderar para que essa viagem possa caber entre as luxuriosas capas do vosso presente. Consegui escapar do demônio do ópio só para sucumbir ao *furor scribendi*? Mas se vossa senhoria folhear mesmo o livro...

Uma batida na porta. É Bates, que serve no salão dos passageiros.

"Trago os cumprimentos do sr. Summers, sr. Talbot, que lhe pergunta se gostaria de tomar uma taça de vinho em sua companhia no salão."

"O sr. Summers?"

"O primeiro-tenente, cavalheiro."

"Ele é o segundo em comando depois do capitão, não é? Diga ao sr. Summers que terei o prazer de estar com ele dentro de dez minutos."

Não era evidentemente o capitão — ainda assim, a melhor coisa depois dele! Ora! Estamos começando a circular na sociedade!

(X)

Acho que é o sétimo — ou o quinto — ou talvez o oitavo — deixe que o "x" desempenhe a sua função algébrica de representar a quantidade desconhecida. O tempo possui o costume de ficar parado, pois ao escrever de noite quando o sono me escapa, minha vela se consome imperceptivelmente e forma estalactites e estalagmites como em uma caverna. Em seguida o tempo, este bem indefinível, torna-se escasso e um punhado de horas já fugiu para não se sabe onde!
Onde eu estava? Ah sim! Então...
Prossegui até o salão dos passageiros para manter meu *rendez--vous* com o primeiro-tenente até descobrir que o seu convite havia se estendido a todos os passageiros desta parte do navio e não passava de um breve introito ao jantar! Descobri desde então que tais reuniões são comuns em paquetes e navios de passageiros e, na verdade, em qualquer um que sirva para as viagens marítimas de damas e cavalheiros. Os oficiais resolveram fazer a mesma coisa neste navio, para contrabalançar, suspeito eu, as proibições peremptórias e grosseiras que o capitão decretou em suas "Ordens destinadas ao comportamento de damas e cavalheiros contemplados com — *contemplados*, veja só, e não que *tomaram* a — passagem".
Depois de oportunamente anunciado, quando me abriram a porta, entrei em um ambiente tão animado que não poderia ser mais parecido com o saguão ou a sala de jantar de uma estalagem. O que distinguia aquela reunião de uma *mixórdia* qualquer era apenas o horizonte azul e inclinado, visível entre as cabeças apinhadas, através das vidraças da grande janela da popa. O anúncio de meu nome provocou um silêncio de um instante ou dois, e fiquei a olhar aquele ajuntamento de rostos pálidos diante de mim, sem poder distinguir bem um do outro. Em seguida um rapaz bem-feito de corpo, de

uniforme, uns dois ou três anos mais velho que eu, adiantou-se. Apresentou-se como Summers e declarou que eu deveria conhecer o tenente Deverel. Foi o que fiz, e o achei o oficial mais cavalheiresco que eu até então encontrara no navio. É mais esguio que Summers, tem cabelos e suíças castanhos, mas traz o queixo e o entorno dos lábios perfeitamente barbeados, como todos eles. Travamos um excelente contato e decidimos certamente nos ver mais vezes. No entanto, Summers disse então que eu deveria conhecer as damas e conduziu-me até a única que eu conseguia distinguir. Estava sentada a estibordo do salão, em uma espécie de banco; e embora cercada ou acompanhada de alguns cavalheiros, era uma dama de aspecto severo e de idade incerta, cujo *bonnet* fora feito para cobrir — antes a cabeça e servir de autêntico refúgio para a privacidade do rosto, do que armadilha para despertar a curiosidade de quem o observava. Achei que tinha um ar de quacre, já que seu vestido era cinzento. Ela permanecia sentada, com as mãos sobre o colo, falando diretamente para cima com o jovem e alto oficial do Exército que sorria para ela. Esperamos que ela concluísse sua fala.

"... sempre lhes ensinei esses jogos. Trata-se uma diversão inofensiva para um cavalheiro muito jovem, sendo que o conhecimento das várias regras é, ao menos, adequado à educação de uma senhorita. Se ela não tiver o dom da música, pode divertir o seu *parti* assim, tal como faria outra por meio da harpa ou de algum outro instrumento."

O jovem oficial deu um sorriso radiante e encolheu o queixo contra o colarinho.

"Fico contente em ouvi-la dizer isso, madame. Mas já vi o carteado ser jogado em lugares muito estranhos, confesso!"

"Disso não tenho conhecimento, é claro, senhor. Mas não é verdade que a natureza dos jogos não é em si alterada pelos locais onde são jogados? Falo como posso, sem conhecer mais do que é possível sobre esses jogos ao vê-los serem jogados nas casas de gente fina. Mas suponho que algum conhecimento de — digamos — uíste seja necessário a uma jovem dama, desde que" — e aqui creio ter havido uma mudança de expressão no rosto invisível, já que uma inflexão curiosamente irônica tomou conta de sua voz — "tenha sempre o juízo de saber perder com elegância."

O jovem oficial alto cacarejou, do modo como esses indivíduos creem que devem *rir*, e o sr. Summers aproveitou a oportunidade para me apresentar à dama, srta. Granham. Declarei ter ouvido parte de sua conversa e me sentido inferior por não possuir um conhecimento amplo e profundo dos jogos de que falavam. A srta. Granham voltou agora seu rosto a minha direção, e embora eu percebesse que não pudesse ser a "roncadora contumaz" do sr. Taylor, suas feições eram severamente agradáveis quando iluminadas por um sorriso social. Louvei as inocentes horas de diversão proporcionadas pelas cartas e disse que esperava poder desfrutar, em algum momento de nossa longa viagem, do benefício da instrução da srta. Granham.

Pois foi o diabo. O sorriso desapareceu. A palavra "instrução" possuía uma *denotação* para mim, e uma *conotação* para essa dama!

"Sim, sr. Talbot", disse ela, e percebi que uma mancha rosada crescia em cada uma de suas faces. "Como o senhor mesmo descobriu, sou governanta."

Terá sido culpa minha? Negligência minha? Ela devia esperar mais da vida do que conseguia realizar, e isso tornara sua língua tão deflagrável quanto uma pistola de duelo. Declaro a vossa senhoria que não há nada a fazer com gente desse tipo, pois a única atitude perante elas é de um silêncio atento. São como são e é impossível distinguir de antemão sua índole, assim como ao caçador clandestino detectar a armadilha. Dá-se um passo e bum! O bacamarte dispara, ou os dentes da armadilha se fecham de estalo em volta do tornozelo. É fácil para aqueles cujo cargo e posição social os poupam o aborrecimento dessas distinções sociais tão insignificantes. Mas para nós, pobres mortais que precisamos trabalhar, ou, melhor, navegar entre essas gradações infinitesimais, é tão difícil detectá-las de antemão quanto o que os papistas chamam de "discernimento dos espíritos".

Mas voltando ao assunto. Tão logo ouvi as palavras "sou governanta", ou talvez até mesmo enquanto as ouvia, percebi que eu involuntariamente perturbara a dama.

"Mas ora, madame", disse eu tão tranquilizador quanto o paregórico de Wheeler, "sua profissão é a mais necessária e delicada disponível a uma dama. Eu não posso lhe dizer a amizade que nós temos, meus irmãos mais novos e eu, pela srta. Dobson, a velha Dobbie, tal como a chamamos. Juro que a senhorita gozará da mesma amizade e afeição da parte de suas jovens damas e cavalheiros!"

Não foi uma saída elegante? Levantei o copo que puseram em minha mão como se para saudar toda aquela raça de gente prestativa, embora, na verdade, bebi à minha própria esperteza em evitar o tiro de bacamarte ou os dentes metálicos da armadilha.

Mas não bastou.

"Ainda que", disse de modo severo a srta. Granham, "eu tenha certeza de gozar a amizade afetuosa de minhas jovens damas e cavalheiros, é a única certeza que possuo. É bem possível que uma dama, filha do finado cônego da catedral de Exeter, forçada pelas circunstâncias a aceitar uma oferta de emprego de uma família nos Antípodas, não dê tanto valor quanto o senhor à amizade e afeição de jovens damas e cavalheiros."

Lá estava eu, preso na armadilha e alvejado pelo bacamarte — injustamente, acho, ao lembrar o esforço que havia feito para amaciar a plumagem da dama. Fiz uma mesura oferecendo-lhe meus préstimos, e o oficial do Exército, Oldmeadow, encolheu o queixo ainda mais contra o pescoço; e então chegou Bates trazendo xerez. Virei o que restava e peguei outro copo, deixando assim transparecer o meu constrangimento, pois Summers veio salvar-me, dizendo que gostaria que outras pessoas tivessem o prazer de me conhecer. Declarei que eu não sabia que éramos tantos. Um cavalheiro de grande porte, corpulento e corado, com voz de beberrão, declarou que gostaria de *executar* um retrato do grupo, já que com exceção de sua boa senhora e sua filha estávamos todos ali presentes. Um rapaz amarelado, certo sr. Weekes, que viaja, creio, para fundar um colégio, declarou que os *emigrantes* serviriam como fundo admirável para a composição.

"Não, não", disse o cavalheiro avantajado. "Devo a honra somente à nobreza e às pessoas de boa família."

"Emigrantes", disse eu, satisfeito de poder mudar de assunto. "Ora, antes ser retratado para a posteridade de braços dados com um marinheiro comum!"

"O senhor então não poderá contar comigo no seu retrato", disse Summers, rindo alto. "Eu já fui um 'marinheiro comum', como diz o senhor."

"O senhor, cavalheiro? Não posso acreditar!"

"Na verdade, fui sim."

"Mas como..."

Summers olhou em volta com ar de grande alegria.

"Consegui executar a manobra naval que se chama 'passar à proa através do escovém'. Fui promovido do convés inferior, ou, como diria o senhor, dos marinheiros comuns."

Vossa senhoria não pode imaginar o meu espanto diante dessas palavras e minha irritação ao ver toda a nossa pequena sociedade à espera de minha resposta. Imagino ter sido tão habilidoso quanto essa situação exigia, embora minhas palavras talvez tenham sido ditas com uma postura exageradamente didática.

"Ora, Summers", retruquei, "deixe-me parabenizá-lo por imitar à perfeição as maneiras e o modo de falar de uma categoria social acima do seu berço."

Summer agradeceu-me, talvez com excessiva gratidão. Em seguida, dirigiu-se ao grupo.

"Senhoras e senhores, sentem-se, por favor. Nada de cerimônia. Sentemo-nos onde quisermos. Ainda teremos, assim eu espero, muitas ocasiões semelhantes durante a longa passagem que nos aguarda. Bates, mande-os começar a música."

Foi quando se fez ouvir o chiado algo constrangedor de um violino e demais instrumentos no vestíbulo. Fiz o que pude para aliviar o que se poderia chamar de *mal-estar*.

"Vamos lá, Summers", disse eu, "ainda que não sejamos retratados juntos, vamos aproveitar a oportunidade e o prazer de fazer a srta. Granham sentar-se entre nós. Por favor, madame, com licença."

Aquilo não seria arriscar outra reprimenda? Mas conduzi a srta. Granham até o seu assento sob a grande janela, com uma cerimônia maior do que eu teria dispensado a um par do reino, e assim foi. Quando exclamei sobre a excelente qualidade da carne, o tenente Deverel, que estava sentado à minha esquerda, explicou que uma das vacas quebrara a pata no último vendaval, de modo que estávamos aproveitando a sua carne enquanto podíamos, embora em breve nos fosse faltar o leite. A srta. Granham travava agora uma conversa animada com o sr. Summers, à sua direita, de modo que o sr. Deverel e eu conversamos durante algum tempo sobre os marinheiros e seu sentimentalismo diante de uma vaca de pata quebrada, sua engenhosidade em vários ofícios, tanto maus quanto bons, seu vício em álcool, sua imoralidade, sua coragem incrível e sua devoção, isso de maneira meio jocosa, à figura de proa do navio. Concordamos que havia poucos problemas sociais que pudessem resistir à ação de um governo firme, porém sensível. Era assim, disse ele, em um navio. Respondi que eu já percebera a firmeza, mas ainda não fora convencido da sensibilidade. A essa altura, devo dizer, a animação do grupo chegara a tantas que não se podia ouvir nada da música do vestíbulo. Passando de um assunto a outro, Deverel e eu chegamos logo a certo grau de entrosamento mútuo. Ele se abriu comigo. Queria trabalhar em um navio de passageiros de primeira, e não em uma velharia com uma pequena tripulação arrebanhada em um ou dois dias. O que eu havia considerado um corpo coeso de oficiais e tripulantes não passava de indivíduos que se conheciam no máximo havia uma ou duas semanas, desde que o navio deixara o estaleiro. Era uma vergonha, seu pai poderia ter-lhe prestado melhor ajuda. Esse posto não lhe acrescentaria nada em termos de perspectivas para o futuro, ainda por cima com a guerra acabando e devendo parar em breve como um relógio sem corda. A fala e o comportamento de Deverel são elegantes, na verdade tudo nele é assim. Ele abrilhanta o serviço.

O salão estava agora barulhento como qualquer lugar público é de fato. Algo foi derrubado em meio a altas gargalhadas e algumas pragas. Um casal amedrontado, o senhor e sra. Pike com as duas pequenas gêmeas, já fugira e agora, diante de uma manifestação especialmente ruidosa, a srta. Granham intentou se levantar, a despeito de protestos meus e de Summers para que ficasse. Ele disse que ela não deveria dar importância ao palavreado dos oficiais navais, que já se tornara algo habitual e inconsciente entre a maioria deles. Para mim, os maus modos provinham mais dos passageiros do que dos oficiais do navio — Deus do céu, disse comigo mesmo, se ela já é assim agora, como acabará sendo? A srta. Granham ainda não deixara seu assento quando a porta se abriu para uma dama de aspecto bem diverso. Parecia jovem apesar de vestida extravagante e frivolamente. Entrou com tanto ardor e rebuliço que seu *bonnet* caiu para trás, na nuca, revelando uma grande porção de cachos dourados. Levantamo-nos — ou pelo menos, a maioria de nós —, porém ela, com admirável presença, nos fez sentar de novo com um gesto, foi diretamente ao senhor corado, inclinou-se por cima de seu ombro e sussurrou a seguinte frase, em uma entonação de extrema, excessiva beleza.

"Ah, sr. Brocklebank, ela finalmente conseguiu reter um bocado de consomê!"

O sr. Brocklebank nos deu uma explicação em voz retumbante.

"Minha filha, minha pequena Zenobia!"

Ofereceram imediatamente à srta. Zenobia uma seleção de pratos na mesa. A srta. Granham declarou estar de partida, de modo que seu lugar ficaria livre se trouxessem outra almofada. Mas a jovem dama, pois assim devo me referir a ela, respondeu com caprichosa brejeirice que ela contara com a srta. Granham para proteger sua virtude no meio de tantos cavalheiros perigosos.

"Bobagem, besteira, madame", disse a srta. Granham, ainda mais severa do que se dirigira a seu humilde criado, "que bobagem, que besteira! Sua virtude está tão a salvo aqui do que em qualquer outro lugar no navio!"

"Cara, srta. Granham", disse a dama com ar lânguido, "tenho certeza de que sua virtude estará a salvo em qualquer lugar!"

Foi uma grosseria, não foi? No entanto, de uma parte do saguão ouviram-se infelizmente gargalhadas altas, porque já havíamos chegado àquela parte do jantar em que é melhor que as senhoras se ausentem, pois somente as semelhantes ao que a recém-chegada demonstrava ser conseguiam manter a animação naquele ambiente. Deverel, eu e Summers ficamos de pé em um átimo, mas foi o oficial do Exército, Oldmeadow, quem escoltou a saída da srta. Garnham de nosso meio. A voz do cavalheiro beberrão retumbou novamente. "Sente-se ao meu lado, minha filha, Zenobia."

A srta. Zenobia alvoroçou-se na luz plena da tarde que entrava obliquamente pela grande janela da popa. Ergueu as belas mãos para proteger o rosto.

"Está claro demais, sr. Brocklebank, pai!"

"Meu Deus", retrucou Deverel, "a madame é capaz de nos privar, a nós pobres sujeitos na sombra, do prazer de olhar para a senhorita?"

"Eu devo", disse ela, "devo definitivamente ocupar, e ocuparei, o assento deixado vago pela srta. Granham."

Adejou em volta da mesa como uma borboleta, talvez como uma dama em uma pintura. Imagino que Deverel teria gostado que ela se sentasse ao seu lado, mas ela ocupou o assento entre mim e Summers. Seu *bonnet* ainda estava frouxo, preso à nuca por uma fita, de modo que aquela profusão de cachos cobria visivelmente sua face e orelha. No entanto, pareceu-me, mesmo à primeira vista, que o próprio brilho de seus olhos — ou daquele olhar que de vez em quando se voltava para mim — devia algo ao mistério de sua *toilette,* e que seus lábios estavam tingidos um pouquinho artificialmente de coral. Quanto a seu perfume...

Será que isto é tedioso a vossa senhoria? O grande número de sedutoras que já vi padecer, talvez em vão, de desejo ao lado de vossa senhoria — ah, diabo, como posso adular o meu padrinho quando a simples verdade...

Voltando ao assunto. Isto pede uma longa divagação sobre a aparência de uma jovem dama. O perigo aqui é inventar. Sou, afinal de contas, nada mais que um rapaz! Posso me dar ao luxo de uma rapsódia, pois ela é o *único objeto feminino tolerável* no nosso grupo! É isso! No entanto — e aqui acho que é o político, o político rasteiro, como diria meu autor predileto, que surge logo em minha mente. Não consigo fazer-me de cego. Não consigo fazer uma rapsódia. Pois a srta. Zenóbia se aproxima certamente da meia-idade e exerce seus encantos fugazes antes que desapareçam para sempre através de uma incessante animação que certamente deve exauri-la tanto quanto quem lhe serve de plateia. Um rosto que jamais descansa não pode ser objeto de qualquer escrutínio. Não estará sendo levada pelos pais aos Antípodas como último recurso? Afinal de contas, entre os condenados e aborígenes, entre os emigrantes e soldados aposentados, carcereiros, baixo clero — mas não. Estou sendo injusto com esta dama, pois ela ainda está muito bem. Não tenho dúvidas de que os mais afoitos de nós hão de achá-la um objeto merecedor de algo mais que a simples curiosidade!

Vamos, por instante, dá-la por assunto encerrado. Hei de me concentrar em seu pai e no cavalheiro sentado diante dele, que se tornou visível aos meus olhos ao se levantar de um pulo. Mesmo na confusão de vozes, a sua era claramente ouvida.

"Sr. Brocklebank, quero que saiba que sou inimigo inveterado de qualquer superstição!"

Tratava-se, é claro, do sr. Prettiman. Fiz um mau trabalho de apresentação neste caso, não fiz? Deveis culpar a srta. Zenobia. Ele é um cavalheiro baixo, corpulento e zangado. O senhor lhe conhece. Eu sei — não importa como — que ele está levando uma prensa aos Antípodas; não importa o fato de que ela seja capaz de imprimir apenas alguns folhetos, pois a bíblia luterana foi produzida por uma não muito maior.

Mas a voz do sr. Brocklebank retumbava em resposta. Não pensara. Era uma insignificância. Ele seria a última pessoa a ferir suscetibilidades. Apenas costume. Hábito.

O sr. Prettiman, de pé ainda, vibrava de paixão.

"Eu vi claramente, cavalheiro! O senhor jogou sal por cima do ombro!"

"De fato, joguei, confesso. Tentarei não esparramar sal de novo."

Este comentário, com a evidente sugestão de que o sr. Brocklebank não fazia ideia do que o sr. Prettiman queria dizer, deixou perplexo o filósofo social. Ainda boquiaberto, deixou-se cair lentamente no assento, destarte quase saindo de minha vista. A srta. Zenobia virou-se para mim com uma bela seriedade em torno dos olhos arregalados. Olhou assim por baixo das sobrancelhas e por entre os cílios — mas não. Não acredito que só a natureza desassistida...

"Como o sr. Prettiman está zangado, sr. Talbot! Confesso que, quando irritado, ele fica apavorante!"

Seria difícil imaginar algo menos apavorante que o absurdo filósofo. No entanto, percebi que estávamos prestes a embarcar em uma série de passos bem conhecidos de uma antiga dança. Ela haveria de se transformar cada vez mais na mulher desprotegida diante das gigantescas criaturas masculinas do sr. Prettiman e de vosso afilhado. Nós, de nossa parte, avançaríamos ameaçadoramente com nosso bom humor, de modo que, aterrorizada, ela teria de se prostrar a nossa mercê, de apelar para nossa generosidade, talvez para nosso cavalheirismo: enquanto isso os espíritos animais, as "propensões amorosas"

— como as chamou o dr. Johnson — de ambos os sexos se excitariam até aquele ponto, àquela *ambiance*, na qual criaturas como ela é, ou já foi, encontram, ou encontraram, o seu ser.

Esse foi um pensamento que me distanciou e me levou a ver outra coisa. O escopo, a escala estava errada. A dama havia sido ao menos uma *habituée* do teatro, quando não uma atriz! Não se tratava de um encontro comum — ela agora descrevia seu pavor na *ventania* passada — e sim de uma *exibição* para que Summers, a seu lado, Oldmeadow e certo sr. Bowles, do outro lado da mesa, e de fato todo mundo ao alcance de sua voz pudesse ouvi-la. Deveríamos representar. Mas antes de se poder dizer que o primeiro ato estivesse começado de fato — e confesso que brinquei com a ideia de que ela fosse de certo modo nos aliviar do tédio da viagem — as exclamações mais altas do sr. Prettiman e reclamações mais altas, até mesmo tonitruantes, da parte do sr. Brocklebank fizeram-na voltar ao sério. Ela tinha o hábito de bater na madeira. Confessei que ficaria mais feliz se um gato preto atravessasse a rua na minha frente. O seu número da sorte era vinte e cinco. Eu disse de imediato que seu vigésimo quinto aniversário lhe seria o dia mais auspicioso possível — uma bobagem que passou despercebida, pois o sr. Bowles (que é ligado ao direito de forma muito incipiente e uma pessoa totalmente maçante) explicava que o costume de bater na madeira adviera do hábito papista de adorar e beijar o crucifixo. Retruquei falando do medo de minha babá pelas facas cruzadas, sinal de desavenças, e seu pavor do pão virado, presságio de desastre no mar — à vista do que ela gritou, virando-se para Summers em busca de proteção. Ele assegurou-lhe que não precisava temer nada da parte dos franceses, pois estavam bastante fracos a essa altura; mas a mera menção aos franceses bastou para nela deslanchar uma crise, e tivemos outra descrição de como ela ficara tremendo na sua cabine nas horas de escuridão. Éramos um só navio. Estávamos, como ela declamou com sua entonação emocionante:

"*só, só,*
Totalmente só,
Só no vasto, vasto oceano!"

Acredito que seja impossível encontrar algo mais apertado que os limites apinhados deste navio, salvo, acredito, a cadeia para devedores ou um barco-prisão. Mas sim, ela conhecera o sr. Coleridge. O sr. Brocklebank — papai — pintara o retrato dele e houvera uma conversa sobre um livro ilustrado, que não dera em nada.

Aproximadamente neste ponto, depois de ter supostamente acompanhado a récita de sua filha, o sr. Brocklebank retumbava em cadência, com sua voz tonitruante. Era a continuação do poema. Suponho que ele devesse conhecê-lo bem, já que pretendia ilustrá-lo. Em seguida ele e o filósofo começaram a discutir de novo. De repente o salão inteiro estava em silêncio a escutá-los.

"Não, senhor, eu não faria isso", ribombou a voz do pintor. "Em hipótese nenhuma!"

"Então deixe de comer galinha, cavalheiro, ou qualquer outra ave!"

"Não, senhor!"

"Deixe de comer o naco de vaca que está diante de si! Há dez milhões de brâmanes no Oriente que cortariam a sua garganta por comê-lo!"

"Não há brâmanes neste navio."

"A integridade..."

"De uma vez por todas, cavalheiro, eu não atiraria em um albatroz. Sou uma pessoa pacífica, sr. Prettiman, e teria o mesmo desgosto em alvejar o albatroz quanto em alvejar *o senhor*!"

"O senhor tem espingarda? Porque hei de alvejar um albatroz, e os marinheiros poderão ver o que acontece..."

"Eu tenho uma espingarda, cavalheiro, embora nunca a tenha disparado. O senhor é bom atirador, cavalheiro?"

"Nunca dei um tiro na vida!"

"Permita-me então, cavalheiro. Possuo a espingarda. O senhor pode usá-la."

"O senhor possui?"

"Sim, cavalheiro."

O sr. Prettiman surgiu de repente em plena vista de novo. Seu olhar tinha uma espécie de brilho gelado.

"Obrigado, cavalheiro, hei de usá-la e o senhor verá! E os marinheiros comuns poderão ver, cavalheiro..."

Depois de conseguir sair por cima do banco onde estivera sentado, abandonou o salão praticamente *correndo*. Ouviram-se algumas risadas e a conversa prosseguiu, mas em um nível mais baixo. A srta. Zenobia virou-se para mim.

"Papai tem certeza de que estaremos protegidos nos Antípodas!"

"Ele não pretende se meter em meio aos nativos, com certeza!"

"Ele tem intenção de iniciá-los na arte do retrato. Acha que isso os levará a ter amor-próprio, que ele considera vizinho da civilização. Admite, entretanto, que o rosto negro deve constituir uma dificuldade especial."

"Acho que seria perigoso. Nem o governo permitiria."

"Mas o sr. Brocklebank — papai — acredita poder convencer o governador a contratá-lo."

"Deus do céu! Eu não sou o governador, mas, prezada dama, imagine o perigo!"

"Se os clérigos podem..."

"Ah, sim, onde está ele?"

Deverel tocou em meu braço.

"O vigário permanece em sua cabine. Nós o veremos pouco, eu acho, graças a Deus e ao capitão. Não sinto falta dele, nem o senhor, imagino."

Eu havia esquecido momentaneamente Deverel, quanto mais o vigário. Procurei fazê-lo participar da conversa, mas ele se levantou fazendo certa insinuação.

"Entrarei no meu turno. Mas você e a srta. Brocklebank serão, sem dúvida, capazes de se entreter."

Fez uma mesura para a dama e saiu. Voltei-me novamente para ela e achei-a pensativa. Não quero dizer que tivesse um ar solene — não, de forma alguma! Mas além do entusiasmo artificial das suas feições havia uma expressão que não me era familiar. Era — o senhor se lembra de me aconselhar a *ler* as feições? — era uma imobilidade controlada dos olhos e das pálpebras, como se a mulher externa empregasse as espertezas e a brejeirice de seu sexo, mas, por trás disso, houvesse alguém diferente e observadora! Teria sido o comentário de Deverel que fizera a diferença? O que pensava — o que pensa ela? Será que em um *affaire,* como tenho certeza que o chamaria, *pour passer le temps?*

(12)

Como pode ver vossa senhoria pelo algarismo que encabeça esta parte, não tenho prestado a devida atenção ao diário conforme eu gostaria — nem há motivo para tal! Tivemos novamente mau tempo e o movimento do navio aumentou uma cólica pela qual responsabilizo a finada e não pranteada *Bessie*. Contudo, o mar agora acalmou. O tempo e eu melhoramos juntos e, por descansarem o livro e o tinteiro em uma bandeja, sou capaz de escrever, embora lentamente. O único fato que me consola da indisposição é que durante meus sofrimentos prolongados o navio progrediu. Fomos impelidos pelo vento até nos posicionarmos sob as latitudes do Mediterrâneo, e segundo Wheeler (esse *Falconer* vivo), nossa velocidade foi limitada mais pela decrepitude do navio que pela ação do vento. O pessoal andou usando as bombas hidráulicas. Pensei que as bombas "retinissem" e que eu fosse ouvir claramente o seu ruído melancólico, mas não foi o caso. No auge do tempo ruim, perguntei bastante preocupado à minha visita, o tenente Summers, por que não usavam as bombas, quando me assegurou que elas vinham funcionando sem parar. Disse que a impressão do navio estar baixo na água era uma ilusão causada pelo meu mal-estar. Acredito que eu talvez tenha ficado extremamente suscetível ao movimento do barco, esta é a verdade. Summers me assegura de que a gente do mar aceita essa situação e não tem nenhuma vergonha dela, e sempre cita o exemplo de Lord Nelson como prova. Não posso deixar de pensar, no entanto, que perdi resultados. Em nada ajuda que o sr. Brocklebank e a bela Brocklebank tenham sido também reduzidos ao estado em que se encontra a infeliz sra. Brocklebank desde que partimos. As condições das duas baias em que vive essa família devem ser tais que é melhor não contemplá-las.

Há algo mais a acrescentar. Logo antes de ser atingido por essa indisposição nauseante — recuperei-me bastante, embora ainda esteja fraco — um acontecimento *político* abalou nossa sociedade. O capitão que, através do sr. Summers, frustrara a esperança do clérigo de poder celebrar alguns serviços, também lhe proibiu de frequentar o tombadilho superior por alguma infração às *Ordens do capitão*. Que tiranete ele é! O sr. Prettiman, que passeia pelo convés de ré (com um *bacamarte*!), foi o nosso informante. O pobre homem foi pego entre sua aversão a qualquer igreja e o que ele chama de seu *amor à liberdade*! O conflito entre essas atitudes e as emoções assim suscitadas foram-lhe muito dolorosos. Entre todas as pessoas, ele recebeu o consolo da srta. Granham! Quando ouvi essa notícia cômica e extraordinária, deixei meu cocho, fiz a barba e vesti-me. Tinha consciência de que tanto o dever quanto a inclinação me impeliam a dar um passo. Esse capitão meditabundo não tinha o direito de mandar em mim desta maneira! Ora! Caberá a *ele* dizer-me se devo ou não participar de serviços religiosos? Vi de imediato que o salão de passageiros era o lugar apropriado e que ninguém, salvo se seu mandonismo o tivesse enlouquecido, poderia tirá-lo de nosso controle.

O vigário pode facilmente celebrar ali um breve ofício noturno para determinados passageiros que queiram participar. Caminhei o mais firmemente possível pelo corredor e bati na porta da baia do vigário.

Abriu-me a porta e fez sua genuflexão sinuosa de costume. Meu desagrado pelo homem voltou.

"Senhor... Ah... Senhor..."

"James Colley, sr. Talbot. Reverendo Robert James Colley, a seu serviço, cavalheiro."

"Serviço é a palavra certa."

Que enorme contorção fazia agora! Era como se ouvisse essa palavra como um tributo conjunto a si e ao Todo-Poderoso.

"Sr. Colley, em que dia cai o domingo?"

"Ora, hoje, sr. Talbot!"

O olhar que ele ergueu para mim foi tão ansioso, tão obsequioso e cheio de uma humildade tão devotada, que seria de imaginar que eu tivesse um par de benefícios eclesiásticos no bolso de meu casaco! Irritou-me e fez-me quase abandonar o meu propósito.

"Andei indisposto, sr. Colley, de outro modo eu teria feito esta sugestão antes. Algumas damas e cavalheiros apreciariam se o senhor pudesse celebrar um serviço, um breve serviço no salão dos passageiros aos sete toques do turno da tarde, ou se preferir a linguagem dos homens de terra, às três e meia."

Ele cresceu de estatura diante de meus olhos! Os seus estavam rasos d'água.

"Sr. Talbot, isto... é... é... algo tão característico do senhor!"

Minha irritação cresceu. Tinha na ponta da língua a intenção de perguntar-lhe com que diabos ele conhecia as minhas características. Balancei a cabeça e me afastei, ouvindo às minhas costas um murmúrio sobre *visitar os enfermos*. Meu Deus, pensei — se ele tentar fazer isso há de acabar com as orelhas ardendo! Contudo, consegui chegar ao salão dos passageiros, pois a irritação é em parte a cura da fraqueza dos membros, e lá encontrei Summers. Disse-lhe o que eu havia combinado e ele recebeu a notícia calado. Só quando sugeri que convidasse o capitão é que ele deu um sorriso atravessado, dizendo que teria de informar-lhe de qualquer maneira. Disse que ousava sugerir uma hora mais tardia. Retruquei que a hora me era indiferente e voltei para minha baia e cadeira de lona, em que me sentei sentindo-me exausto, porém recuperado. Mais tarde de manhã Summers veio ter comigo, dizendo que alterara um pouco a minha mensagem e esperava que eu relevasse aquilo. Transformara-a em um pedido generalizado dos passageiros! Correu a acrescentar que era mais aceitável aos hábitos do serviço marítimo. Ora, alguém que, como eu, adora a língua estranha embora totalmente expressiva dos marujos (espero conseguir alguns esplêndidos exemplos para o senhor) não poderia aceitar voluntariamente que os *hábitos do serviço marítimo* sofressem de forma alguma. Mas quando eu soube que deixariam o pequeno vigário se dirigir a nós, confesso que comecei a me arrepender de minha interferência impulsiva e a compreender o quanto eu apreciara aquelas poucas semanas livres de toda a parafernália da Religião Instituída!

Contudo, não podia cometer a indecência de recuar agora e assisti ao serviço religioso que deixaram o nosso pequeno clérigo oficiar. Causou-me repugnância. Logo antes do ofício vi a srta. Brocklebank com o rosto praticamente empastado de branco e carmim! Talvez esse fosse o aspecto de Madalena, encostada no muro externo do templo. Pensei que nem Colley era capaz de obrigá-la a ter uma aparência mais decente. No entanto, descobri depois que eu subestimara tanto seu juízo quanto sua experiência. Pois quando chegou a hora da cerimônia religiosa, as velas do saguão iluminaram seu rosto, retirando-lhe a devastação da idade, e o que era pintura parecia agora juventude e beleza feéricas! Ela olhou-me. Mal me recuperara do abalo causado por essa artilharia voltada para mim, quando descobri quais os aperfeiçoamentos posteriores Summers fizera à minha proposta original. Permitira a entrada, para compartilhar nossa devoção, de certo número dos emigrantes mais respeitáveis — Grant, o ferrador, Filton e Whitlock, caixeiros eu acho, e o velho sr. Grainger com sua velha esposa. Ele é escrevente. É claro que em *qualquer* igreja de aldeia vê-se exatamente esta mistura de categorias; mas aqui a sociedade do salão de passageiros é tão *vagabunda* — um exemplo tão ordinário para eles! Estava eu me recuperando dessa invasão quando entrou — recebido por nós de pé, em sinal de respeito — um tiquinho de vigário, vestido à risca com sobrepeliz, solidéu apropriado equilibrado em cima de uma peruca redonda, longo manto, botas de saltos calçados de ferro — ostentando ao mesmo tempo um ar de desconfiança, piedade, triunfo e compaixão. Vossa senhoria há logo de protestar que alguns desses atributos não podem coexistir sob o mesmo solidéu. Concordo que no rosto normal raramente há lugar para tudo isso, e geralmente é um atributo, em especial, que domina. Assim acontece na maioria dos casos. Quando sorrimos, não o fazemos na verdade com a boca, as faces e os olhos, e sim com o rosto todo, desde o queixo até a linha dos cabelos! Mas esse Colley fora contemplado da maneira mais pobre possível pela natureza. Ela modelara — não, o verbo é demasiado enérgico. Então, digamos que, em algum recanto da praia do Tempo, ou na margem enlameada de um de seus regatos mais insignificantes, foram trazidos pela água e reunidos ao acaso determinados traços que a Natureza desprezara por serem inúteis a qualquer uma de suas criaturas. Uma centelha vital qualquer, talvez destinada a instilar vida nos carneiros, assumiu o conjunto. O resultado foi esse frangote eclesiástico.

Vossa senhoria talvez perceba no que vai acima certa tendência à *bela escrita;* tentativa que não deixou de ter êxito, modéstia a parte. No entanto, ao passar em revista esta cena, o pensamento principal que me veio à mente foi que o sacerdote era uma prova viva da máxima de Aristóteles. Pois existe afinal um estrato natural ao qual pertence Colley, embora certo patrocínio equivocado o tenha guindado a uma altura maior que a sua. O senhor há de encontrar esse estrato nos grosseiros manuscritos medievais, em que não existe sombreamento no colorido e perspectiva no desenho. Ilustra-se o outono com camponeses e servos encapuzados a colherem os campos, cujos rostos são traçados por uma linha muito tosca e irregular, tal como Colley! O olhar dele era baixo por desconfiança e talvez por compostura religiosa. Os cantos da boca virados para cima — ali se revelava o ar de triunfo e complacência! O resto de suas feições era osso puro. Na verdade, sua escola deve ter sido os descampados, a colecionar pedras e espantar passarinhos, e sua universidade, o arado. *Então*, todas essas feições tão irregularmente acentuadas pelo sol do trópico devem ter sido fundidas em uma unidade, sendo que uma só e humilde expressão dava vida ao todo!

Voltamos ao belo estilo de escrever, não foi? Entretanto, a inquietude e indignação ainda fervem dentro de mim. Ele sabe da minha importância. Às vezes era difícil descobrir se ele se dirigia a Edmund Talbot ou ao Todo-Poderoso. Era teatral como a srta. Brocklebank. Apenas o costume de respeitar os eclesiásticos me impediu de rebentar em gargalhadas indignadas. Entre os emigrantes respeitáveis que ali se encontravam havia a pobre e pálida garota, carregada com devoção por braços fortes e assentada atrás de nós. Soube que ela abortou durante nossa primeira ventania e sua terrível palidez contrastava com a sedução artificial da Brocklebank. A atenção digna e respeitosa de seus acompanhantes foi objeto de troça da parte daquelas criaturas que eram ostensivamente seus superiores — aquela toda pintada a fingir devoção, e o outro com seu livro certamente fingindo santidade! Quando a sessão espírita começou teve início também o acontecimento mais inacreditável de todos daquela noite ridícula. Não levo em conta o som dos passos acima de nossas cabeças, quando o sr. Prettiman demonstrou seu anticlericalismo de modo mais ruidoso possível, no convés de ré. Omito o tropel e a gritaria na hora da mudança de turno — certamente feito por instigação ou encorajamento do capitão, ou por seu consentimento tácito, com o máximo de arruaça que se podia esperar de marinheiros brincalhões. Penso apenas no salão a balançar suavemente, na moça pálida e na farsa representada na sua frente! Pois tão logo o olhar do sr. Colley pousou na srta. Brocklebank, não conseguiu mais se desgrudar dela. De sua parte ela nos brindou com um papel — e tenho certeza que era mesmo um "papel" — de tamanha devoção, como se encontra facilmente nos mambembes. Seu olhar jamais deixava o rosto dele, salvo quando se voltava para o céu. Seus lábios estavam sempre entreabertos em um êxtase esbaforido, salvo quando se abriam e fechavam rapidamente em um ardente "Amém!". Na verdade, houve um momento em que um comentário beato feito pelo sr. Colley durante a sua homilia, seguido de um "Amém" da srta. Brocklebank, foi aparentemente realçado (ora, a *lesma anda a passo*) por um flato sonoro daquela máquina de vento, o sr. Brocklebank, que levou a maioria da congregação a casquinar como jovens estudantes nos bancos escolares.

A despeito do quanto procurei distanciar-me daquela encenação, senti-me profundamente envergonhado por ela e aborrecido comigo mesmo pelo que eu sentia. Contudo, desde esse momento, descobri que tinha boa razão para a minha vergonha e creio, nesta instância, terem sido meus sentimentos mais sábios que minha razão. Pois, repito, havia um punhado do vulgo conosco. É bem possível que eles houvessem entrado na parte da popa no mesmo estado de espírito dos visitantes que declaram ter vindo para ver os Canalettos de vossa senhoria, mas que na verdade vieram descobrir, se possível, como vive a nobreza. Porém, acho mais provável que eles tenham vindo em um espírito de simples devoção. É certo que aquela pobre moça em sua palidez não teria outro objetivo senão encontrar o consolo da religião. Quem haveria de negá-lo a semelhante sofredora desvalida, ainda que fosse ilusório? Na verdade, o espetáculo barato dado pelo pregador e sua Madalena pintada talvez não tenha estorvado a ligação entre a moça e o objeto imaginário de suas súplicas, mas o que dizer das pessoas honestas que a acompanhavam? É possível que tenham sido afetadas nas regiões mais sensíveis de sua lealdade e subordinação.

O capitão Anderson detesta mesmo a igreja! Sua atitude influencia as pessoas. Ele não deu nenhuma ordem, assim dizem, mas seu juízo certamente há de pesar sobre os oficiais que não comungam de sua obsessão. Somente o sr. Summers e o canhestro oficial do Exército, sr. Oldmeadow, estavam presentes. O senhor sabe o motivo da minha presença! Não gosto de me submeter à tirania!

A maior parte da preleção do sujeito já acabara quando fiz a grande descoberta quanto ao, digamos, diagnóstico da situação. Eu pensara, assim que vi o rosto pintado da *actrice* prender a atenção do reverendo, que ele sentira repugnância, talvez misturada à excitação involuntária devido ao primeiro impulso de atração — não, de luxúria — que uma devassa manifesta provoca no corpo, antes que na mente masculina, pela própria expressão de sua disponibilidade. Mas logo vi que isso não serviria. O sr. Colley jamais frequentara o teatro! E também como haveria ele dar esse salto, desde certamente uma de nossas mais remotas dioceses, até uma *maison d'occasion*? O seu livro lhe contara sobre mulheres pintadas cujos pés mergulhavam no inferno, mas não trazia conselhos sobre como reconhecer um exemplar à luz de velas! Ele a tomou por aquilo que a encenação dela insinuava! Uma corrente de aparência enganosa os uniu. Houve um momento em sua preleção em que, depois de ter se dirigido a todos os "cavalheiros", ele virou-se para ela com uma malícia extasiada, exclamando, "ou damas ou madames, por mais belas que sejam", antes de prosseguir com seu tema. Ouvi um sibilo positivo vindo de dentro do *bonnet* da srta. Granham, e Summers cruzou e descruzou as pernas.

Aquilo terminou finalmente e voltei à minha baia para escrever este registro em um estado de espírito, lamento dizer, de crescente mal-estar, embora o avanço do navio seja bastante tranquilo. Não sei o que se passa comigo. Escrevi com azedume e assim me sinto, essa é a verdade.

(17)

Creio que é dezessete. Que importa. Sofri de novo a cólica. Ah, Nelson, Nelson, como conseguiste viver tanto e não morrer finalmente desta série de espasmos ruidosos, e sim da violência menos dolorosa do inimigo?

(?)

Levantei-me e estou bem desperto, pálido, fraco, convalescente. Parece que depois de tudo eu talvez sobreviva até chegar ao nosso destino!

Escrevi aquilo ontem. Meus registros tornam-se econômicos como alguns capítulos do sr. Sterne! Mas surgiu uma situação divertida de que preciso que vossa senhoria saiba. No auge de minha miséria e pouco antes que eu sucumbisse a uma grande dose do elixir paregórico de Wheeler, ouviu-se uma tímida batida na porta de minha baia. Gritei "Quem é?". Ao que uma voz fraca respondeu "Sou eu, sr. Talbot. O sr. Colley. O senhor lembra, o reverendo Colley, a seu serviço". Por um golpe de sorte, mais do que por presença de espírito, descobri a única resposta que poderia me proteger de sua *visita*.

"Deixe-me sossegado, eu lhe rogo, sr. Colley" — um terrível espasmo de minhas entranhas interrompeu-me por um instante; em seguida falei — "Estou fazendo minhas orações!".

Seja por algum respeito adequado à minha privacidade, ou porque Wheeler se aproximava com o bom xarope nas mãos, livrei-me dele. O paregórico — em uma dose justificadamente forte — *derrubou-me*. No entanto, recordo nebulosamente daquele conjunto de curiosas feições, aquela aberração da natureza, Colley, a se avultar sobre mim. Deus sabe quando foi que aconteceu — se aconteceu! Mas agora que estou *de pé*, posto que ainda não *a circular*, este sujeito não terá certamente a impertinência de me impor sua presença.

Os sonhos do paregórico devem certamente algo a seu ingrediente, o ópio. Muitos rostos, afinal, flutuaram neles, de modo que é possível que o dele não tenha passado de um fragmento de meu delírio causado pela droga. A pobre moça pálida me assombrava — espero de fato que ela se recupere bem. Havia sob as suas maçãs do rosto cavidades de ângulos retos que eu não lembro jamais de ter visto igual, nem algo tão doloroso à vista. As cavidades e as alarmantes sombras que ali moravam e se moviam, bastando que mexesse um pouco a cabeça, abalaram-me de modo indescritível. Na verdade, fui tomado de uma débil raiva ao retornar em pensamento àquela cena do serviço religioso e lembrar como seu marido a expusera a uma farsa tão terrível! Contudo, hoje, voltei mais ao normal. Recuperei-me de pensamentos tão mórbidos. Nosso avanço tem sido tão excelente quanto minha recuperação. Apesar de o ar ter se tornado quente e úmido, não sou mais torturado pelos passos do sr. Prettiman em cima. Ele passeia pelo convés da popa com uma arma fornecida por ninguém menos do que o bêbado do sr. Brocklebank e pretende descarregar uma chuva de projéteis de seu velho bacamarte para aniquilar um albatroz, em oposição acintosa ao sr. Brocklebank, ao sr. Coleridge e à superstição, todos juntos! É uma demonstração viva, aos olhos do observador inteligente, do grau de irracionalidade a que pode chegar um filósofo racionalista!

(23)

Acho que é o vigésimo terceiro dia. Summers vai me explicar as principais partes do cordame. Pretendo surpreendê-lo com o conhecimento de um homem da terra — a maior parte recolhido em livros dos quais ele jamais ouviu falar! Também pretendo agradar a vossa senhoria com trechos escolhidos da linguagem dos marujos, pois começo, ainda que hesitantemente, a *falar* essa língua dos marujos! Pena que esse nobre meio de expressão disponha de literatura tão pequena!

(27)

Pode alguém viver assim? Neste calor e umidade...
    Era Zenobia. Vossa senhoria já o percebeu — claro que sim! — onde estou com a cabeça? Existe um laço conhecido, testado, verdadeiro, entre a percepção dos encantos femininos e o uso de bebidas fortes! Depois de três copos já vi vinte anos desaparecerem de um rosto, como a neve no verão! A viagem marítima somada a esse estímulo — e uma que nos leva a viajar tranquilamente através dos trópicos de todos os lugares — provoca um efeito na constituição masculina que *talvez* seja objeto de observação nos livros mais recônditos da profissão — quero dizer, da profissão médica —, mas com os quais eu ainda não topei no decorrer de uma educação normal. Talvez em algum trecho de Marcial — embora não o tenha comigo — ou aquele Teócrito — o senhor deve lembrar o meio-dia e o calor do verão τόν πᾶνα δεδοίκαμες. Ah, sim, podemos temer a Pan aqui, ou a seu equivalente naval, qualquer que seja! Porém os deuses e as ninfas do mar eram criaturas frias. Devo confessar que essa mulher é terrível, extremamente atraente, com sua *pintura* e tudo! Já nos encontramos tantas vezes. E como não haveríamos de fazê-lo? E nos encontramos de novo! Tudo é uma loucura, loucura tropical, delírio, quando não um êxtase! Mas eis que, de pé à amurada na noite tropical, as estrelas visíveis entre as velas, quando tudo oscilava junto e muito delicadamente, vejo que minha voz se tornara mais grave fazendo com que o nome dela saísse vibrante, e, no entanto, percebo minha própria insanidade — enquanto ela, ora, ela arfa o peito mal coberto com um movimento maior que aquele que agita as nédias profundezas. É uma insensatez: mas então, como descrever...
    Nobre padrinho, se o ofendo, repreenda-me. Quando desembarcar, hei de recuperar a sanidade. Hei de ser aquele conselheiro

e administrador sábio e imparcial, cujos pés o senhor colocou no primeiro degrau da carreira — entretanto, não me disseste o senhor "Conte tudo"? E falou, "Deixe-me viver de novo por seu intermédio!"

Sou apenas um rapaz, afinal.

Bem, o problema era então o diabo do local de encontro. Ver a dama era bastante fácil, na verdade, inevitável. Mas era assim em relação a todos! O sr. Prettiman percorre o convés de ré. A *famille* Pike, pai, mãe e filhinhas, caminha depressa entre o castelo de popa e a meia-nau, olhando para os lados com medo de ser abordada, suponho, e sujeita a sofrer alguma indignidade ou impropriedade. Colley surge à meia-nau; e agora toda vez ele não só me brinda com uma *reverência,* mas arremata-a com um sorriso tão santo e compreensivo que se torna um convite ambulante ao *mal de mer.* O que poderia eu fazer? Certamente não poderia instalar a dama na gávea do traquete! O senhor há de perguntar que mal haveria em fazê-lo na minha, ou na baia dela. Minha resposta é "todo"! Basta que o sr. Colley pigarreie do outro lado do vestíbulo para que acorde a srta. Granham, na baia logo após a sua. Quando aquele saco de vento do sr. Brocklebank solta um traque — como costuma fazer toda manhã depois das sete badaladas — nosso madeirame estremece inequivocamente, da minha baia até a do sr. Prettiman, bem em frente. Tive que explorar mais longe para encontrar um local adequado à consecução de nossos *amours.* Pensara em encontrar e apresentar-me ao comissário de bordo, mas, surpreendentemente, todos os oficiais se esquivavam à simples menção dele, como se ele fosse santo indecente, não posso dizer qual, e ele jamais aparece no convés. Trata-se de um assunto que desejo clarificar na minha mente — quando recuperá-la desta, desta loucura certamente passageira...

(30)

Em total desespero, convenci o sr. Tommy Taylor a levar-me à coberta dos canhões, que embora abrigue apenas três mestres em vez da guarnição habitual, é tão espaçosa que os suboficiais também a usam, porque o refeitório *deles* — não posso entrar na política disso tudo — é muito à frente do navio, e foi tomado pelos emigrantes de melhor categoria. Esses veteranos, o artilheiro, o carpinteiro e o mestre de navegação estavam sentados em uma mesa, enfileirados, e me observaram em silêncio com um olhar que parecia mais *sagaz* que o de qualquer outra pessoa no navio, com exceção da temível srta. Granham. No entanto, de início não lhes prestei muita atenção porque o sr. Willis, ao deslocar sua extensão ossuda em direção à escada, revelara um objeto extraordinário. Era, por incrível que pareça, uma planta, uma espécie de trepadeira, com raízes mergulhadas em um vaso e o caule, de mais de metro, amarrado à antepara. Não tinha folha alguma; e sempre que algum galho ou gavinha não se apoiavam em algo, pendiam moles como algas marinhas — que na verdade seriam mais adequadas e úteis. Exclamei ao vê-la. O sr. Taylor rebentou a rir como de costume e apontou o sr. Willis como seu proprietário não muito orgulhoso. O sr. Willis desapareceu escada acima. Voltei-me da planta para o sr. Taylor.

"Para que diabo serve isso?"

"Ah", respondeu o artilheiro. "A ladra."

"Sempre pronto para uma piada, esse sr. Deverel", disse o carpinteiro. "Foi ele quem deu a ideia."

O mestre de navegação sorriu para mim com um ar misterioso de piedade.

"O sr. Deverel lhe disse que é assim que se sobe na vida."

Tommy Taylor chorava de tanto rir — chorava literalmente, derramando lágrimas. Engasgou e bati nas suas costas com mais vigor do que lhe aprazia. Mas o excesso de alegria sempre incomoda. Ele parou de rir.

"É uma trepadeira novinha, está vendo!"

"Uma novata inexperiente", repetiu o carpinteiro. "Eu mesmo não consegui deixar de rir. Deus sabe o tipo de brincadeira que o sr. Deverel será capaz de inventar nesse balaio de gato.

"Nesse o que, cavalheiro?"

O artilheiro enfiara a mão debaixo da mesa e tirara uma garrafa.

"Um copo poderá ajudá-lo a ver as coisas, sr. Talbot, melhor do que uma luneta."

"Neste calor…"

Era rum, ardente e adocicado. Aumentou o calor de meu sangue e pareceu aumentar o abafamento do ar. Eu queria poder tirar o casaco, como fizeram os suboficiais; mas é óbvio que não tiraria.

"Este ar está terrivelmente abafado, cavalheiros. Não sei como conseguem suportá-lo dia após dia."

"Ah", disse o artilheiro, "é uma vida dura, sr. Talbot. Hoje aqui, amanhã já foi."

"Hoje aqui, hoje já foi", comentou o carpinteiro. "Lembra-se daquele rapaz, acho que era Hawthorne, que embarcou no início desta viagem? O contramestre mandou que ele e os outros segurassem o rabicho de um cabo, só que ele por último, e disse, disse a eles, 'não soltem não, aconteça o que acontecer'. Começaram a guindar a verga e então o barco começa a cair a ré, porque os outros saem fora. O jovem Hawthorne, que não sabe a diferença entre a coroa de uma roldana e seus fundos, e não é de espantar, porque veio de uma fazenda, ficou segurando como lhe mandaram."

O artilheiro meneou a cabeça e tomou um gole.

"Obedeceu às ordens."

O caso parecia ter chegado ao fim.

"Mas o que deu errado? O que aconteceu?"

"Ora, veja só o senhor", disse o carpinteiro, "o rabicho do cabo entrou na roldana e zum! Assim mesmo. O jovem Hawthorne estava na ponta. Deve ter voado por uma milha de distância."

"Jamais tornamos a vê-lo."

"Deus do céu."

"Hoje aqui, hoje já foi, como eu disse."

"Eu poderia lhe contar um caso ou dois sobre canhões, se for assim", disse o artilheiro. "Os canhões são malcriados, não se comportam bem, o que pode acontecer de milhares de jeitos diferentes. Por isso, se o senhor resolver se tornar artilheiro, sr. Talbot, é preciso manter a cabeça."

O carpinteiro, sr. Gibbs, cutucou o mestre de navegação.

"Ora, até um ajudante de artilheiro precisa manter a cabeça no lugar", disse ele. "O senhor já ouviu a história do ajudante de artilheiro que perdeu a cabeça? Foi perto de Alicante, creio…"

"Ora essa, George!"

"Esse ajudante, o senhor sabe, estava andando para cima e para baixo atrás de sua bateria, empunhando uma pistola. Trocavam tiros com um forte, o que é uma besteira, em minha opinião. Uma bala incandescente entrou pela portinhola de um canhão e decepou de um só golpe a cabeça do rapaz, que ficou como a tal da galantina que os franceses apreciam. Só que a bala estava vermelha em brasa e cauterizou o pescoço, de modo que o artilheiro continuou a andar de lá para cá, sem que ninguém notasse, até que ficassem sem ordens. Podem rir! Quase morreram de susto até que o primeiro-tenente quis saber, em nome de Cristo, por que os canhões haviam parado de atirar, a bombordo, no convés superior de ré, e então eles perguntaram ao rapaz, que não teve como dar-lhes uma resposta."

"Ora, cavalheiros! Vejam só!"

"Mais um copo, sr. Talbot."

"Está ficando *muito* abafado aqui…"

O carpinteiro assentiu com a cabeça e bateu na madeira com os nós dos dedos.

"Está difícil dizer se é o ar que sua, ou o madeirame do navio."

O artilheiro arquejou uma ou duas vezes, a gargalhar por dentro, como uma onda que não chega a quebrar.

"Deveríamos abrir uma janela", disse. "Lembra-se das moças, sr. Gibbs? 'Será que não podemos abrir uma janela? Estou me sentindo esquisita.'"

O sr. Gibbs arquejou, como o artilheiro.

"Sente-se esquisita, sente? Venha até aqui, minha querida. Assim conseguirá um ar bem fresco."

"'Que foi isso, sr. Gibbs? Um rato? Detesto ratos! Tenho certeza de que foi um rato…'"

"Foi só o meu cãozinho, querida. Olhe aqui. Sinta só o meu cãozinho."

Bebi um pouco do líquido ardente.

"E a gente consegue uma oportunidade até em um navio como este? Ninguém viu o senhor?"

O mestre de navegação deu seu belo sorriso.

"Eu os vi."

O artilheiro cutucou-o.

"Acorde, Shiner. Você nem sequer estava no navio. Mal tínhamos saído da categoria de marinheiros comuns."

"Marinheiro comum", comentou o sr. Gibbs. "Isso é que é vida. Nada de mar bravo. Encalhado em alguma angra, satisfeito com a rotina, podendo escolher cabines de almirante, com uma mulher paga para cuidar da cozinha. É o melhor emprego que existe na Marinha, sr. Talbot. Passei sete anos no navio antes que viessem a bordo para desencalhá-lo da lama. Então acharam, por uma razão ou outra, que não podiam limpar o casco, e rasparam o que puderam do musgo com o cabo de rocegar. Por isso é que ele é tão extraordinariamente lento. Foi a água do mar, você está vendo. Espero que a angra de Sidney, ou seja lá como a chamam, tenha enseadas de água doce."

"Se tirassem o musgo", comentou o artilheiro, "poderiam ter arrancado o fundo também."

Era evidente que eu não chegara nem perto de meu objetivo original. Só me restava um recurso.

"O comissário de bordo não compartilha este lugar espaçoso com os senhores?"

Novamente fez-se aquele estranho silêncio constrangedor. Finalmente o sr. Gibbs o quebrou.

"Ele tem seus próprios cômodos sobre as pranchas acima dos barris d'água, entre a carga e as almofadas de estiva."

"Que consiste em?"

"Fardos e caixotes", respondeu o artilheiro. "Cartuchos, pólvora, estopins, espoletas, chumbo miúdo, balas enramadas e trinta balas de canhão de vinte e quatro libras, todas cobertas, engraxadas, calçadas e bem amarradas."

"Tinas", respondeu o carpinteiro. "Ferramentas, enxós e machados, martelos e formões, serras e marretas, malhos, pregos, cavilhas e folhas de cobre, cunhas, correame, grilhões, ferro batido para a sacada nova do governador, barris, tonéis, barriletes, panelas de barro, garrafas e latões, sementes, amostras, ração, óleo para lampiões, papel, linho."

"E milhares de outras coisas", acrescentou o mestre de navegação. "Milhares de milhares."

"Por que não as mostra ao cavalheiro, sr. Taylor", disse o carpinteiro. "Leve o lampião. Finja que é o capitão fazendo a ronda."

O sr. Taylor obedeceu e fomos, ou melhor, *rastejamos* adiante. Uma voz falou a nossas costas.

"Talvez até vislumbrem o comissário."

Foi uma jornada estranha e desagradável, durante a qual ratos de verdade fugiam assustados. O sr. Taylor, acostumado a deslocamentos assim, creio, não estranhou nada. Adiantara-se tanto, antes que eu o mandasse voltar, que fui deixado na mais completa e, diria, fétida escuridão. Quando ele *de fato* voltou um pouco, foi apenas para revelar com seu lampião nosso caminho estreito e irregular entre volumes e formas desconhecidas que pareciam empilhados à nossa volta e, na realidade, por cima de nós, em total desordem e sem nenhum motivo aparente. Caí uma vez, e minhas botas pisaram a mesma areia e cascalho do lastro que Wheeler descrevera a mim no *primeiro dia:* e foi enquanto eu me esforçava para não ficar imprensado entre duas das enormes vigas do navio que tive o primeiro e único vislumbre de nosso comissário de bordo — ou pelo menos de quem achei que fosse ele. Avistei-o de relance, lá em cima, por causa de uma espécie de espaço entre alguns fardos, ou fosse lá o que fosse; e percebi que entre todos nós ele era o único que não precisava poupar luz, porque aquele buraco, embora bem abaixo do convés, brilhava como uma janela ensolarada. Distingui uma vasta cabeça com pequenos óculos, inclinada sobre um livro de escrituração — apenas isso e nada mais. E, contudo, era *essa* a criatura que, quando mencionada, criava um silêncio entre esses homens tão descuidados da vida e da própria morte!

 Consegui escalar o lastro, com dificuldade, subir nas pranchas sobre o canhão *amarrado*, e engatinhei atrás do sr. Taylor, até que uma volta de nossa passagem estreita escondesse a visão e ficássemos novamente a sós com nosso lampião. Chegamos à parte dianteira do navio. O sr. Taylor subiu as escadas na minha frente, gritando com sua voz esganiçada "olha o portaló!". O senhor não deve imaginar que ele ordenava que se baixasse algum mecanismo para me servir de conforto. Na linguagem dos marujos, um "portaló" é um espaço para se passar, e ele agia como meu guia ou litor, suponho, garantindo que o vulgo não me incomodasse. Assim florescemos das profundezas, passando por conveses cheios de gente de toda idade e sexo, cheiros, barulhos e fumaça, emergindo no castelo de proa apinhado, de onde finalmente escapei para o ar fresco e agradável do poço! Agradeci ao sr. Taylor pela sua escolta, em seguida fui para minha baia e mandei que Wheeler descalçasse minhas botas. Despi-me e esfreguei-me com cerca de meio litro d'água até me sentir mais ou menos limpo. Mas evidentemente não importava como aqueles suboficiais tomavam a liberdade de gozar dos favores das moças naquelas profundezas escuras, isso não servia para vosso humilde criado. Sentado na minha cadeira de lona em um ânimo próximo ao desespero, quase cheguei a confidenciar a Wheeler, mas conservei bastante juízo para manter segredo sobre os meus desejos.

 Fico imaginando o que significa a expressão "balaio de gato". Falconer guarda silêncio.

(Y)

Ocorreu-me de estalo! Nossa inteligência pode rodear e rodear algum problema sem que chegue, nem mesmo aos poucos, a alguma solução. Em um momento, ela não existe. Em outro, ali está. Se for impossível mudarmos de local, só nos resta mudar o tempo! Portanto, quando Summers anunciou que a tripulação iria nos fornecer entretenimento, fiquei cismado durante algum tempo, sem dar nenhum valor àquilo, então de repente percebi, com uma *visão política,* que o navio estava prestes a me oferecer, não um local, mas uma oportunidade! Tenho prazer em informá-lo — não, não acho que seja motivo de alegria; antes, de simples distinção —; saiba o senhor que emulei *uma* das vitórias marítimas de Lorde Nelson! A sociedade civil de nosso país conseguiria conquista melhor? Em suma, dei a entender que atividades tão triviais como a diversão dos marujos não me atraíam em nada, que eu estava com dor de cabeça e ficaria na minha cabine. Cuidei para que isso chegasse aos ouvidos de Zenobia! Assim, fiquei observando através das venezianas, enquanto nossos passageiros se dirigiam para a coberta da popa e para o tombadilho, uma turma ruidosa feliz por ter encontrado algo fora da rotina, e não tardou para que nosso vestíbulo ficasse tão vazio e silencioso quanto — quanto era possível que ficasse. Fiquei à espera, a ouvir o tropel dos pés sobre minha cabeça; e em breve a srta. Zenóbia veio descendo, certamente de mansinho, talvez em busca de um xale leve para protegê-la da noite tropical! Saí de minha baia, agarrei-a pelo pulso e puxei-a em minha direção antes que pudesse sequer fingir um grito de espanto! Mas havia bastante barulho vindo de outros lugares e bastante barulho do sangue a martelar os meus ouvidos, de modo que premi meu peito com verdadeiro ardor! Lutamos por um instante junto ao catre, ela com uma força gentilmente calculada que falhava ao me resistir, eu com paixão crescente. Espada em mãos, abordei-a! Ela bateu desordenadamente em retirada até os fundos da baia, onde lhe esperava a bacia de lona com seu suporte de ferro. Ataquei novamente e o suporte tombou. A estante se inclinou. *Moll Flanders* jazia aberto sobre o piso, *Gil Blas* caiu em cima dele, e o presente de despedida que minha tia me dera, *Meditações entre as tumbas (MDCCLX) II vols. Londres*, estava por cima dos dois. Afastei-os para o lado, e também as velas da gávea de Zenobia. Gritei-lhe que cedesse, no entanto ela manteve uma corajosa, embora inútil, resistência, que acendeu ainda mais o meu ardor. Forcejei *o prato principal*. Flamejamos contra as ruínas da bacia de lona e entre as páginas pisadas de minha pequena biblioteca. Flamejamos em pé. Ah — ela finalmente cedeu diante de minhas armas ofensivas, entregando todos os seus delicados despojos de guerra!

No entanto — se é que vossa senhoria me acompanha — ainda que seja nosso privilégio masculino *debellare* os *superbos* — as *superbas*, se prefere —, acho que é algo como um dever *parcere* o *subjectis*! Para resumir em uma frase: tendo obtido os favores de *Vênus*, eu não desejava suscitar as penas de *Lucina*! Porém a entrega dela foi total e apaixonada. Eu não sabia que o calor feminino podia crescer — mas para o cúmulo do azar, no momento mais crítico ouviu-se no convés sobre nossas cabeças o ruído de uma verdadeira explosão.

Ela me agarrou desesperada.

"Sr. Talbot", disse ofegante, "Edmund! Os franceses! Salve-me!"

Haveria algo mais inoportuno e ridículo? Como a maioria das mulheres belas e apaixonadas, é uma tola; e a explosão (que identifiquei de imediato) a colocou, se não a mim, na situação perigosa da qual tentei generosamente protegê-la. Bem, aí está. O erro foi dela e ela deverá suportar o castigo por suas tolices assim como os prazeres. Ela foi — e é ainda — extremamente provocante. Ademais, é mulher suficientemente experiente para perceber o que provocara!

"Acalme-se, minha querida", murmurei sem fôlego enquanto meu paroxismo muito acelerado diminuía — *maldita* mulher. "Foi o sr. Prettiman que finalmente avistou um albatroz. Ele descarregou o bacamarte de seu pai em qualquer direção ao pássaro. Você não será violada pelos franceses, mas pela plebe, quando descobrirem o que ele anda fazendo."

(Na verdade, descobri que o sr. Coleridge se enganara. Os marinheiros são supersticiosos de fato, só não ligam para nenhum tipo de vida. Os únicos motivos para não alvejarem pássaros é, primeiro, porque não lhes é permitido ter armas e, segundo, porque os pássaros marinhos não são palatáveis.)

Acima de nós, ouvia-se um pisoteio na coberta e, de modo geral, muito barulho em todo o navio. Eu só podia supor que a diversão estava sendo um sucesso extraordinário para aqueles que gostam deste tipo de coisa ou que não possuem nada melhor à vista.

"Agora, minha querida", disse eu, "precisamos levá-la de volta ao convívio social. Não ficará nada bem se aparecermos juntos."

"Edmund!"

Falou isso arfando, pesada e brilhante. Realmente, seu estado era bastante desagradável!

"Ora, qual o problema?"

"Você não vai me abandonar?"

Parei e refleti.

"Acha que sou capaz de pular a amurada e embarcar no meu próprio navio?"

"Como é cruel!"

Estávamos agora, como pode observar vossa senhoria, próximos do terceiro ato de um drama inferior. Ela no papel de vítima abandonada, e eu de vilão insensível.

"Que bobagem, minha querida! Não me diga que essas circunstâncias lhe são, apesar de nossa postura um pouco deselegante, lhe são totalmente desconhecidas!"

"Que devo fazer?"

"Que besteira, mulher! O perigo é pouco, como bem sabe. Ou está esperando que…"

Calei-me a tempo. Qualquer insinuação, mesmo falsa, de que houvesse qualquer elemento *comercial* nessa relação seria um insulto desnecessário. Para dizer a verdade, eu sentia uma série de irritações combinadas à sensação natural de completude e conquista, que me fazia desejar naquele momento nada mais nada menos que ela sumisse como uma bolha de sabão ou qualquer outra coisa que se esvanecesse no ar.

"Está esperando o que, Edmund?"

"Por um momento oportuno para me esgueirar em sua baia, cabine, eu diria, e retocar sua, sua toalete."

"Edmund!"

"Temos pouquíssimo tempo, srta. Brocklebank!"

"Mas se, *se* houver consequências nefastas..."

"Ora, minha querida, superaremos este obstáculo, quando for a hora. Agora vá, vá! Examinarei o vestíbulo... o caminho está livre!"

Incentivei-a com um leve aceno, em seguida pulei de volta para minha cabine. Devolvi os livros às respectivas prateleiras e dei o meu melhor para desentortar o suporte de ferro da bacia, deixando-o à sua forma original. Deitei finalmente no beliche e senti, não a tristeza aristotélica, e sim a continuação de minha irritação anterior. Realmente, que *tola* era aquela mulher! Os franceses! Foi seu senso dramático que a enganara, eu não pude deixar de pensar, às minhas custas. Mas a festa no convés estava terminando. Pensei em sair mais tarde, quando a luz do vestíbulo favorecesse o disfarce à descoberta. Esperaria pelo momento certo para ir ao salão de passageiros beber um copo com qualquer cavalheiro que estivesse bebendo ali até tarde. Não cuidei de acender minha vela, mas fiquei esperando, esperando em vão! Ninguém desceu das cobertas superiores! Assim, lancei-me ao salão de passageiros e fiquei desconcertado ao ver que Deverel já estava lá, sentado em uma mesa sob a grande janela da popa, com um copo em uma das mãos e, por estranho que pareça, uma máscara de Carnaval na outra! Ele ria sozinho. Logo me viu e chamou.

"Talbot, meu caro companheiro! Um copo para o sr. Talbot, taifeiro! Foi um espetáculo!"

Deverel estava alto. Sua fala estava imprecisa e havia certo relaxamento em sua postura. Brindou-me com graça, embora exagerado. Riu novamente.

"Que belo esporte!"

Por um instante pensei que se referia ao que acontecera entre mim e a srta. Zenny. Mas sua atitude não apontava nessa direção. Era algo diferente, então.

"Ora, então", disse eu. "Belo, como disse o senhor."

Ele não respondeu nada durante um ou dois instantes. Em seguida...

"Detesta tanto os sacerdotes!"

Eu estava ficando, conforme dizíamos quando criança, quentinho.

"Refere-se ao nosso galante capitão."

"O velho pançudo."

"Devo confessar, sr. Deverel, que eu mesmo não sou muito amigo da batina; mas a repugnância do capitão vai longe demais. Disseram-me que ele proibiu a presença do sr. Colley no convés de ré por causa de alguma infração banal."

Deverel tornou a rir.

"No convés de ré, que Colley acha que inclui o tombadilho. Então ele permanece mais ou menos confinado à meia-nau."

"É um mistério este ódio *apaixonado*. Eu mesmo acho Colley uma, uma criatura… mas seria incapaz de punir um homem pela sua índole. Basta ignorá-lo."

Deverel rolou o copo vazio sobre a mesa.

"Bates! Mais um conhaque para o sr. Deverel!"

"O senhor é a bondade em pessoa, Talbot. Eu poderia lhe dizer…" Interrompeu-se, rindo.

"Diga-me, o que, senhor?"

Percebi tarde demais que ele estava caindo de bêbado. Somente a elegância habitual de sua postura e comportamento me esconderam o fato. Ele murmurou.

"Nosso capitão. O danado de nosso capitão."

Sua cabeça tombou para a frente na mesa do salão, o copo caiu e se quebrou. Tentei reanimá-lo, sem sucesso. Chamei o taifeiro, que é bastante acostumado a lidar com essas situações. Agora, finalmente a plateia de fato voltava do convés superior, já que eu podia escutar os passos na escada. Saí do salão para encontrar uma multidão deles no vestíbulo. A srta. Granham passou voando por mim. O sr. Prettiman estava apoiado no ombro dela e perorava sobre algo que eu não sabia. Os Stocks concordavam com Pike *père et mère* que a coisa tinha ido longe demais. Mas ali estava a srta. Zenobia, radiante entre os oficiais, como se tivesse feito parte da plateia desde o início! Dirigiu-se a mim, rindo.

"Não foi divertido, sr. Talbot?"

Curvei-me, sorrindo.

"Nunca me diverti tanto, srta. Brocklebank."

Voltei à minha cabine, onde achei que o perfume daquela mulher ainda perdurava. Para ser sincero, embora a irritação ainda dominasse minha mente, quando me sentei para fazer este registro — e à medida que o registro progredia — a irritação foi subordinada a uma espécie de tristeza universal — Meu Deus! Terá Aristóteles igual razão diante do relacionamento entre os sexos, quanto diante das categorias sociais? Preciso libertar-me de uma visão demasiadamente grosseira da relação animalesca que faz nossa desgraçada espécie vir à luz.

ZETA

Ainda é a mesma noite e já me recuperei do que agora considero uma visão mórbida de praticamente tudo! Confesso que estou mais preocupado com aquilo que Wheeler pode descobrir e comunicar a seus colegas, que com quaisquer considerações de moralismo metodista! Uma das razões é que não consigo reconstituir o formato exato do suporte de ferro e a outra é que esse perfume danado ainda perdura! Maldita mulher tola! Ao olhar para trás, parece que aquilo que hei de sempre lembrar não é o prazer breve e algo febril de meu *entretenimento*, e sim o recurso espantoso e ocasional do palco, ao qual ela recorria toda vez que seus sentimentos estavam mais despertos do que de costume — ou talvez quando estivessem mais *definidos* que de costume! Poderia uma atriz transmitir uma emoção indefinível? Assim, não acolheria ela com prazer uma situação em que a emoção fosse direta e precisa? E isso não explica o comportamento *teatral*? Em meu modesto envolvimento com teatros amadores da universidade, aqueles que havíamos contratados como consultores profissionais nos informaram alguns termos técnicos da arte, ofício ou *comércio*. Desta forma, eu deveria ter dito que depois do meu comentário "ora, minha querida, superaremos este obstáculo quando for a hora", ela não respondeu em palavras; mas já meio virada para trás, voltou-me as costas e começou a se afastar de mim — teria ido muito além, se assim lhe permitisse a baia — e teria executado o movimento que nos foi descrito como *uma saída do palco, à direita*! Ri ao lembrar-me disso e de certa forma voltei a mim. Deus do céu, como concordaria o capitão, um pároco a bordo já é demais, e o palco funciona como uma alternativa agradável ao moralismo! Ora, não tivemos um espetáculo que nos foi dado pelo senhor reverendo e a srta. Brocklebank durante o decurso do único serviço a que tivemos de nos submeter? Fui dominado neste exato instante por um conceito verdadeiro e literariamente shakespeariano. *Ele* a achara atraente e *ela* demonstrara estar, como todas as mulheres, ansiosa para se ajoelhar ante um oficiante do sexo masculino — formavam um belo par! Não deveríamos fazer-lhes o bem — ou, como me cochichou um diabrete, o bem a nós três? Esses improváveis Beatriz e Benedito não deveriam ser levados a uma montanha de afeto mútuo? "Cumprirei qualquer tarefa honesta, senhor, para dar um marido à minha prima." Ri alto ao escrever isto — e só posso esperar que os demais passageiros, deitados em seus beliches *às três badaladas do turno intermediário,* pensem que eu, como Beatriz, ri adormecido! Daqui em diante, dedicarei ao sr. Colley as minhas mais delicadas atenções — pelo menos até que a srta. Brocklebank prove não correr mais perigo por conta *dos franceses!*

(Z)

Zê, veja só, zê, não sei que dia é hoje — mas aqui houve barulho! Que coisa!

Levantei-me na hora de costume com uma ligeira estenose perto das sobrancelhas, causada, acho, pelas libações um tanto exageradas do conhaque inferior em companhia do sr. Deverel. Vesti-me e fui ao convés para dissipá-la, quando, ora, quem surgiu do vestíbulo senão o reverendo para quem eu planejava — a palavra não é das mais felizes — um futuro tão aprazível?! Cuidando de minha determinação, tirei o chapéu e desejei-lhe um bom dia. Ele se curvou, sorriu e levantou o tricórnio para mim, porém com mais dignidade que eu poderia achar que tivesse. Veja só, falei comigo mesmo, a terra de Van Diemen precisa de um bispo? Olhei-o com certo espanto enquanto ele subia a escada com firmeza até o convés de ré. Segui-o até onde ainda estava o sr. Prettiman ninando sua arma ridícula. Saudei-o; pois se agora tenho uma necessidade pessoal do sr. Colley, como sabe o senhor, o sr. Prettiman há de ser sempre um motivo de interesse para mim.

"O senhor acertou o albatroz?"

O sr. Prettiman pulou com indignação.

"Não acertei não, senhor! O episódio todo — eles arrancaram a arma das minhas mãos —, o episódio todo foi grotesco e lamentável! Que demonstração de ignorância, de superstição selvagem e monstruosa!"

"Sem dúvida, sem dúvida", disse eu em tom consolador. "Algo assim jamais aconteceria na França."

Continuei em direção ao tombadilho superior; subi a escada; qual não foi meu espanto ao encontrar ali o sr. Colley! De peruca redonda, tricórnio e casaco preto estava ele diante do capitão Anderson, exatamente sobre as pranchas sagradas do tirano! Quando cheguei ao topo da escada, o capitão Anderson afastou-se bruscamente, foi até a amurada e cuspiu. Estava com o rosto corado e ameaçador como uma gárgula. O sr. Colley levantou solenemente o chapéu, em seguida veio em direção à escada. Viu o tenente Summers e rumou até ele. Saudaram-se com a mesma solenidade.

"Sr. Summers, acredito ter sido o senhor que descarregou a arma do sr. Prettiman?"

"Foi sim, senhor."

"Espero que não tenha machucado ninguém."

"Atirei por cima da amurada"

"Devo agradecer-lhe por isto."

"Não foi nada, cavalheiro. Sr. Colley..."

"Sim?"

"Peço-lhe que siga meus conselhos."

"Em que sentido, cavalheiro?"

"Não vá imediatamente. Não faz muito tempo que conhecemos nossa tripulação, senhor. Depois de ontem — sei que o senhor não é amigo de nenhum tipo de entorpecente — eu lhe peço que espere até que as pessoas recebam seu rum. Depois disso, haverá um período em que, apesar de não ficarem mais razoáveis do que agora, ficarão pelo menos mais calmos e simpáticos..."

"Tenho minha armadura, cavalheiro."

"Creia em mim, sei de que estou falando! Já pertenci ao meio a que eles pertencem..."

"Carrego o escudo do Senhor."

"Cavalheiro! Sr. Colley! Como um favor pessoal a mim, já que o senhor se declara em débito comigo — rogo-lhe que espere, espere uma hora!"

Fez-se silêncio. O sr. Colley me viu e se curvou solenemente. Voltou-se para o sr. Summers.

"Muito bem, cavalheiro. Aceito seu conselho."

Os cavalheiros curvaram-se novamente, o sr. Colley veio em minha direção e por isso *nós* curvamo-nos um ao outro! Versailles não teria feito melhor! Em seguida o cavalheiro desceu a escada. Foi demais! Uma nova curiosidade se misturou aos meus propósitos *shakespearianos* para ele. Meu Deus do céu, pensei, todo o hemisfério sul adquiriu agora seu arcebispo! Corri atrás dele e alcancei-o quando estava prestes a entrar em nosso vestíbulo.

"Sr. Colley!"

"Sim?"

"Há muito tempo que tenho vontade de me relacionar melhor com o senhor, mas devido a uma indisposição infeliz, não houve ainda uma ocasião..."

Sua *cara* se dividiu em um sorriso. Tirou o chapéu abruptamente, segurou-o contra a barriga e se curvou, ou fez uma reverência sinuosa por cima dele. O arcebispo desinflou para se tornar um pároco do interior — não, um reles cura. Meu desprezo voltou, sufocando minha curiosidade. Mas lembrei-me do quanto Zenobia poderia necessitar de seus serviços e de que eu deveria mantê-lo como *reserva* — ou como dizem na Marinha — *em serviço rotineiro!*

"Sr. Colley, há muito tempo que estamos para nos conhecer. Não quer dar uma volta comigo no convés?"

Foi extraordinário. Seu rosto, queimado e cheio de bolhas por exposição ao sol do trópico, corou ainda mais, e então empalideceu de repente. Juro que seus olhos se encheram de lágrimas! Seu pomo de adão *dançava* de verdade para cima e para baixo, sob e acima das fitas eclesiásticas!

"Senhor Talbot, cavalheiro... Não há palavras que... Há muito tempo desejo um instante como este... Isto é digno do senhor e de seu nobre patrono... Que generosidade! Trata-se da caridade cristã em sua mais pura expressão... Deus lhe abençoe, senhor Talbot!"

Mais uma vez ele executou sua reverência sinuosa e que parecia um mergulho, afastou-se um ou dois metros, mergulhou de novo, como se em despedida, depois desapareceu dentro de sua baia.

Ouvi uma exclamação de desprezo acima de mim, levantei a vista e o sr. Prettiman estava olhando para nós por cima do parapeito dianteiro do convés da popa. Pulou de novo subitamente. Mas no momento não lhe dediquei nenhuma atenção. Ainda estava perturbado pelo efeito extraordinário que minhas palavras tiveram sobre Colley. Tenho aspecto de cavalheiro e estou vestido adequadamente. Sou bastante alto e talvez — não digo nada além de talvez — a consciência de meu futuro cargo tenha adicionado maior dignidade a minha postura do que é costume em alguém da minha idade! Neste caso, a responsabilidade recai indiretamente sobre o senhor — mas não escrevi antes que não continuaria a aborrecê-lo com a minha gratidão? Resumindo, então, não havia nada em mim que justificasse o tratamento digno de realeza que esse tolo me dispensava! Caminhei meia hora entre a base do convés de ré e o mastro principal, talvez para me livrar daquela mesma estenose entre as sobrancelhas, pensando nessa situação ridícula. Algo acontecera e eu não sabia o que — algo, percebi, que se passara durante a diversão no navio enquanto eu me encontrava tão intimamente ocupado com a deliciosa inimiga! De que se tratava, eu não sei dizer, tampouco por que minha aceitação do sr. Colley lhe fora mais prazerosa que o habitual. E o tenente Summers descarregara o bacamarte do sr. Prettiman sem ferir ninguém! Isso me pareceu um fracasso extraordinário da parte de um *marinheiro de combate*! Era um grande desafio e um grande quebra-cabeça; e tinha ainda aquela evidente gratidão do sujeito por minha atenção — que irritante não poder solicitar aos cavalheiros ou oficiais a solução do mistério, já que não seria político demonstrar ignorância baseada em uma agradável preocupação com um membro do sexo oposto! Não consegui perceber logo como continuar minha busca. Voltei ao nosso vestíbulo com o propósito de ir até o salão e se possível descobrir, ouvindo as conversas informais ali, a fonte da extrema gratidão e dignidade do sr. Colley. Mas quando entrei no vestíbulo, a srta. Brocklebank saiu depressa de sua baia e me deteve com sua mão em meu braço.

"Sr. Talbot... Edmund!"

"Em que posso lhe ser útil, madame?"

E então com voz rascante de contralto, porém em pianíssimo...

"Uma carta... Ah, meu Deus! Que farei?"

"Zenobia! Conte-me tudo!"

Vossa senhoria consegue detectar certa dramaticidade na minha reação? Houve de fato. Fomos subitamente arrastados por uma onda melodramática.

"Oh, céus... era, é um *billet*... que perdi, perdi!"

"Mas, minha querida", disse eu, abandonando imediatamente o palco, "eu não lhe escrevi nada."

Seu colo magnífico, porém tolo, arquejou.

"Era de outro!"

"Bem", murmurei, "eu me recuso a ser responsável por todos os cavalheiros do navio! A senhora deveria recorrer aos préstimos dele, não aos meus. Assim..."

Virei-me para partir, mas ela segurou meu braço.

"O bilhete é totalmente inocente, mas... Mas pode ser mal interpretado... Eu talvez o tenha deixado cair... Ah, Edmund, você sabe muito bem onde!"

"Eu lhe asseguro", disse eu, "que ao arrumar minha baia por causa de determinado acontecimento incomum eu teria notado..."

"Por favor! Ah, por favor!"

Ela me fitou nos olhos com aquela expressão de confiança absoluta mesclada à angústia que tanto favorece um par de órbitas, apesar de brilhantes. (Mas quem sou eu para ensinar a vossa senhoria, cercado ainda por uma multidão de admiradoras que olham para aquilo que almejam, mas não podem ter — aliás, será minha lisonja bruta demais? Lembre-se que o senhor declarou que ela era mais eficaz quando temperada com a verdade!)

Zenobia aproximou-se e murmurou.

"Deve estar na sua cabine. Ah, se Wheeler achá-lo, estou perdida!"

Que diabo, pensei. Se Wheeler achá-lo, sou *eu* que estou perdido, ou quase — estaria ela tentando me comprometer?

"Não diga mais nada, srta. Brocklebank, eu irei imediatamente."

Saí pela direita — ou foi pela esquerda? Nunca tive certeza, a respeito do teatro. Digamos então que avancei em direção ao meu espaçoso apartamento a bombordo do navio, abri a porta, entrei, fechei-a e comecei a procurar. Não conheço nada mais irritante que ser obrigado a procurar algum objeto em um espaço pequeno. Dei-me conta de imediato que havia dois pés próximos a mim. Levantei os olhos.

"Vá embora, Wheeler! Vá *embora*!"

Ele se foi. Depois disso encontrei o papel, mas só depois de ter desistido de procurar. Estava prestes a botar água na minha bacia de lona quando veja só o que vi no meio dela: nada mais que uma folha de papel dobrada. Peguei-a imediatamente e estava a ponto de voltar para a baia de Zenobia quando um pensamento me deteve. Em primeiro lugar eu fizera minhas abluções antes, de manhã. A bacia de lona fora esvaziada e o beliche feito.

Wheeler!

Desdobrei o bilhete imediatamente, em seguida voltei a respirar. A escrita era grosseira.

QUERIDA MULHER MAIS ADORÁVEL NÃO POSSO ESPERA MAIS! FINALMENTE DESCOBRI UM LOCAU QUE NINGUÉM SABE! MEU CORASSÃO BATE FORTE EM MEU PEITO COMO NUNCA BATEU NOS MEUS MUITOS MOMENTOS DE PIRIGO! SÓ ME DIZ A HORA E LHE CONDUZIREI AO NOSSO PARAÍZO!

SEU HERÓI DO MAR

Meu Deus, pensei, é Lorde Nelson elevado ao quadrado do ridículo! Ela teve um ataque de *Emma,* contaminando este herói desconhecido do mar com seu próprio estilo! Mergulhei em um estado de total confusão. O sr. Colley, todo digno... Agora este bilhete... Summers com o bacamarte de Prettiman que pertencia de fato a Brocklebank... Comecei a rir e gritei por Wheeler.

"Wheeler, você esteve trabalhando na minha cabine. O que eu faria sem você?"

Ele inclinou-se, mas não disse nada.

"Agrada-me a sua atenção. Tome meio guinéu. Você às vezes é meio esquecido, não é?"

O olhar do sujeito nem sequer piscou em direção à bacia de lona.

"Obrigado, sr. Talbot, cavalheiro. Pode confiar em mim para tudo, senhor."

Retirou-se. Examinei de novo o bilhete. Não era de Deverel, evidentemente, pois a escrita errada não poderia ser de um cavalheiro. Refleti sobre o que eu deveria fazer.

Então — algum dia depois hei de me divertir ao perceber como isso tudo caberia em uma farsa — dei-me conta de como o teatro me forneceria um meio de me livrar de Zenobia, e também do pároco — bastava jogar o bilhete na cabine dele, fingir descobri-lo — Este bilhete não está endereçado à srta. Brocklebank? E o senhor, um representante da Igreja! Confesse, seu cachorro, e parabéns pelo sucesso com a namorada!

Nesse ponto me deixei dominar pelo espanto e pela irritação. Ali estava eu, um homem responsável e honrado, contemplando um ato que não era apenas criminoso, mas desprezível! Como pode isso acontecer? O senhor vê que não escondo nada. Sentado na beira do beliche examinei o caminho que me levara a ter pensamentos tão brutos e vi que seu ponto de partida havia sido a dramaticidade criada pela atração de Zenobia — um retorno direto à farsa a e ao melodrama —, resumindo, ao teatro! Que seja proclamado em todas as escolas...

Platão tinha razão!

Levantei-me, fui até a próxima baia e bati. Ela abriu, entreguei-lhe o bilhete e afastei-me.

(Ω)

Ômega, ômega, ômega. Certamente a cena final! Nada mais pode acontecer — a não ser um incêndio, naufrágio, a violência do inimigo ou um milagre! Até mesmo neste último caso, estou certo de que o Todo-Poderoso haveria de aparecer teatralmente como um deus ex machina! Ainda que recuse a desgraçar-me por isso, não consigo, ao que parece, impedir que a embarcação inteira se entregue a encenações teatrais! Eu mesmo gostaria de aparecer diante do senhor agora, vestindo a capa de um mensageiro de uma peça — por que não do vosso Racine —, perdoe-me o "vosso", mas não consigo pensar nele de outro modo...

Ou devo me restringir aos gregos? Trata-se de uma peça. É uma farsa ou tragédia? Não depende a tragédia da dignidade do protagonista? Não deve ter grandeza para decair com grandiosidade? Uma farsa, então, porque o tipo parece agora uma espécie de Polichinelo. Sua queda se dá em termos sociais. A morte não entra nisso. Ele não há de furar os olhos, nem ser perseguido pelas Fúrias — não cometeu crime nenhum, não transgrediu lei nenhuma —, a não ser que nosso célebre tirano mantenha algumas em reserva para os incautos.

Depois de ter me livrado do *billet* fui tomar um pouco de ar no convés de ré, em seguida no tombadilho superior. O capitão Anderson não estava, mas Deverel cumpria o turno junto com nosso aprendiz ancião, o sr. Davies, que à luz brilhante do sol parecia mais caquético do que nunca. Saudei Deverel e voltei para o convés de ré, pretendendo falar algo com o sr. Prettiman, que ainda fazia sua patrulha totalmente louca. (Convenço-me cada vez mais que não é possível que este sujeito represente qualquer perigo para o estado. Ninguém lhe prestaria ouvidos. Mesmo assim, achei de meu dever manter contato com ele.) Ele não prestou nenhuma atenção à minha chegada. Olhava fixamente abaixo para a meia-nau. Meu olhar seguiu o dele.

Qual não foi minha surpresa ao ver o dorso do sr. Colley surgir de sob o convés de ré e seguir em direção à parte dos passageiros do navio! Isto em si já era bastante espantoso, já que ele atravessou a linha branca na altura do mastro principal, que limitava o acesso a nós apenas a quem tinha convite ou estava em serviço. Mas o que era ainda mais espantoso é que Colley estava vestido em um verdadeiro delírio de elegância eclesiástica! Aquela sobrepeliz, batina, manto, peruca e capelo pareciam simplesmente ridículos sob o nosso sol a pino! Ele avançava com passo solene como se estivesse em uma catedral. As pessoas que estavam sentadas ao sol levantaram-se de imediato com ar um tanto constrangido, pensei. O sr. Colley desapareceu do meu campo de visão ao entrar pela porta do castelo de proa. Havia sido isso, então, o que ele conversara com Summers. As pessoas precisavam de seu rum — e agora me lembro, de fato, de ter ouvido mais cedo o sinal do apito e o grito "Copos ao alto!", sem prestar atenção a este som que se tornara tão familiar. O movimento do navio era leve, o ar quente. A própria tripulação gozava de uma meia folga, ou aquilo que Summers chamava "meia sola". Quedei por algum tempo no convés de ré, mal prestando atenção à diatribe do sr. Prettiman contra o que ele chamava de sobrevivência da elegância bárbara, pois eu esperava com certa curiosidade para ver o pároco sair de novo! Eu não conseguia imaginar que ele tivesse a intenção de oficiar um serviço completo! Porém a visão de um vigário, não tanto a andar em um lugar assim, mas a entrar nele em procissão — já que ele irradiava um movimento, um ar que insinuava a companhia de um coro, um punhado de cônegos e, por fim, um diácono —, a visão, confesso logo, impressionou-me e divertiu-me. Compreendi o seu erro. Por faltar-lhe a autoridade natural de cavalheiro, ele exagerava absurdamente na dignidade de seu ofício. Estava agora marchando em direção às classes baixas com toda a pompa da Igreja Triunfante — ou seria da Igreja Militante? Fiquei comovido com esta cena em miniatura dos elementos que levaram a sociedade inglesa — e arrisco dizer, britânica — ao estado de perfeição de que ela agora goza. Ali diante de mim estava a Igreja; acolá, a *ré de* mim sentado em sua cabine estava o Estado, na pessoa no capitão Anderson. Qual chicote, pensei, provaria ser mais eficaz? A chibata de nove pontas, muito concreta em sua sacola de sarja vermelha, à disposição do capitão, embora eu desconheça que ele tenha ordenado o seu uso; ou a noção, a *ideia platônica* do chicote, a ameaça do fogo do inferno? Pois eu não duvidava (pela expressão ultrajada e altiva do homem em frente ao capitão) que a tripulação tivesse submetido o sr. Colley a alguma humilhação real ou imaginária. Não ficaria muito surpreso se ouvisse o castelo de proa ressoar com uivos de arrependimento ou gritos de terror. Durante algum tempo — não sei quanto — esperei para ver o que aconteceria e cheguei à conclusão de que não iria acontecer absolutamente nada! Voltei para minha cabine, onde dei prosseguimento aos *calorosos* parágrafos os quais espero que o senhor tenha apreciado. Um barulho me fez interromper esta tarefa.

Vossa senhoria será capaz de adivinhar qual era o barulho? Não, nem mesmo o senhor! (Espero que com a prática eu descubra formas mais sutis de lisonja.)

O primeiro ruído que ouvi vindo do castelo de proa foram aplausos! Não eram aplausos como os que se seguem a uma *ária* e que talvez interrompam o andamento da ópera por vários minutos, se juntarmos. Não era histeria, a plateia não estava fora de si. Nem atirava rosas — ou guinéus, como certa vez já vi alguns jovens entusiasmados tentarem jogar no colo da Fantalini! Eles o faziam, assim diziam meus *ouvidos sociais,* por ser correto, o que era apropriado. Aplaudiram tal como eu aplaudira, ao lado de meus colegas, no Sheldonian, quando determinado estrangeiro insigne recebeu um diploma honorário da universidade. Fui rápido para o convés, mas agora reinava o silêncio depois da primeira rodada de aplausos. Achei que pudesse ouvir o reverendo falar. Tive a ligeira ideia de adentrar a cena, esconder-me na extremidade do castelo de proa, e ouvir. Mas pensei então na quantidade de sermões que eu já ouvira na vida, e na provável quantidade que ainda teria de ouvir. Nossa viagem, de muitos modos desastrosa, era, no entanto, verdadeiras férias em relação a eles! Resolvi esperar, portanto, até que nosso novo triunfante Colley convencesse o nosso capitão de que ao nosso velho barco faltava um sermão, ou pior, uma série formal deles. Chegou a passar pelo meu olhar pensativo a imagem de, digamos, *Os sermões de Colley,* ou mesmo *Colley: A viagem da vida,* e resolvi de antemão não subscrever sua publicação.

Eu estava prestes a voltar de onde quedava na sombra gentilmente móvel de uma vela qualquer quando ouvi, incrédulo, uma salva de palmas, desta vez mais calorosa e espontânea. Não preciso frisar à vossa senhoria quão raras são as ocasiões em que um vigário é aplaudido em vestes solenes, ou como descreve o jovem sr. Taylor, em "trajes de gala". Gemidos e lágrimas, exclamações de remorso e jaculatórias piedosas são o que ele pode esperar caso seu sermão tenha algum tipo de *entusiasmo*: silêncio e bocejos abafados serão sua recompensa se ele se contentar em ser alguém respeitável e entediante! Mas o aplauso que eu ouvia partir do castelo de proa era mais apropriado a um espetáculo de diversão! Era como se Colley fosse um acrobata ou um malabarista. Essa segunda salva de palmas era (depois da merecida primeira vez, por manter simultaneamente seis pratos no ar) como se ele houvesse agora acrescentado a isso um taco de bilhar equilibrado na testa, em cuja ponta girasse um penico!

Eis que minha curiosidade foi realmente despertada e eu estava prestes a me adiantar quando Deverel desceu de seu turno e começou de pronto, de maneira que eu só poderia chamar de deliberadamente maldosa, a discorrer sobre La Brocklebank! Senti-me descoberto e ao mesmo tempo um pouco lisonjeado, como qualquer rapaz ficaria, e também um pouco apreensivo ao imaginar as possíveis consequências de minha ligação com ela. Vi que a própria estava a boroeste do convés de ré, ouvindo alguma lição do sr. Prettiman. Levei Deverel ao vestíbulo, onde, reservados, conversamos um pouco. Falamos sobre essa dama com alguma liberdade e passou pela minha cabeça que durante o período de minha indisposição é possível que Deverel tenha obtido mais êxito do que estava disposto a confessar, embora o insinuasse. Talvez estivéssemos ambos no mesmo saco. Deus do céu! Mas, apesar de ser um oficial da Marinha, é um cavalheiro, e independentemente de como as coisas saírem, não nos delataremos. Bebemos um *pingo* no salão de passageiros, ele seguira para cumprir seus afazeres e eu voltava à minha baia, quando me detive de repente ao ouvir um grande barulho vindo do castelo de proa, e o barulho mais surpreendente de todos — o de uma verdadeira explosão de riso! Fiquei muito espantado ao pensar no sr. Colley como homem de espírito, e concluí que ele deixara a plateia entregue a si mesma e que ela, como um bando de colegiais, se divertia com imitações zombeteiras do mestre, que a censurara e depois fora embora. Subi ao convés de ré para ver melhor, em seguida ao tombadilho superior, mas não conseguia distinguir ninguém no castelo de proa, exceto o homem parado ali como vigia. Estavam todos dentro, todos reunidos. Colley dissera algo, pensei, e agora está na sua baia se despindo de sua *elegância bárbara* e solene. Mas o boato correra o navio. O convés de ré, embaixo, encheu-se de damas, cavalheiros e oficiais. Aqueles que ousavam fazê-lo permaneciam a meu lado na amurada dianteira do tombadilho superior. A imagem teatral que assombrara minha mente e colorira minhas especulações a respeito dos acontecimentos anteriores parecia agora envolver todo o navio. Atordoado, perguntei-me por um momento se nossos oficiais estavam do lado de fora na expectativa de algum motim! Mas Deverel saberia, e ele não falou nada. No entanto, estavam todos olhando em frente, para aquele grande setor desconhecido do navio onde a tripulação se entregava à diversão em curso. Éramos os espectadores e lá, visto intermitentemente além dos barcos no botaló e o enorme cilindro do mastro principal, ficava o palco. O castelo de proa erguia-se como se fosse o lado de uma casa, mobiliado, no entanto, com duas escadas e duas entradas, uma de cada lado, provocantes como um palco — provocantes porque não há como se garantir um espetáculo, e nossas estranhas expectativas seriam provavelmente decepcionadas. Jamais algo me fez sentir a distância entre a vida real em sua ação multifária, sua revelação parcial, ocultações irritantes, e os simulacros teatrais que eu antes julgara ser uma boa representação da mesma! Não me dei ao trabalho de perguntar o que estava acontecendo, nem consegui imaginar uma maneira de descobrir sem correr o risco de demonstrar um grau inconveniente de curiosidade. Naturalmente, o autor favorito de vossa senhoria teria destacado a heroína e seu confidente — o meu teria acrescentado a rubrica *entram dois marinheiros*. No entanto, eu só podia ouvir uma diversão crescente no castelo de proa e algo semelhante entre os nossos passageiros, sem falar nos oficiais. Fiquei à espera do evento, e ele surgiu inesperadamente! Dois grumetes — não eram jovens cavalheiros — dispararam pela porta a bombordo do castelo de proa, desapareceram por trás do mastro principal, em seguida desapareceram da mesma maneira precipitada pela entrada a estibordo! Eu pensava na natureza abjeta do sermão capaz de ocasionar tanta hilaridade generalizada, quando me dei conta do capitão Anderson, que também estava junto ao parapeito anterior do tombadilho superior, olhando enigmaticamente para a frente. O sr. Summers, primeiro-tenente, subiu correndo a escada, com todos seus movimentos indicando ansiedade e pressa. Foi direto ao capitão Anderson.

"Sim, sr. Summers?"

"Peço que me deixe tomar a frente disso, capitão."

"Não devemos interferir com a Igreja, sr. Summers."

"Capitão... Os homens, capitão!"

"Sim?"

"Estão bêbados, capitão!"

"Então cuide que sejam punidos por isso, sr. Summers."

O capitão Anderson virou-se, afastando-se do sr. Summers, e, ao que parece, notando-me pela primeira vez. Falou de lá do convés.

"Bom dia, sr. Talbot! Confio que esteja apreciando o nosso progresso, sim?"

Respondi que sim, traduzindo minha resposta em palavras que esqueci, pois estava preocupado com a extraordinária mudança no capitão. A expressão de seu rosto com que costuma aguardar a chegada de seus semelhantes pode ser definida como tão acolhedora quanto uma porta de cadeia. Ele também tem o hábito de projetar o maxilar, apoiando a massa sombria de seu rosto sobre ele, enquanto lança olhares fixos por debaixo das sobrancelhas, o que eu suponho ser verdadeiramente apavorante para seus subalternos. Mas hoje, nas suas feições, e de fato na sua fala, havia uma espécie de alegria!

Mas o tenente Summers falara de novo.

"Ao menos, permita-me... Olhe só aquilo, capitão!"

Ele apontava. Virei-me.

Vossa senhoria já refletiu sobre a singularidade da tradição que sinaliza a nossa aquisição do saber ao dependurar um capuz medieval no nosso pescoço e bater uma desempenadeira de pedreiro na nossa cabeça? (O reitor não deveria ser precedido por um cocho de pedreiro de ouro prateado? Mas é só uma digressão.) Duas figuras surgiram na entrada a bombordo. Começaram a andar em *procissão* pelo convés na direção da entrada a estibordo. Talvez o badalar do sino do navio e o grito certamente sarcástico de "Tudo bem!" persuadiram-me de que essas figuras pertenciam a algum relógio fantástico. A principal delas tinha uma capa preta orlada de pele, que não pendia nas costas, mas sim por cima da cabeça, como podemos ver em iluminuras da época de Chaucer. Ela passava por cima e em volta do rosto, e segurava com uma das mãos abaixo, perto do queixo, à moda que seria, creio eu, descrita pelas damas, como um cachenê. A outra mão estava na cintura, com o cotovelo em ângulo aberto. Essa criatura atravessou o convés com uma paródia exagerada do andar feminino. A segunda figura trajava — além de vestes folgadas de lona, que são os trajes comuns da tripulação — um barrete de aparência visivelmente deplorável. Seguiu a outra figura em trôpega perseguição. Quando as duas desapareceram no castelo de proa houve outra explosão de riso e em seguida vivas.

Posso ousar dizer algo que, por ser sutil, vossa senhoria haverá de julgar como sabedoria retrospectiva? Essa representação não foi dirigida apenas para dentro, em direção ao castelo de proa. Foi dirigida também a nós *na popa*! O senhor já não viu um ator fazer conscientemente um solilóquio para fora e para cima, até a galeria, e mesmo até um canto dela? Essas duas figuras que desfilaram diante de nós encenaram seus retratos da fraqueza e insensatez humanas diretamente à *popa,* onde se reuniam os seus superiores! Se vossa senhoria tem noção da velocidade com que o escândalo se espalha em um navio, há de dar mais prontamente crédito ao caráter imediato — não, instantâneo — com que as notícias do acontecido no castelo da proa, quaisquer que fossem, circularam como um raio pelo barco. As pessoas, os homens, a tripulação — tinham seus próprios propósitos! Eles estavam agitados! Nós estávamos unidos, acredito, na percepção da ameaça à estabilidade social que poderia surgir a qualquer momento da parte dos marinheiros comuns e dos emigrantes! Eram a brincadeira chula e a insolência que campeavam livres no castelo de proa. O sr. Colley e o capitão Anderson tinham culpa — um por ser a razão de tamanha insolência, o outro por permiti-la. Durante toda uma geração (reconhecendo a glória consequente aos nossos bem-sucedidos feitos de armas) o mundo civilizado teve motivos para lamentar o resultado da indisciplina da raça gaulesa. Ela dificilmente há de se recuperar, creio eu. Comecei a descer do tombadilho superior com desgosto, mal reconhecendo as saudações que recebi de todos os lados. O sr. Prettiman estava no convés de ré com a srta. Granham. Era bom, pensei amargamente, que ele fosse testemunha ocular dos resultados da liberdade que pregava! O capitão Anderson deixara o tombadilho superior entregue a Summers, que ainda olhava fixamente à frente com uma expressão tensa no rosto, como se esperasse o surgimento do inimigo, do Leviatã ou de uma serpente marinha. Eu estava prestes a descer à meia-nau quando o sr. Cumbershum apareceu de nosso vestíbulo. Parei, imaginando se deveria interrogá-lo; mas, enquanto isso, o jovem Tommy Taylor irrompeu inesperadamente do castelo de proa e veio correndo para a ré. Cumbershum agarrou-o.

"Tenha mais decoro pelo convés, rapaz."

"Senhor, preciso ver o primeiro-tenente, senhor... Tudo é verdade, juro por Deus!"

"Jurando novamente em vão, seu merdinha?"

"É o pároco, senhor, eu disse que era!"

"Sr. Colley para você, e vá para o inferno por sua falta de respeito e por dar gritinhos como um merdinha!"

"É verdade, é verdade, senhor! O sr. Colley está lá no castelo de proa, bêbado como um gambá!"

"Desça, senhor, senão eu o penduro no alto do mastro!"

O sr. Taylor desapareceu. Fiquei totalmente surpreso ao saber que o vigário estivera presente no castelo de proa durante toda aquela barulheira que dali reverberara — ali estivera ele durante aquele jogo--representação e durante a encenação das figuras do relógio, dirigidas a nós. Não pensei mais em me recolher à baia. Pois agora não só o convés de ré e o tombadilho superior estavam apinhados. As pessoas mais ativas haviam escalado as seções mais baixas das enxárcias, enquanto abaixo de mim, na meia-nau — o poço, creio eu, em termos teatrais —, havia ainda mais espectadores. O curioso é que, à minha volta no convés de ré, as damas, assim como os cavalheiros, estavam em, ou demonstravam, um ânimo de espantosa alegria. Gostariam, ao que parece, que as notícias não fossem verdadeiras — sentiriam a maior pena *se fossem* verdadeiras —, por nada no mundo gostariam que algo assim acontecesse... E se, contra todas as probabilidades, não, possibilidades, *fosse* verdade, ora, elas jamais, jamais, jamais... Somente a srta. Granham desceu, com as feições duras, ao convés de ré, virou e despareceu no vestíbulo. O sr. Prettiman, com sua arma, olhava para ela e depois para o castelo de proa, e deste para ela de novo. Depois, apressou-se em segui-la. Mas, com exceção desse par severo, o convés de ré estava animado, cheio de cochichos e meneios de cabeça, mais adequado à sala de votação de uma assembleia do que ao convés de um vaso de guerra. Abaixo de mim, o sr. Brocklebank se apoiava pesado sobre sua bengala, acompanhado das mulheres que o abanavam com o *bonnet*, uma de cada lado. Cumbershum estava perto, calado. Foi em algum momento desse período de expectativa que o silêncio se generalizou, e então os ruídos delicados do navio — barulho do mar batendo em suas pranchas, o suave toque do vento dedilhando o cordame — tornaram-se audíveis. No silêncio, e como se ele mesmo o produzisse, meus ouvidos — *nossos* ouvidos — captaram os ecos distantes de uma voz masculina. Ela cantava. Soubemos de imediato que só poderia ser o sr. Colley. Cantava e sua voz era tão fina quanto sua aparência. A melodia e os versos eram também bastante conhecidos. Poderiam ser ouvidos em qualquer taberna ou sala de visitas. Não sei dizer onde o sr. Colley aprendeu-a.

"*Onde estiveste o dia todo, Billy Boy?*"

Seguiu-se então um breve silêncio, depois do qual ele engatou outra canção que eu não conhecia. A letra devia ser sensual, creio eu, talvez sobre assuntos rurais, pois houve risadas de apoio. Um camponês, nascido para colecionar pedras e espantar passarinhos, deve tê-la aprendido sob a cerca, durante o descanso dos trabalhadores ao meio-dia.

Quando recapitulo essa cena em minha mente não sei explicar nossa sensação de que o mau comportamento de Colley havia completado a integridade do evento. Um pouco antes, tivera me aborrecido ao constatar quão pequeno o palco do castelo de proa era para transmitir-nos a forma e o escopo desse drama! Contudo, agora eu também estava à espera. Vossa senhoria tem toda a razão em indagar, "Você nunca ouviu falar de um pároco embriagado?". Só posso responder que na verdade já ouvira falar, mas jamais vira algum. Além do mais, há hora e lugar para tudo.

A cantoria parou. Começaram as risadas de novo, aplausos, em seguida o clamor de gritos e apupos. Parecia depois de algum tempo que de fato estávamos sendo enganados pelo evento — o que seria intolerável, tendo visto o quanto pagáramos em doença, perigo e tédio pelos nossos lugares. Contudo, foi nesta conjuntura crítica que o capitão Anderson subiu de sua cabine ao tombadilho superior, ocupou seu lugar na amurada dianteira e examinou o teatro e a plateia. Seu rosto era tão severo quanto o da srta. Granham. Falou incisivamente com o sr. Deverel, que estava em seu turno de serviço, informando-o (em um tom que parecia atribuir o evento diretamente a alguma negligência da parte do sr. Deverel) que *o vigário ainda estava ali*. Em seguida deu uma ou duas voltas de seu lado do tombadilho superior, voltou à amurada, parou ali, e falou com o sr. Deverel de maneira mais afável.

"Sr. Deverel. Tenha a bondade de informar ao vigário que ele precisa voltar agora a sua cabine."

Creio que ninguém moveu um músculo no navio enquanto o sr. Deverel repetia a ordem ao sr. Willis, que por sua vez fez continência e seguiu adiante, com todos os olhares voltados para as suas costas. Nossos ouvidos espantados escutaram o sr. Colley se dirigir a ele com uma série de termos amorosos que fariam — e talvez *fizeram* — La Brocklebank corar como uma peônia. O rapaz saiu do castelo de proa aos tropeções, e correu de volta dando risadinhas. Mas na verdade nenhum de nós lhe deu muita atenção, porque naquele momento, como um Polifemo pigmeu, como qualquer coisa que fosse ao mesmo tempo estranha e repugnante, o vigário surgiu na porta esquerda do castelo de proa. Suas vestes eclesiásticas e os distintivos de seu ofício não existiam mais. Sua peruca desaparecera — as próprias calças, meias e sapatos lhe haviam sido tirados. Alguma alma caridosa e apiedada fornecera-lhe um daqueles casacões folgados de lona que as pessoas comuns usam no navio e que, devido a sua pequena estatura, lhe cobria até os quadris. Ele não estava só. Um jovem robusto cuidava dele. Esse rapaz sustentava o sr. Colley, cuja cabeça repousava no peito dele. Quando essa curiosa dupla passou tropegamente pelo mastro principal, o sr. Colley fez força para trás, de modo a pararem. Era evidente que sua mente estava apenas ligeiramente ligada à sua capacidade de compreensão. Ele parecia estar em um estado de extrema e ensolarada euforia. Seus olhos se moviam indiferentes e pareciam não fixar nenhuma imagem daquilo que viam. Certamente sua compleição não era capaz de lhe proporcionar nenhum prazer! Seu crânio, agora que a peruca já não o cobria, parecia estreito e pequeno. As pernas não tinham panturrilhas; mas a dama natureza, em seu espírito frívolo, proporcionara-lhe pés grandes e joelhos nodosos que traíam sua origem camponesa. Ele murmurava alguma besteira, trivialidades, ou algo parecido. Então, como se visse sua plateia pela primeira vez, afastou-se com força de seu auxiliar e parou de pernas afastadas, abrindo os braços como se quisesse abraçar a nós todos.

"Alegria! Alegria! Alegria!"

Em seguida seu rosto tornou-se pensativo. Virou-se para a direita, caminhou lenta e cuidadosamente até a amurada interna, e urinou contra ela. Quantos gritos e rostos tapados da parte das damas, quantos resmungos da nossa parte! O sr. Colley voltou-se para nós e abriu a boca. Nem mesmo o capitão provocaria um silêncio tão imediato.

O sr. Colley ergueu a mão direita e falou, embora balbuciante.

"As bênçãos de Deus, o Pai Todo-Poderoso, do Filho e do Espírito Santo estejam convosco e convosco permaneçam para sempre."

E então, vou lhe contar a confusão que houve! Se a micção pública incomum chocara as damas, a bênção de um bêbado em um casacão de lona provocou gritos, rápidas retiradas e, dizem-me, um *évanouissement*! Apenas segundos depois disso, o criado, Phillips, e o sr. Summers, o primeiro-tenente, desapareceram com o pobre idiota, enquanto o marinheiro que o ajudara na popa permanecia de pé a olhá-los. Depois que Colley saíra de vista, o sujeito ergueu o olhar para o convés de ré, tocou o topete e voltou ao castelo de proa.

Em geral, acho que a plateia ficou bastante satisfeita. Junto às damas, o capitão Anderson parece ter sido o principal beneficiário do espetáculo de Colley. Tornou-se positivamente sociável com elas, saindo voluntariamente do seu território sagrado no tombadilho superior e acolhendo-as com simpatia. Embora se recusasse firmemente, porém com cortesia a discutir *l'affaire Colley*, havia uma leveza em seu passo e, na verdade, um brilho em seu olhar, que eu supunha se acender nos olhos dos oficiais da Marinha apenas na iminência do combate! A euforia que possuíra os demais oficiais passou bem rápido. Eles já deviam ter visto e participado de tantos episódios de embriaguez que aquele ali era considerado apenas mais um no curso de uma longa história. E que importância tinha a urina de Colley para cavalheiros da Marinha que possivelmente já haviam visto o convés lambuzado de vísceras e inundado com o sangue de seus finados companheiros? Voltei à minha baia determinado a fazer-lhe um relato tão completo e vívido desse episódio quanto permitissem meus poderes. No entanto, quanto mais redigia a história desse evento, mais detalhes de sua desgraça passavam depressa por mim. Enquanto eu descrevia o estranho barulho vindo do castelo de proa, ouvi o som de uma porta se abrindo desajeitada do outro lado do vestíbulo. Levantei-me de um salto e olhei através (por meu lanternim, ou olho mágico). Era Colley que saía de sua cabine! Segurava uma folha de papel e ainda sorria com aquele aspecto de contentamento aéreo e satisfeito. Neste estado de alegre distração rumou aos gabinetes de necessidades daquela parte do navio. Evidentemente ainda habitava a terra da fantasia, que em breve desapareceria, deixando-o...

Ora. Onde o deixaria? Ele não tem prática nenhuma em manejar bebidas alcoólicas. Imaginei sua miséria ao voltar a si e comecei a rir — depois mudei de ideia. A falta de ventilação de minha cabine tornou-a realmente fétida.

(51)

Acho que este é o quinquagésimo primeiro dia de nossa viagem: ou talvez não seja. Perdi o interesse pelo calendário, e quase o perdi também pela viagem. Temos um calendário de bordo assinalado com eventos bastante triviais. Não aconteceu mais nada desde que Colley nos deu aquele espetáculo. Está sendo muito criticado. O capitão Anderson continua afável. O próprio Colley não saiu de sua baia nos quatro dias que se seguiram à sua bebedeira. Ninguém tornou a vê-lo, a não ser o criado, e eu, se contarmos, na ocasião em que ele levou seu próprio papel para a privada! Basta de falar dele.

    O que poderia distrair mais o senhor é o tipo de *quadrilha* que nós, os jovens, andamos dançando em torno de La Brocklebank. Ainda não identifiquei seu herói do mar, mas tenho certeza que Deverel andou com ela. Insisti no fato e arranquei-lhe uma confissão. Concordamos que um homem pode muito bem naufragar naquela "costa", e resolvemos ficar ombro a ombro para nos defender mutuamente. Uma metáfora pobre, meu senhor, e por aí pode ver como me acho embrutecido. Para resumir: ambos achamos que, no momento, ela tem inclinações por Cumbershum. Assumi que isso me era um alívio, e Deverel concordou. Nós dois tememos passar pela mesma dificuldade com nossa namorada em comum. O senhor deve lembrar que eu tinha um esquema impulsivo, já que Colley estava tão obviamente *épris* por ela, de criar MUITO BARULHO POR NADA, juntando essa Beatriz e esse Benedito em uma montanha de afeto um pelo outro! Falei disso a Deverel e ele, depois de um período calado, caiu na gargalhada. Estava a ponto de informá-lo francamente que sua atitude me ofendia, quando se desculpou com a maior gentileza. Mas, disse ele, que a coincidência era tal, que ninguém poderia inventá-la, e que dividiria a pilhéria comigo se lhe desse minha palavra que eu não repetiria a ninguém o que iria me contar. Fomos interrompidos neste ponto, e acabei sem saber qual era a pilhéria, mas o senhor saberá, quando eu souber.

ALFA

Tenho sido relapso e deixei passar alguns dias sem dar atenção ao diário. Sinto-me letárgico. Não há muito a fazer senão caminhar pelo convés, beber com qualquer um que o deseje, caminhar de novo pelo convés, talvez falar com este ou aquele passageiro. Creio que ainda não lhe contei que quando a "sra. Brocklebank" saiu de sua cabine, demonstrou, como se fosse possível, ser mais jovem que a filha! Tenho evitado as duas, tanto ela quanto a justa Zenobia, que *brilha* de tal forma nesse calor que quase vira o estômago de um homem! Cumbershum não é tão delicado. O tédio da viagem nessas latitudes abrasadoras e quase sem ventos aumentou entre nós o consumo de bebidas fortes. Pensei em transcrever para o senhor a lista completa de nossos passageiros, mas desisti. Não lhe interessariam. Deixemos que permaneçam κωφὰ πρόσωπα. A única coisa que é de interesse é o comportamento — ou a falta de — da parte de Colley. O fato é que desde a decaída do companheiro não saiu mais da cabine. Phillips, o criado, entra lá de vez em quando, e creio que o sr. Summers lhe fez uma visita, julgando que isso fizesse parte dos deveres de um primeiro-tenente, suponho. Um sujeito opaco como Colley deve sentir-se acanhado em voltar ao convívio das damas e cavalheiros. As damas são especialmente severas com ele. De minha parte, o fato de o capitão Anderson ter *dado umas escovadas,* nas palavras de Deverel, é suficiente para moderar qualquer inclinação que eu talvez tivesse em rejeitar totalmente Colley como ser humano!

Deverel e eu concordamos que Brocklebank é, ou já foi, o protetor das duas cortesãs. Eu já sabia que o mundo da arte não deve ser julgado pelos padrões morais comuns, mas preferia que ele instalasse seu bordel em outro lugar. Entretanto, eles ocupam duas baias, uma para os "pais", outra para a "filha", tentando fazer um esforço mínimo para conservar as aparências. As aparências estão conservadas e todos estão felizes, até a srta. Granham. Quanto ao sr. Prettiman, suponho que não perceba nada. Longa vida à ilusão, digo. Vamos exportá-la para nossas colônias, junto a todas as demais vantagens da civilização!

(60)

Acabei de voltar do salão de passageiros, onde fiquei muito tempo com Summers. Vale a pena registrar a conversa, embora eu tenha a desagradável impressão que ela vá contra mim. Devo dizer que em todo o navio, Summers é a pessoa que mais se destaca a serviço de Sua Majestade. Naturalmente, Deverel assemelha-se mais a um cavalheiro, mas não é tão assíduo em suas obrigações. Quanto aos demais — poderiam ser dispensados *em masse*. Tinha essa diferença em mente quando discuti, de forma que temo agora ter lhe parecido ofensiva, a conveniência de os homens serem elevados para além de sua primeira categoria social na vida. Foi uma leviandade minha, e Summers replicou com certa amargura.

"Sr. Talbot, cavalheiro, eu não sei como expressar isso, ou até se deveria fazê-lo... Mas o senhor mesmo deixou claro, acima de qualquer dúvida, que as origens de um homem estão estampadas na testa, e dali não podem ser removidas."

"Vamos, sr. Summers... Eu não disse isso!"

"O senhor não se lembra?"

"Lembrar o quê?"

Ele calou-se por um instante. Depois:

"Compreendo. É indiscutível quando encaro a questão sob o seu ponto de vista. Por que o senhor se lembraria?"

"Lembrar o *que*, cavalheiro?"

Novamente calou-se. Depois desviou o olhar e pareceu ler as palavras da seguinte frase no anteparo.

"'Ora, Summers, deixe-me parabenizá-lo por imitar à perfeição as maneiras e o modo de falar de uma categoria social acima do seu berço.'"

Agora chegara minha vez de ficar calado. O que ele tinha dito era verdade. Vossa senhoria poderá, se quiser, recuar neste mesmo diário e encontrar essas palavras. Eu mesmo o fiz e reli a descrição do nosso primeiro encontro. Acredito que Summers não imagina o estado de perplexidade e constrangimento em que fiquei naquela ocasião, mas as palavras, as palavras lá estão!

"Peço-lhe perdão, sr. Summers. Foi algo… algo intolerável."

"Mas verdadeiro, cavalheiro", disse amargamente Summers. "Apesar de toda a grandeza de nossa pátria, há uma coisa que ela não consegue fazer, isto é, transferir totalmente alguém de uma classe para outra, a tradução perfeita de uma língua para outra é impossível. A classe é a língua da Inglaterra."

"Ora, cavalheiro", disse eu, "não acredita em mim? A tradução perfeita de uma língua para outra é possível, e eu poderia lhe dar um exemplo. O mesmo acontece com a transferência perfeita de uma classe para outra."

"*Imitar* à perfeição…"

"À própria perfeição, por ser o senhor um cavalheiro."

Summers ficou vermelho e seu rosto demorou a voltar ao bronzeado habitual. Passara da hora de mudar de assunto.

"No entanto, veja o senhor, meu caro amigo, que temos no mínimo um exemplo entre nós de tradução malsucedida!"

"Devo supor que o senhor se refere ao sr. Colley. Eu pretendia tocar neste assunto."

"Esse sujeito saiu de sua categoria sem nenhum mérito para suportar essa elevação."

"Não vejo como sua conduta possa ser atribuída as suas origens, pois não o conhecemos."

"Ora, é evidente em sua compleição, em suas palavras e, acima de tudo, naquilo que só posso qualificar como seu hábito de subordinação. Asseguro-lhe que ele só deixou de ser camponês graças a um tipo de obsequiosidade untuosa. Veja só, por exemplo — Bates, conhaque, por favor! —, eu mesmo posso beber quanto conhaque quiser e garanto que nenhum homem e, especialmente nenhuma dama, me verá adotar o tipo de comportamento com o qual o sr. Colley nos divertiu e as ofendeu. Como podemos imaginar, Colley, ao se encher de álcool no castelo de proa, não teve a força de recusá-lo, nem a criação que lhe permitisse resistir aos seus efeitos mais destrutivos."

"Com essa sabedoria, deveria escrever um livro."

"Ria se quiser, cavalheiro. Hoje não posso me zangar com o senhor."

"Mas há outro assunto sobre o qual pretendia lhe falar. Não temos médico e o sujeito está mortalmente doente."

"Como é possível? Ele é jovem, e está sofrendo apenas os efeitos do excesso de bebida."

"Ainda? Falei com o criado. Entrei na cabine e vi pessoalmente. Em muitos anos de serviço, nem Phillips nem eu vimos coisa parecida. O leito está imundo e o sujeito, embora respire de vez em quando, permanece imóvel. O rosto está voltado para baixo e escondido. Ele está deitado de bruços, com uma das mãos acima da cabeça, agarrada ao travesseiro, e a outra a uma velha cavilha de arganéu presa na madeira."

"Estou admirado que o senhor tenha conseguido comer depois disso…"

"Oh, sim. Tentei virá-lo."

"Tentou? Você deve ter conseguido. Tem três vezes a força dele."

"Não naquela situação."

"Reconheço, sr. Summers, que jamais vi tanta intemperança na linha da vida do sr. Colley. Mas reza a história que o decano dos tutores de minha faculdade, tendo comido e bebido em excesso antes de um ofício, levantou-se, cambaleou até o atril e despencou, segurando a águia de latão, quando lhe ouviram murmurar, 'eu teria caído não fosse por esse maldito dodó'. Mas aposto que o senhor nunca ouviu essa história."

O sr. Summers assentiu com um gesto de cabeça.

"Tenho vivido muito no exterior", respondeu ele, sério. "Esse fato não fez muito barulho no meu setor de serviço na época."

"Fez sucesso, sucesso palpável! Mas, se depender disso, o jovem Colley ainda há de levantar a cabeça."

Summers fitou seu copo intato.

"Ele tem uma estranha resistência. É quase como se a força de Newton tivesse sido modificada. A mão que segura a cavilha de arganéu deve ser feita de aço. Ele jaz encaixado no seu beliche, como se fosse de chumbo."

"Então deve permanecer lá."

"É só o que o tem a dizer, senhor Talbot? O senhor é tão indiferente quanto os outros ao destino do homem?"

"Não sou um oficial deste navio."

"Pois isso é mais capaz de ajudar, cavalheiro."

"Como?"

"Posso lhe falar francamente, não posso? Pois bem: como esse sujeito tem sido tratado?"

"A princípio ele foi objeto da antipatia específica de um só homem, depois objeto da indiferença geral, que já estava em vias de se transformar em desprezo, mesmo antes de sua última... façanha."

Summers virou-se e olhou por algum tempo pela grande janela de popa. Depois, devolveu-me o olhar.

"O que vou dizer agora pode arruinar-me, se o juízo que fiz de seu caráter estiver equivocado."

"Caráter? *Meu* caráter? Tem observado meu caráter? O senhor tem a pretensão de..."

"Perdoe-me... Longe de mim querer ofendê-lo, se não acreditasse que o caso fosse desesperador..."

"Que caso, pelo amor de Deus?"

"Nós sabemos o berço que o senhor teve, sua futura posição... ora, os homens — e as mulheres — estarão dispostos a lisonjeá-lo, na esperança ou expectativa de ser ouvidos pelo governador..."

"Meu Deus, sr. Summers!"

"Espere, espere! Compreenda-me, sr. Talbot... Eu não estou reclamando!"

"Pois se parece muito com alguém que reclama, cavalheiro!"

Eu havia me levantado parcialmente; mas Summers estendeu a mão em um gesto tão simples de "súplica" — acho que assim posso chamá-lo — que tornei a sentar-me.

"Continue então, se acha que deve!"

"Não falo em meu interesse."

Durante algum tempo, ficamos ambos em silêncio. Depois Summers engoliu em seco, profundamente, como se tivesse mesmo um gole considerável na boca.

"Cavalheiro, o senhor tem usado o seu belo berço, sua posição futura para obter para si um grau extraordinário de atenção e de conforto — não estou reclamando — não ouso reclamar! Quem sou eu para questionar os costumes de nossa sociedade, ou, na verdade, as leis da natureza? Em suma, o senhor usou os privilégios de sua posição. Eu lhe peço que assuma as responsabilidades que igualmente lhe cabem."

Durante — talvez — meio minuto, pois o que é o tempo em um navio ou, para voltar àquela estranha metáfora sobre a vida que me veio tão nitidamente no decorrer do espetáculo do sr. Colley, o que é o tempo no teatro? Durante esse tempo, longo ou curto, atravessei inúmeras emoções — raiva, penso eu, confusão, irritação, deleite e um constrangimento que muito me aborreceu, percebendo que só então eu tinha descoberto a gravidade da condição do sr. Colley.

"Isso foi de uma impertinência notável, sr. Summers!"

Quando minha vista clareou, percebi que o homem estava verdadeiramente pálido sob sua pele morena.

"Deixe-me pensar! Outro conhaque aqui, taifeiro!"

Bates trouxe-o imediatamente, pois devo tê-lo pedido em um tom mais autoritário que o habitual. Não bebi de uma vez, mas fiquei sentado encarando meu copo.

O problema é que ele tinha razão em tudo que dissera!

Depois de algum tempo, tornou a falar.

"Uma visita sua, cavalheiro, para um homem como aquele…"

"Eu? Ir àquele buraco fedorento?"

"Há um termo que se adapta a sua situação, cavalheiro: *Noblesse oblige*."

"Ah, para o diabo com o seu francês, Summers! Mas vou lhe dizer uma coisa, e interprete-a como quiser. Eu acredito em jogo limpo!"

"Eu esperava por isso."

"Esperava? Pois é muito generoso de sua parte, senhor!"

Depois nos calamos outra vez. Finalmente falei, em uma voz que deve ter soado bastante áspera.

"Ora, sr. Summers, o senhor estava certo, não é? Tenho sido relapso. Mas quem aplica castigos fora da escola não pode esperar que se lhe agradeça por isso."

"Receio que não."

Essa foi demais.

"Não há o que recear! Quão maldoso, vingativo e baixo acha que eu sou? Sua preciosa carreira está a salvo de mim. Não me importo de ser considerado inimigo!"

Nesse momento Deverel entrou com Brocklebank e alguns outros, e por isso a conversa por força se generalizou. Logo que pude, levei meu conhaque para a cabine, onde fiquei sentado, pensando em que fazer. Chamei Wheeler e disse-lhe que me mandasse Phillips. Teve a insolência de me perguntar por que, e mandei em termos inequívocos que fosse cuidar de sua vida. Phillips não demorou a vir.

"Phillips, farei uma visita ao sr. Colley. Não quero ser incomodado pela aparência e pelo cheiro do quarto de um doente. Tenha a bondade de limpar o lugar, e o beliche também, o quanto for possível. Diga-me quando tudo estiver pronto."

Por um instante, pensei que ele ia se esquivar, mas mudou de ideia e retirou-se. Wheeler enfiou novamente a cabeça na cabine, mas eu ainda estava com muita raiva e disse-lhe que, se ele estava tão desocupado, poderia ir muito bem até o lado de lá e dar uma mão a Phillips. Isso o fez retirar-se imediatamente. Devia ter se passado uma hora quando Phillips bateu em minha porta e disse que *tinha feito o possível*. Recompensei-o, e depois, temendo o pior, atravessei o vestíbulo até o lado que Phillips servia, e Wheeler rodeava, como se esperasse receber de Phillips meio guinéu por ter-lhe permitido usar-me. Esses rapazes são tão venais quanto os vigários em relação às taxas para batizados, casamentos e funerais! Estavam dispostos a montar guarda à porta da cabine do sr. Colley, mas mandei-os sair e fiquei olhando até que desaparecessem. Em seguida entrei.

A cabine de Colley era uma imagem espelhada da minha. Phillips não se livrara inteiramente do fedor, havia feito o melhor possível mascarando-o com um perfume pungente, que não era inteiramente desagradável. Colley jazia como Summers o descrevera. Uma das mãos ainda agarrava o que Falconer e Summers descreveram como uma cavilha de arganéu, no costado do navio. A cabeça raquítica comprimia-se ao travesseiro, com o rosto virado. Fiquei de pé junto ao beliche, sem saber o que fazer. Tinha pouquíssima experiência em visitar doentes.

"Sr. Colley!"

Não obtive resposta. Tentei de novo.

"Sr. Colley. Eu lhe disse alguns dias atrás que gostaria de conhecê-lo melhor. Mas o senhor não apareceu. Foi uma pena, cavalheiro. Posso contar com sua companhia hoje no convés?"

Isso era suficientemente simpático, pensei em sã consciência. Tinha tanta certeza de levantar a moral do homem, que a percepção fugidia do tédio que eu experimentaria na companhia dele passou-me pela cabeça, diminuindo um pouco a intenção de despertá-lo. Recuei.

"Ora, cavalheiro, se não hoje, quando estiver disposto! Esperarei pelo senhor. Por favor, procure-me!"

Não era uma idiotice dizer isso? Um convite em aberto para que aquele sujeito me importunasse quanto quisesse. Fui até a porta e voltei-me a tempo de ver Wheeler e Phillips desparecerem. Examinei a cabine. Tinha ainda menos coisas que a minha. Na prateleira havia uma Bíblia, um livro de orações e um volume sujo, cheio de orelhas, imagino que comprado de terceira mão, mal reencadernado em papel pardo, que descobri ser o *Classe Plantarum*. Os outros eram obras pias — *O descanso eterno dos santos*, de Baxter, e similares. Havia uma pilha de papel manuscrito na aba da mesa. Fechei a porta e voltei a minha baia.

Mal tinha aberto minha porta quando vi Summers, que me seguia de perto. Ao que parecia, estivera observando meus movimentos. Fiz sinal para que entrasse.

"Então, senhor Talbot?"

"Não consegui despertar nenhuma reação nele. No entanto, como viu, visitei-o e fiz o possível. Acredito que tenha cumprido as responsabilidades que o senhor teve a bondade de me apontar. Não posso fazer mais nada."

Para meu espanto, ele levou aos lábios um copo de conhaque. Trouxe-o às escondidas, ou pelo menos sem ser notado — pois quem haveria de procurar tal coisa nas mãos de um homem tão abstêmio?

"Summers, meu caro Summers! Deu para beber!"

Percebi que realmente não era o caso, e ficou óbvio, quando ele se engasgou e tossiu ao primeiro gole do líquido.

"Precisa de mais prática, meu caro! Junte-se a Deverel e a mim em algum momento!"

Ele bebeu novamente, depois respirou fundo.

"Sr. Talbot, o senhor disse que hoje não se zangaria comigo. Foi um gracejo, mas também a palavra de um cavalheiro. Vou insistir com o senhor de novo."

"Estou cansado de todo esse assunto."

"Asseguro-lhe, sr. Talbot, que será a última vez."

Virei minha cadeira de lona e afundei-me nela.

"Diga o que tem a dizer, então."

"Quem é responsável pelo estado daquele homem?"

"Colley? O diabo que o carregue! Ele mesmo! Não façamos cerimônia com a verdade como um par de solteironas beatas! Pretende estender a responsabilidade, não é? Incluirá o capitão, e eu concordo — quem mais? — Cumbershum? Deverel? O senhor mesmo? O vigia de estibordo? O mundo?"

"Serei claro, cavalheiro. O melhor remédio para o senhor Colley seria uma visita gentil do capitão, a quem tanto respeita. O único entre nós com influência o suficiente para levar o capitão a este gesto é o senhor."

"O diabo que o carregue outra vez, pois não o farei!"

"O senhor disse que eu 'estenderia a responsabilidade'. Permita que o faça agora. O *senhor* é o maior responsável..."

"Deus do céu, Summers, você é o..."

"Espere! Espere!"

"Está bêbado?"

"Eu disse que seria claro. Que me deem um tiro, cavalheiro, embora minha carreira corra agora mais perigo diante do senhor do que jamais correu diante dos franceses! Eles, afinal, nada mais podem fazer além de me matar ou mutilar... Mas o senhor..."

"Está *bêbado*... Só pode estar!"

"Se o senhor não tivesse enfrentado nosso capitão em seu próprio tombadilho, de uma forma audaciosa e impulsiva — se não tivesse recorrido à vossa posição, perspectivas futuras e relações, para golpear o capitão nos alicerces de sua autoridade, nada disso teria acontecido. Ele é rude, detesta o clero e não faz segredo disso. Mas se, naquela ocasião, o senhor não tivesse agido como agiu, ele jamais esmagaria Colley com sua ira poucos minutos depois, nem continuaria a *humilhá-lo*, só porque não podia humilhar o *senhor*."

"Se Colley tivesse tido o bom senso de ler as 'Ordens Permanentes' de Anderson…"

"O senhor é um passageiro como ele. Já as leu?"

Apesar de minha raiva, voltei atrás. Era verdade até certo ponto — não, era pura verdade. Em meu primeiro dia, Wheeler havia murmurado alguma coisa sobre elas — podiam ser encontradas do lado de fora de minha cabine, e quando me fosse conveniente eu deveria…"

"*O senhor* as leu, cavalheiro Talbot?"

"Não."

Vossa senhoria já se deparou com o estranho fato de que estar sentado e não de pé induz, ou, no mínimo, nos faz tender a um estado de tranquilidade? Não posso dizer que minha cólera estivesse se dissipando, mas estava sob controle. Como se também desejasse que nós dois ficássemos calmos, Summers sentara-se na beira do beliche e por isso, olhava-me ligeiramente de cima. Nossas posições relativas pareciam tornar inevitável uma atmosfera *didática*.

"As 'Ordens Permanentes' do capitão hão de lhe parecer tão rudes quanto ele, cavalheiro. Mas o fato é que são extremamente necessárias. As que se aplicam aos passageiros possuem a mesma necessidade, a mesma urgência das demais."

"Muito bem, muito bem!"

"O senhor nunca viu um navio em momento de crise, cavalheiro. A plataforma pode sofrer um choque e o navio afundar em poucos instantes. Passageiros ignorantes, tropeçando pelo caminho, atrasando uma ordem necessária ou tornando-a inaudível…"

"Já falou bastante."

"Espero que sim."

"Tem certeza de que não sou responsável por mais nada que tenha dado errado? Quem sabe pelo aborto da sra. East?"

"Se nosso capitão pudesse ser convencido a ajudar um homem doente…"

"Diga, Summers, por que está tão interessado em Colley?"

"Jogo limpo, *noblesse oblige*. Minha educação não é como a sua, cavalheiro, sempre foi estritamente prática. Mas conheço um termo sob o qual essas duas expressões poderiam ser… Qual é a palavra? — Integradas. Espero que o encontre."

Com isso saiu rapidamente de minha baia e afastou-se para algum outro lugar, deixando-me com as emoções belamente confusas! Raiva, sim, constrangimento, sim — mas também uma espécie de diversão pesarosa por ter ouvido duas lições no mesmo dia pelo mesmo professor! Amaldiçoei-o por ser intrometido, e depois retirei um tanto da maldição, pois, vulgar ou não, é um sujeito simpático. Mas por que diabo tinha ele que se meter com o *meu* dever?

Seria essa a palavra? Um sujeito estranho, de fato! Na verdade, ele é uma tradução tão boa quanto a vossa, meu senhor! Todas essas incontáveis convenções que existem de ponta a ponta em um navio inglês! Ouvi-lo dar ordens na coberta — e depois encontrá-lo com um copo: ele consegue passar entre uma frase e outra, do jargão dos marujos às observações comuns entre cavalheiros. Agora a sangue frio, eu pude compreender por que ele julgara correr um risco profissional ao falar daquela forma comigo, e tornei a rir pesaroso. Podemos apresentá-lo, em nossos termos teatrais, como — entra um homem bom!

Ora, pensei comigo mesmo, os homens bons e as crianças têm isto em comum: jamais podemos desapontá-los! Eu resolvera apenas metade daquela maldita história. Visitara o doente — agora seria preciso usar minha influência para ajustar os assuntos entre Colley e o nosso soturno capitão. Confesso que a perspectiva me intimidava um pouco. Voltei ao salão de passageiros e ao conhaque, e à noite, para ser franco, já não tinha condições de fazer nenhum julgamento. Acho que foi de propósito, um esforço para adiar o que eu sabia que seria um encontro difícil. Finalmente voltei à minha baia com o que pode ser descrito como passo solene, e tenho uma vaga lembrança de ter sido ajudado por Wheeler. Estava realmente embriagado e caí em um sono profundo, para acordar mais tarde com dor de cabeça e certo enjoo. Quando consultei meu relógio de repetição verifiquei que ainda era muito cedo. O sr. Brocklebank roncava. Ruídos da cabine vizinha me levaram a crer que a bela Zenobia estava ocupada com mais um amante, ou, quem sabe, um cliente. Quis ela, imaginei, alcançar também os ouvidos do governador? Será que, algum dia, ela me abordaria para que o sr. Brocklebank pudesse executar o retrato oficial do governador? Era uma consideração amarga para a madrugada, consequência direta da franqueza de Summers. Amaldiçoei-o vigorosamente outra vez. O ar na baia estava abafado, então joguei meu casaco sobre os ombros, enfiei os chinelos no pé e fui tateando o caminho ao convés. Ali havia apenas luz suficiente para distinguir o navio, o mar, o céu, e nada mais. Lembrei-me com profunda repugnância da minha decisão de defender Colley junto ao capitão. O que eu julgara ser uma tarefa entediante quando estava elevado pela bebida, pareceu-me, naquele momento, completamente desagradável. Me veio à mente o que me foi dito sobre o capitão ter o hábito de fazer uma caminhada no tombadilho ao romper do dia, mas essa hora e local eram inconvenientes demais para nossa conversa.

Apesar de tudo, o ar da manhã, por menos saudável que fosse, deu-me curiosamente a impressão de aliviar a dor de cabeça, a náusea, e até o meu ligeiro mal-estar ante a perspectiva do encontro. Portanto, pus-me a marchar de um lado para outro, entre a estrutura do convés de popa e o mastro principal. Enquanto o fazia, procurei examinar todos os lados da questão. Ainda tínhamos muitos meses de viagem pela frente, na companhia do capitão. Eu não gostava nem estimava o capitão Anderson, nem podia pensar nele de outra forma senão a de um tirano mesquinho. O esforço — não era mais que isso — em ajudar o desgraçado Colley apenas exacerbaria mais a animosidade que havia pouco além dos limites da trégua tácita entre nós. O capitão aceitava a minha posição de afilhado de vossa senhoria *et cetera*. Eu o aceitava como capitão de um dos navios de Sua Majestade. O limite de sua autoridade em relação aos passageiros era obscuro; como também era o limite de minha possível influência junto a seus superiores! Como cães temerosos da força um do outro, passávamos por alto e ao largo um do outro. E agora estava prestes a influenciar sua atitude diante de um membro desprezível do ofício que ele detestava! Se não tivesse muito cuidado, correria o risco de ficar devendo-lhe um favor. Esse pensamento era insuportável. Vez ou outra durante minha longa meditação proferi uma porção de blasfêmias! Na verdade, estava quase resolvido a abandonar todo o projeto.

No entanto, o ar úmido, porém suave dessas latitudes, a despeito de seu efeito posterior sobre a saúde, é certamente recomendável como antídoto para dor de cabeça e estômago ácido. Quanto mais me ensimesmava, mais me achava disposto a fazer um juízo e planejar uma ação. Àqueles que têm a ambição de conquistar o poder político, ou cujo berço torne inevitável sua prática, faria bem enfrentar as provações de uma viagem como a nossa! Foi assim, lembro agora muito claramente, que a benevolência de vossa senhoria arranjou-me não apenas alguns anos de emprego em uma sociedade nova e ainda informe, mas também fez com que a viagem preliminar me proporcionasse tempo para a meditação e para o exercício da minha capacidade nada desprezível de raciocínio. Decidi que devo proceder segundo o princípio do *mínimo esforço*. O que levaria o capitão Anderson a agir como eu desejo? Há nele algo mais poderoso que o interesse pessoal? Aquele infeliz homenzinho, o sr. Colley! Mas não restava dúvida quanto a isso. Quer fosse em parte minha culpa, como disse Summers, quer não fosse, ele fora certamente perseguido. O fato de que era um tolo, e que fizera de si mesmo um palhaço, não tinha nada a ver com isso. Deverel, o pequeno Tommy Taylor, o próprio Summers — todos insinuavam que o capitão Anderson, por alguma razão desconhecida, transformara propositalmente a vida do homem em um inferno. Que diabo, eu não podia achar outra palavra senão "justiça" para integrar a expressão de Summers, *noblesse oblige*, e a minha, "jogo limpo". É uma palavra grandiosa e escolar contra a qual deveríamos nos chocar como um recife no meio do oceano! Ela encerra também uma espécie de terror, já que saiu da escola e da universidade para as pranchas de um navio de guerra — o que equivale a dizer, para as pranchas de uma pequena tirania! E quanto a *minha* carreira?

    Sentia-me encorajado por Summers a acreditar em minha capacidade, e mais ainda por seu apelo confiante a meu senso de justiça. Que criaturas somos nós! Ali estava eu, que apenas algumas semanas antes me achara muito importante porque minha mãe chorara ao me ver partir, agora aquecia as mãos ao foguinho da aprovação de um tenente!

    Mas, afinal, percebi como devia agir.

(61)

Bem! Voltei à minha baia, lavei-me, barbeei-me e vesti-me com apuro. Tomei meu trago matinal no salão, e em seguida ergui-me como se estivesse diante de *um alfaiate profissional*. Confesso que não me agradava a expectativa do encontro! Pois se era verdade que eu firmara minha posição no navio, mais evidente ainda era que o capitão firmara a sua! Era, na verdade, o nosso grão-mongol. Para dissipar minha preocupação, dirigi-me bruscamente ao tombadilho, subindo a escada de fato aos pulos. Já que o vento soprava agora pelo quarto do estibordo, o capitão Anderson estava lá, enfrentando-o. Isso é privilégio de capitão; e tem origem, segundo os marujos, na antiga crença de que o "perigo está a barlavento", embora assegurem logo depois que o maior perigo do mundo é estar "a sotavento". A primeira, suponho, refere-se a um possível navio inimigo, e a segunda a recifes e a outros riscos naturais semelhantes. Porém, creio em outra sugestão perspicaz para a origem do privilégio do capitão. Qualquer setor da embarcação que fique a barlavento está praticamente livre do fedor, que se faz presente em todos os lugares. Não falo do fedor de urina e excrementos, mas da fetidez difusa do próprio casco e de seu bojo podre, cheio de cascalho e areia. Talvez os navios mais modernos, com seu lastro de ferro, cheirem melhor; mas arrisco dizer que os capitães, nessa função de Noé, continuarão a andar a barlavento mesmo que se esgotem os ventos e tenham de recorrer aos remos. Os tiranos precisam viver o mais livre possível dos fedores.

Vejo que sem intenção consciente retardei esta descrição, da mesma forma que retardei o projeto. Revivo aqueles momentos em que me preparei para o feito!

Pois bem, tomei posição do lado oposto do tombadilho, fingindo não prestar atenção ao homem, a não ser para cumprimentá-lo casualmente, erguendo o dedo. Tinha esperança que sua alegria e bom humor recentes o levassem a me cumprimentar primeiro. Meu juízo foi correto. Seu novo ar de satisfação era evidente, pois ao me ver aproximou-se com os dentes amarelados à mostra.

"Um bom dia para o senhor, sr. Talbot!"

"É mesmo um bom dia, senhor. Estamos avançando tanto quanto é comum nessas latitudes?"

"Duvido que consigamos avançar por volta de um nó amanhã ou no dia seguinte."

"Vinte e quatro milhas por dia."

"Exatamente, cavalheiro. Em geral os vasos de guerra andam mais devagar do que a maioria supõe."

"Bem, cavalheiro, devo confessar que acho essas latitudes as mais amenas que já conheci. Quantos dos nossos problemas sociais não seriam resolvidos se pudéssemos rebocar as Ilhas Britânicas para esta parte do mundo! As mangas cairiam em nossa boca."

"Que fantasia pitoresca, cavalheiro. Você quer dizer para incluirmos a Irlanda?"

"Não, senhor. Eu a ofereceria aos Estados Unidos da América, cavalheiro."

"Dê-lhes o direito à primeira recusa, hein, sr. Talbot?"

"A Hibérnia ficaria bastante confortável ao lado da Nova Inglaterra. Veríamos o que deveria ser visto!"

"Isso acabaria de um só golpe com a metade dos turnos de minha tripulação."

"Bem, a perda valeria a pena, cavalheiro. Que bela vista oferece o oceano sob o sol poente! Quando o sol está a pino parece que falta ao mar aquela indistinção que vemos nas pinturas, e que só podemos observar durante a aurora e o ocaso."

"Estou tão acostumado à paisagem que não a vejo. Na verdade — se esta expressão não carecer de sentido nas atuais circunstâncias —, sou grato aos mares por outra particularidade."

"Qual?"

"Seu poder de isolar o homem de seus companheiros."

"De isolar o capitão, cavalheiro. O resto da humanidade em alto-mar é obrigado a viver excessivamente em rebanho. O efeito não é nada bom. A façanha de Circe não deve ter sido nem um pouco dificultada pelo ofício de suas vítimas!"

Mal acabara de falar quando percebi como isso poderia ser considerado ofensivo. Mas percebi, pela palidez do semblante do capitão, pelo cenho franzido, que ele estava tentando lembrar o que ocorrera ao navio desse nome.

"Em rebanho?"

"Eu deveria ter dito amontoados. Mas como o ar está perfumado! Declaro ser quase insuportável essa obrigação de descer novamente e me ocupar de meu diário."

O capitão Anderson teve um sobressalto diante da palavra "diário", como se tivesse tropeçado em uma pedra. Fingi não ter notado e continuei alegre.

"Por um lado, é um divertimento, por outro obrigação, capitão. Suponho que o senhor o chamaria de 'diário de bordo'."

"Deve ter pouca coisa a registrar em uma situação como a nossa."

"Na verdade, cavalheiro, o senhor se engana. Falta-me tempo e papel para registrar todos os acontecimentos interessantes e os personagens desta viagem, além de minhas observações sobre eles. Veja só, o sr. Prettiman! Um verdadeiro personagem! As opiniões dele são notáveis, não são?"

Mas o capitão Anderson ainda me encarava.

"Personagens?"

"O senhor precisa saber", disse eu rindo, "que se não fossem as instruções diretas de sua excelência, eu ainda estaria rabiscando. Ambiciono superar Gibbon, o sr. Gibbon, certamente será um presente à altura de um padrinho."

Nosso tirano dignou-se a sorrir; mas tremia como um homem que sabe que é menos doloroso extrair o dente do que deixá-lo continuar a sua tortura incessante.

"Então todos nós talvez fiquemos famosos", disse ele. "Não esperava por isso."

"O futuro dirá. O senhor já deve saber que, para a infelicidade de todos nós, vossa senhoria amarga temporariamente uma crise de gota. Tenho esperança de que em situação tão desagradável um relato franco, embora confidencial, de minhas viagens e da sociedade em que me encontro possa vos proporcionar alguma diversão."

O capitão Anderson deu uma volta brusca, para cima e para baixo na coberta, detendo-se bem diante de mim.

"Os oficiais do navio em que o senhor viaja devem ter destaque em tal relato."

"São motivo de interesse e curiosidade para alguém criado em terra."

"Principalmente o capitão?"

"O senhor? Não havia pensado nisso. Mas, afinal de contas, o senhor é o rei ou imperador de nossa sociedade flutuante, com o privilégio de fazer justiça ou ter misericórdia. Sim. Creio que o senhor tem grande destaque no meu diário, e continuará a ter."

O capitão Anderson girou sobre os calcanhares e marchou adiante. Deu-me as costas e voltou-se contra o vento. Vi que afundara novamente a cabeça com as mãos entrelaçadas nas costas. Eu era capaz de imaginar seu maxilar novamente projetado para a frente, como alicerce em que ele mergulhava a rabujice em seu semblante. Não restava dúvida sobre o efeito que tiveram minhas palavras, nele e em *mim*! Pois constatei que ele tremia, como tremera o primeiro-tenente na primeira vez que ousara censurar o sr. Edmund Talbot! Falei então não sei o que com Cumbershum, que estava em seu turno. Ele estava desconfortável, pois aquilo era terminantemente proibido pelas Ordens Permanentes do tirano, e vi, pelo canto de olho, como as mãos do capitão se estreitavam com mais força às suas costas. Não era uma situação que podia ser prolongada. Desejei bom dia ao tenente e desci do tombadilho. Fiquei bastante satisfeito em voltar para a minha baia, onde descobri, por mais estranho que pareça, que minhas mãos ainda tendiam a tremer! Por isso, sentei-me para recuperar o fôlego e permitir que meu pulso se acalmasse.

Comecei então, mais uma vez, a estudar minuciosamente o capitão, tentando prever sua possível trajetória. A função de um *estadista* não se baseia inteiramente em seu poder de afetar o futuro de outras pessoas; não depende esse diretamente de sua habilidade de prever o comportamento dos outros? Ali estava, pensei, a oportunidade de experimentar o sucesso ou o fracasso de meu toque de aprendiz.

Como reagiria aquele indivíduo à dica que eu lhe dera? Eu não fora sutil; mas em seguida pensei que suas perguntas diretas demonstravam que no fundo ele não passava de uma simples criatura inferior. Talvez não tenha notado a malícia de minha alusão às convicções radicais do sr. Prettiman! Porém eu tinha certeza de que a referência ao meu diário o faria rever tudo o que se passou no decorrer da viagem e a reconsiderar que tipo de figura ele gostaria de representar no registro dela. Mais cedo ou mais tarde ele toparia desagradavelmente com o caso de Colley e haveria de se lembrar como o tratara. Deveria perceber que a despeito do quanto eu mesmo o provocara a dar vazão a sua animosidade contra Colley, ele fora, entretanto, injusto e cruel.

Como se comportaria então? Como eu me comportara quando Summers revelou a minha porção de culpa nesse incidente? Ensaiei uma ou duas cenas para nosso teatro flutuante. Imaginei Anderson descendo do tombadilho e entrando no vestíbulo casualmente, apenas para parecer desinteressado no homem. Era possível que parasse para consultar suas ordens desbotadas, escritas em bela caligrafia de escriturário. Então, no momento oportuno, quando não houvesse ninguém por perto — ah, não! Ele precisaria ser visto para que eu pudesse registrar no meu diário! —, entraria na baia onde jaz Colley, fecharia a porta, sentaria junto ao beliche e conversaria até que ficassem amigos do peito. Ora, Anderson poderia muito bem representar um arcebispo ou até mesmo Sua Majestade! Como Colley não despertaria diante de uma condescendência tão amável? O capitão confessaria que ele próprio fizera alguma loucura semelhante, um ou dois anos atrás...

A pura verdade é que eu não conseguia imaginar nada disso. O conceito continuava sendo artificial. Esse comportamento estava além de Anderson. Talvez, talvez apenas, ele pudesse descer e agradar um pouco a Colley, admitir sua própria grosseria, mas dizendo que era um hábito de um capitão de navio. O mais provável é que descesse, mas só para ter certeza de que Colley continuava deitado no beliche, de bruços, e ainda pouco propenso a ser despertado por alguma exortação brincalhona. Mas também talvez sequer descesse. Quem era eu para penetrar no íntimo do homem, revolver o fluxo de sua alma e, baseado nessa experiência cirúrgica, prever o rumo que sua injustiça tomaria? Sentei diante deste diário e censurei minha leviandade em tentar representar o político manipulador de meus semelhantes. Era preciso reconhecer que o meu conhecimento das primaveras do comportamento humano ainda era embrionário. A poderosa inteligência ajuda um pouco, mas nada mais. Falta-me algo ainda, alguma destilação de experiência para que eu possa antecipar qualquer desfecho em circunstâncias tão numerosas, prolíficas e confusas.

E então, então *vossa senhoria* consegue adivinhar? Guardei a sobremesa para o fim! Ele acabou descendo. Diante de meus próprios olhos, desceu, como se meu vaticínio o houvesse atraído para baixo como se fosse um fabuloso feitiço! Sou um mago, não sou? Admita, ao menos, que sou um aprendiz de feiticeiro! Eu disse que ele desceria, e ele desceu! Vi-o descer pelo meu lanternim, duro e carrancudo, parando no meio do vestíbulo. Olhou para uma baia depois da outra, girando nos calcanhares, e mal tive tempo de afastar meu rosto do olho mágico, até que seu olhar soturno pousou sobre ele com um brilho que eu podia jurar ser igual a um carvão em brasa! Quando me arrisquei a olhar de novo — porque parecia realmente perigoso que o homem soubesse que eu o tinha visto —, ele estava de costas para mim. Aproximou-se da porta da baia de Colley e, durante um longo minuto, quedou-se a contemplá-la. Vi como um de seus punhos batia na palma da outra mão, às suas costas. Depois ele virou impacientemente para a esquerda, com um gesto que parecia gritar: *Serei amaldiçoado se fizer isto*! Ele foi até a escada, batendo os pés, e sumiu. Alguns segundos depois ouvi seus passos firmes a percorrer o convés sobre minha cabeça.

Foi uma vitória parcial, não foi? Eu havia dito que ele desceria, e ele desceu. Mas quando eu o imaginara se esforçando para consolar o pobre Colley, ele demonstrara ser insensível ou pouco diplomático para se obrigar a fazer aquilo. Quanto mais perto chegava de dissimular sua bile, mais esta lhe subia à garganta. No entanto, eu agora tenho certo território confiável. Seu conhecimento da existência do diário não o deixará em paz. Será como um estilhaço debaixo da unha. Ele desceria de novo...

BETA

Errou de novo, Talbot! Aprenda mais esta lição, meu rapaz! Você tropeçou neste obstáculo! Jamais devemos nos perder em devaneios complacentes sobre um êxito inicial! O capitão Anderson não desceu. Mandou um mensageiro. Eu estava escrevendo a frase sobre o estilhaço quando bateram na porta, e quem poderia ser senão o sr. Summers! Convidei-o a entrar, espalhei areia sobre a página — de modo imperfeito, como pode ver —, fechei o diário, tranquei-o, levantei-me e ofereci minha cadeira. Recusou-a, empoleirou-se na beira do beliche, pousou nele seu chapéu bicorne e olhou pensativo para meu diário.

"Veja só, também o tranca!"

Fiquei calado, mas encarei-o nos olhos, com um leve sorriso. Assentiu com a cabeça, como se compreendesse — e acho que compreendeu de fato.

"Sr. Talbot, não podemos permitir que isso continue."

"Quer se referir ao meu diário?"

Ignorou o gracejo.

"Por ordens do capitão, dei uma olhada no sujeito."

"Colley? Também fui vê-lo. Eu concordei em ir, lembra?"

"A sanidade do sujeito está correndo risco."

"Tudo por causa de uma bebidinha. Ainda não melhorou em nada?"

"Phillips jura que ele não se mexe há três dias."

Blasfemei, talvez sem necessidade. Summers não reparou.

"Repito, o sujeito está perdendo a razão."

"É o que parece, de fato."

"Por ordens do capitão, fui encarregado de fazer todo o possível, e o senhor me ajudará."

"Eu?"

"Ora, o senhor não recebeu uma ordem para me ajudar, mas eu recebi a de recrutar seu auxílio e de tirar proveito de seus conselhos."

"Deus do céu, o sujeito está me lisonjeando! Sabia, Summers, que me aconselharam a praticar esta arte? Mal poderia imaginar que eu seria objeto de tal exercício!"

"O capitão Anderson sente que o senhor tem experiência social e uma consciência que podem tornar seus conselhos valiosos."

Eu ri abertamente e Summers me acompanhou.

"Ora, Summers! O capitão Anderson jamais diria isso!"

"Não, cavalheiro. Não exatamente."

"Não exatamente, hein? Vou lhe dizer uma coisa, Summers…"

Calei-me a tempo. Havia muitas coisas que gostaria de falar. Poderia ter-lhe dito que a preocupação do capitão Anderson por Colley surgira não em decorrência da súplica que eu lhe fizera, mas só depois que soubera que eu mantinha um diário destinado a olhos influentes. Poderia ter-lhe dado minha opinião de que o capitão pouco se importava com a sanidade de Colley, mas procurava me envolver astuciosamente nos acontecimentos, para tornar a questão obscura ou, ao menos, para atenuar a provável censura ou desprezo de vossa senhoria. Mas estou aprendendo, não estou? Antes que as palavras viessem a minha boca, compreendi como elas poderiam ser perigosas para Summers — e até para mim.

"Pois bem, sr. Summers, farei o que puder."

"Tinha certeza de que o senhor concordaria. Foi cooptado como representante do poder civil por nós, marujos ignorantes. Que devemos fazer?"

"O que temos aqui é um vigário… Mas, perdão, não deveríamos ter eleito a srta. Granham? Ela é filha de um cônego e, supostamente, deve saber melhor que nós como lidar com o clero!"

"Fale sério, cavalheiro, e deixe-a aos cuidados do sr. Prettiman."

"Não! Impossível! A Minerva em pessoa?"

"O senhor Colley precisa de toda nossa atenção."

"Vejamos. O que temos aqui é um vigário… Que se comportou como um animal e se penitencia desesperadamente por isso."

Summers olhou-me atentamente e, posso dizer, com curiosidade.

"Sabe até que ponto ele se comportou como um animal?"

"Rapaz! Eu vi! Todos nós vimos, inclusive as damas! Na verdade, deixe-me lhe dizer, Summers. Eu vi algo além que os demais!"

"O senhor desperta meu mais profundo interesse."

"Nada de muito importante. Mas, algumas horas depois do espetáculo que deu, vi-o se arrastar pelo vestíbulo até a privada com uma folha de papel na mão e, se isto acrescenta algo, com o mais estranho sorriso naquela cara feia dele."

"O que lhe sugeriu o sorriso?"

"Ele estava bêbado como um gambá."

Summers indicou a parte dianteira do barco com a cabeça.

"E lá? No castelo de proa?"

"Como vamos saber?"

"Podemos perguntar."

"Acha prudente, Summers? Não fora aquele teatro da plebe... Perdoe-me! Dirigido não a si mesma, mas aos que detêm autoridade sobre ela? Não deveríamos evitar-lhe toda lembrança desse fato?"

"É a sanidade do sujeito que está em jogo, cavalheiro. Precisamos arriscar algo. Quem o induziu àquilo? Além da plebe, há os emigrantes, decentes até onde eu sei. Eles não têm o *menor* desejo de zombar da autoridade. Ainda assim, devem saber tanto quanto os outros."

De repente lembrei-me da pobre moça e de seu rosto emaciado, no qual morava uma sombra que dava a impressão de se alimentar do local onde residia. Ela presenciou a animalidade de Colley diante de seus olhos no momento em que era de seu direito esperar uma conduta inteiramente diferente da parte de um clérigo.

"Mas isso é terrível, Summers! Esse sujeito devia ser..."

"É impossível remediar o que já aconteceu. Eu repito, a sanidade do homem corre perigo. Pelo amor de Deus, faça mais um esforço para despertá-lo de sua, sua... letargia!"

"Muito bem. Pela segunda vez, então. Vamos lá."

Saí rapidamente, seguido por Summers, atravessei o vestíbulo, abri a porta da baia e entrei. Era mesmo verdade. O sujeito estava deitado como antes; e, de fato parecia ainda mais imóvel. A mão agarrada à cavilha de arganéu relaxara um pouco, pois, a despeito de os dedos penderem nela, não havia nenhum sinal de tensão muscular.

Summers falou suavemente às minhas costas.

"O sr. Talbot está aqui, sr. Colley, veio lhe fazer uma visita."

Devo confessar um misto de confusão e grande repugnância diante de tudo aquilo, o que me rendeu ainda mais incapacidade de encontrar a forma certa para encorajar o pobre infeliz. Sua situação, o odor, o fedor que emanava, supostamente dele, que não se lavava, tudo era nauseante. O senhor há de concordar que ele precisava ser muito *forte* para se destacar e superar o fedor proveniente do navio, ao qual ainda não me habituara inteiramente! Mas Summers atribuía-me evidentemente uma capacidade que eu não possuía, já que se afastou de mim acenando com a cabeça, como se para indicar que o caso estava agora entregue às minhas mãos.

Pigarreei.

"Bem, sr. Colley, este é um assunto desagradável, mas, acredite em mim, o senhor está se punindo muito. A embriaguez descontrolada e suas consequências é uma das experiências pelas quais um homem deve passar pelo menos uma vez na vida, pois de que outro modo compreenderia a experiência de outrem? Quanto a satisfazer sua necessidade natural na coberta, pense um pouco no que essas cobertas já devem ter visto! E os pacíficos condados da nossa pátria distante... Sr. Colley, fui levado a reconhecer, graças ao sr. Summers, que embora não de maneira direta, sou em parte responsável por seus problemas. Se eu não tivesse irritado o capitão... Mas não importa! Devo confessar, senhor, que conheço o caso de alguns jovens que já urinaram, a um dado sinal, das janelas superiores sobre um professor antipático e severo que passava embaixo! E qual a conclusão de tal caso chocante? Ora, nenhuma, cavalheiro! A vítima estendeu a mão, olhou franzindo o cenho para o céu, depois abriu o guarda-chuva! Juro, cavalheiro, que alguns desses rapazes algum dia serão bispos! Dentro de um ou dois dias, todos nós riremos juntos de sua cômica atuação! O senhor está prestes a chegar à baía de Sidney, creio, e depois à Terra de Van Diemen. Deus do céu, sr. Colley, ouvi dizer que é mais provável que o recebam bêbado do que sóbrio. O que precisa agora é tomar um caldo, e depois tanta cerveja quanto o seu estômago puder suportar. Acredite, em breve o senhor verá as coisas de maneira diferente."

Não houve resposta. Olhei inquisitivamente para Summers, mas ele estava olhando para baixo, para o cobertor, apertando os lábios. Abri as mãos em sinal de derrota e saí da cabine. Summers veio atrás.

"Então, Summers?"

"O sr. Colley está se entregando à morte."

"Ora!"

"Já vi isso acontecer entre povos selvagens. Eles são capazes de deitar e morrer."

Fiz-lhe um gesto para que entrasse na minha baia e sentamo-nos lado a lado no beliche. Ocorreu-me uma ideia.

"Acha que ele é idealista? Talvez esteja levando a religião muito a sério. O que, sr. Summers! Não há do que rir nesse caso! Ou está tão à toa a ponto de achar que minha observação é motivo de riso?"

Summers afastou as mãos do rosto, sorrindo.

"Deus me livre, cavalheiro! Já é bastante doloroso ser vítima dos tiros do inimigo, quanto mais correr o risco adicional de ser alvo de um amigo, se assim posso falar. Acredite que tenho o devido apreço pelo privilégio de ter certo grau de intimidade com o nobre afilhado de tão eminente padrinho. Mas o senhor tem razão em um ponto. Quanto ao sr. Colley, não há motivo de riso. Ou perdeu o juízo, ou nada sabe sobre sua própria religião."

"Ele é um vigário!"

"O hábito não faz o monge, cavalheiro. Acho que ele está desesperado. Como cristão, senhor, como humilde fiel que eu seja, apesar de distante, *não* acredito que um cristão deva se entregar ao desespero!"

"Então minhas palavras foram triviais."

"Eram as que o senhor podia dizer. Mas é claro que não o atingiram."

"O senhor achou isso?"

"O senhor não?"

Acudiu-me o pensamento de que talvez alguém da mesma classe de Colley, alguém entre a tripulação do navio que não tivesse sido transformado pelo estudo ou por alguma posição que, embora modesta, lhe coubera, talvez encontrasse um meio de se comunicar com ele. Mas, depois de uma conversa que Summers e eu tivéramos em certa ocasião anterior, senti que seria delicado abordar tal assunto. Ele quebrou o silêncio.

"Não temos nem capelão, nem médico."

"Brocklebank disse que estudou quase um ano de medicina."

"Disse? Acha que deveríamos chamá-lo?"

"Deus me livre! Como ele é tagarela! Referiu-se a sua mudança da medicina pela pintura como 'abandonar Esculápio pela Musa'."

"Vou indagar entre o pessoal da proa."
"Por um médico?"
"Por informações sobre o que aconteceu."
"Rapaz, nós *vimos* o que aconteceu!"
"Falo do castelo de proa ou abaixo, e não da coberta."
"Fizeram-no beber como um louco."
Vi que Summers me olhava atentamente.
"E acha que foi só isso?"
"Só?"
"Está certo. Bem, cavalheiro, preciso me reportar ao capitão."
"Comunique-lhe que continuarei a pensar em um modo de fazer aquele infeliz recuperar a razão."
"Farei isso; devo agradecer-lhe pela ajuda."

Summers saiu e fiquei a sós com meus pensamentos e este diário. Era tão estranho pensar que um indivíduo não muito mais velho que eu e Deverel, e certamente não tão velho quanto Cumbershum, pudesse ter uma tendência tão forte à autodestruição! Ora, com ou sem Aristóteles, uma meia hora na companhia de La Brocklebank, até mesmo na de Prettiman e da srta. Granham — eis uma situação que *preciso* conhecer por muitas razões, sendo que a menor delas é diversão —, e então...

O senhor consegue imaginar a lembrança que me ocorreu? A pilha de manuscritos sobre a mesa dobrável de Colley! Eu não havia notado a aba da mesa abaixada, nem os papéis, quando Summers e eu entramos na cabine; mas agora, conduzido pelas incompreensíveis faculdades da mente humana, voltei em pensamento à cabine e, examinando a cena que acabara de deixar, percebi mentalmente que a escrivaninha estava vazia! Eis um campo de pesquisa para um cientista! Como pode a mente de alguém voltar a ver algo que não havia visto? Mas foi o que aconteceu.

Bem. O capitão Anderson cooptara-me. Ele haveria de descobrir, pensei, o tipo de inspetor que trouxera para o caso!

Fui rapidamente à cabine de Colley. Ele estava deitado como antes. Só quando já estava dentro da baia que voltei a sentir determinada *apreensão*. Não desejava senão o bem do indivíduo e agia como representante do capitão; no entanto, sentia-me pouco à vontade. Parecia consequência do poder do capitão. O tirano transforma em crime o menor desvio de suas ordens; e eu planejava ao menos chamar sua atenção por maltratar o sr. Colley. Examinei apressadamente a cabine. A tinta, as penas, o reservatório de areia ainda estavam lá, tal como as prateleiras com seus livros piedosos permaneciam aos pés da cama. Parecia haver um limite à sua eficácia. Inclinei-me sobre o indivíduo.

Foi então que percebi, sem ver... Soube, sem ter meios concretos de saber...

Houve um determinado momento em que ele fora despertado por um sofrimento físico, logo transformado em sofrimento moral. Ficara assim em profunda angústia, com a consciência pesada, memória ampliada, com todo seu ser a fugir cada vez mais do mundo, até que não lhe restasse nada além de desejar a morte. Nem Phillips nem Summers conseguiram despertá-lo. Só eu — enfim minhas palavras haviam encontrado algum eco. Quando eu o deixara, depois da primeira visita e mais que satisfeito em partir, ele pulara do beliche em uma *nova* agonia! Então, em um ataque de repulsa por si, varrera os papéis da mesa. Como uma criança, apanhara tudo e enfiara em alguma fresta conveniente, como se esta jamais viesse a ser revistada até o juízo final! Claro. Assim como em minha baia, havia um vão entre o beliche e o costado do navio, no qual se podia enfiar a mão, tal como eu o fazia agora junto à cama de Colley. Encontrei o papel e retirei um monte de folhas amassadas, todas escritas, algumas rasuradas, e tudo, eu tinha certeza, era prova material contra o nosso tirano no processo Colley versus Anderson! Enfiei os papéis imediatamente dentro de meu casaco e saí — Deus queira que sem ser visto! —, apressando-me de volta à minha cabine. Ali, enfiei a papelada na minha própria escrivaninha e tranquei-a, como se estivesse ocultando o despojo de um roubo! Depois disso, sentei-me e comecei a escrever tudo isso em meu diário, como se buscasse neste ato familiar alguma segurança legal! Não é cômico?

Wheeler veio à minha cabine.

"Tenho um recado para o senhor, cavalheiro. O capitão solicita a honra de sua companhia ao jantar, dentro de uma hora."

"Meus cumprimentos ao capitão: aceito com prazer."

GAMA

Que dia tive hoje. Comecei-o de certo modo alegre e acabei... Mas vossa senhoria há de querer saber tudo! Parece que se passou tanto tempo desde que o caso era tão nebuloso e que meus esforços para romper essa névoa eram tão presunçosos, tão autossuficientes...

Bem. Como disse Summers, tenho uma parcela de culpa. Como todos nós temos, de uma forma ou de outra; mas creio que ninguém no mesmo grau que nosso tirano! Permita que eu leve o senhor comigo, passo a passo. Não lhe prometo nenhum entretenimento, mas, ao menos, uma espécie de indignação altruísta e o exercício, não do meu, mas do *vosso* juízo.

Troquei de roupa e dispensei Wheeler, apenas para constatar que Summers, que tinha um aspecto realmente elegante, o substituíra.

"Meu Deus, Summers, também foi convidado para o festim?"

"Compartilharei deste prazer."

"Com certeza é uma novidade."

"Oldmeadow será o quarto conviva."

Consultei meu relógio de repetição.

"Ainda faltam dez minutos. Qual é a etiqueta que se espera de semelhante visita no navio?"

"Quando se trata do capitão, na última badalada do sino."

"Neste caso, vou contrariar a expectativa dele e chegarei cedo. Creio que, conhecendo-me, espera que eu chegue atrasado."

Minha entrada no compartimento do capitão foi tão cerimoniosa quanto um almirante poderia desejar. A cabine, ou melhor, sala, embora não tão ampla quanto o salão de passageiros, ou mesmo o salão onde os tenentes faziam as *patuscadas*, tinha, ainda assim, dimensões palacianas se comparada a nossos diminutos aposentos individuais. Um pouco da largura total do navio fora sacrificado, de cada lado, para acomodar o quarto de dormir do capitão, seu armário, sua cozinha particular, além de outra cabine menor, de onde, suponho, um almirante poderia conduzir o comando de uma frota. Assim como no alojamento dos oficiais e no salão de passageiros, na parede do fundo, ou, na linguagem dos marujos, *na antepara de popa*, havia uma janela enorme com juntas de chumbo, através da qual se podia avistar cerca de um terço do horizonte. No entanto, parte dessa janela estava obscurecida de tal modo que, a princípio, mal pude acreditar. Até certo ponto, o responsável pelo obscurecimento era o capitão, que me saudou assim que apareci com voz que eu só poderia chamar de festiva.

"Entre, sr. Talbot, entre! Devo desculpar-me por não ter lhe recebido à soleira. O senhor me apanhou em meu jardim."

Era isso mesmo. O obscurecimento da grande janela se devia a uma série de trepadeiras, cada uma enrolada em um bambu que surgia da escuridão próximo à coberta, onde eu acreditava estarem os vasos com terra. De pé, um pouco de lado, eu podia ver que o capitão Anderson regava o pé de cada planta com um regador de lata de cano longo. Era uma espécie de quinquilharia frágil, dessas que as damas usam nos laranjais — nunca para ser utilizada nas árvores em suas grandes tinas, mas em alguma raridade ingênua da Mãe Natureza. Pode-se até pensar que capitão taciturno não fora pensado para se encaixar em tal quadro; mas, quando virou, verifiquei, para meu espanto, que seu aspecto era realmente amável, como se eu fosse uma senhora que tivesse vindo visitá-lo.

"Não sabia que tinha um paraíso particular, capitão."

O capitão sorriu! Sim, realmente, sorriu!

"Já imaginou, sr. Talbot, que esta planta da qual estou cuidando, ainda inocente, viçosa e florida, pode ter sido uma daquelas com que Eva se enfeitou no primeiro dia da criação?"

"Isso não pressupõe uma perda de inocência, capitão, uma precursora das folhas de figueira?"

"Talvez. Como é perspicaz, sr. Talbot."

"Estávamos fantasiando, não estávamos?"

"Só dizia o que penso. Essa planta é chamada louro. Pelo que sei, os antigos coroavam-se com ela. A flor, quando surge, é agradavelmente perfumada, e branca como parafina."

"Então poderíamos ser gregos e coroarmo-nos para o festim."

"Não acho que este costume caiba aos ingleses. Mas vê que tenho três dessas plantas? Duas delas cresceram de sementes!"

"Será tarefa tão difícil quanto o seu tom triunfante insinua?"

O capitão Anderson riu feliz. Levantara o queixo, tinha as faces sulcadas, com duas centelhas a brilhar em seus pequenos olhos.

"O sr. Joseph Banks disse que era impossível! 'Anderson', disse ele, 'plante os galhos, homem! Pode jogar as sementes ao mar!' Mas perseverei e, por fim, consegui uma caixa delas, isto é, de pequenas mudas, suficientes para o banquete de um prefeito, se — de acordo com sua fantasia — ele exigir que se coroem os vereadores presentes. Mas basta! Não consigo imaginá-lo. As coroas de louro ficariam tão deslocadas quanto no saguão decorado de Greenwich. Sirva o sr. Talbot. O que deseja beber, cavalheiro? Temos várias opções, embora eu mesmo não beba mais do que um copo, de vez em quando."

"Vinho para mim, cavalheiro."

"Hawkins, o clarete, por favor! Este gerânio que o senhor está vendo, sr. Talbot, está com as folhas doentes. Pulverizei-o com enxofre em um caramanchão, mas não adiantou. Devo perdê-lo, com certeza. Porém, quem faz jardinagem em alto-mar precisa se acostumar às perdas. Na primeira viagem como comandante, perdi toda minha coleção."

"Por causa da violência do inimigo?"

"Não, senhor, por causa da natureza incomum do tempo, que nos fez passar semanas a fio sem vento ou chuva. Não havia como regar minhas plantas. Eu causaria um motim. Não dou grande importância então à perda desta única planta."

"E, além disso, poderá substituí-la por outra na baía de Sidney."

"Por que o senhor precisa…"

Virou-se e guardou o regador em um caixote junto às plantas. Ao voltar-se para mim, percebi novamente os sulcos em sua face, e a centelha nos olhos.

"Ainda temos um longo caminho a percorrer e muito tempo antes de alcançarmos o nosso destino, sr. Talbot."

"Fala como se não lhe agradasse antecipar nossa chegada."

Os sulcos e as centelhas desapareceram.

"O senhor é jovem. Não é capaz de compreender o prazer de, não, a necessidade de solidão que determinadas personalidades sentem. Não me importaria se a viagem durasse eternamente!"

"Mas decerto temos ligações com a terra, com a sociedade, com a família…"

"Família? Família?", perguntou o capitão com certa violência. "Por que alguém não poderia passar sem família? Diga, o que tem a ver a família?"

"O homem não é uma muda de louro, capitão, capaz de fertilizar a própria semente!"

Fez-se uma longa pausa, durante a qual Hawkins, o taifeiro do capitão, trouxe-nos o clarete. O capitão Anderson fez menção de levar meio copo de vinho à boca.

"Serei capaz, ao menos, de lembrar a flora extraordinária dos Antípodas!"

"E poderá também renovar seu estoque."

O rosto dele iluminou-se novamente.

"Há muitas obras da natureza nesta região que jamais foram levadas à Europa."

Percebi agora que existia um caminho, se não para o coração do capitão Anderson, ao menos para sua aprovação. Veio-me um pensamento repentino, digno de um *romancier,* de que talvez a carranca mal-humorada ou colérica com que ele costumava abandonar seu paraíso devia assemelhar-se à de Adão expulso. Pensava nisso com minha taça de vinho quando Summers e Oldmeadow entraram juntos no compartimento.

"Entrem, cavalheiros", convidou o capitão. "Que vai beber, sr. Oldmeadow? Como vê, o sr. Talbot contentou-se com vinho. O mesmo para o senhor?"

Oldmeadow grasnou para dentro de seu colarinho, declarando que gostaria de um pouco de xerez seco. Hawkins trouxe um decanter de base larga e serviu Summers primeiro, como se soubesse o que ele beberia. Em seguida, Oldmeadow.

"Summers", disse o capitão. "Queria lhe perguntar. Como vai o seu paciente?"

"Ainda na mesma, senhor. O sr. Talbot teve a bondade de atender a seu pedido. Mas suas palavras não tiveram mais efeito que as minhas."

"É um caso triste", disse o capitão. Olhou-me diretamente. "Vou anotar no diário de bordo que o paciente, que é como devemos considerá-lo, recebeu sua visita, sr. Summers, e a do senhor, sr. Talbot."

Foi então que comecei a perceber a intenção do capitão Anderson ao nos reunir em sua cabine, e sua maneira canhestra de tratar o caso de Colley. Em vez de esperar o efeito do vinho e da conversa, ele trouxe o assunto à baila de imediato e abruptamente. Estava na hora de pensar em mim!

"O senhor precisa se lembrar", disse eu, "que se este pobre sujeito for tratado como paciente, minha opinião não adiantará nada. Não tenho nenhum conhecimento médico, qualquer que seja. Neste caso, seria melhor consultar o sr. Brocklebank!"

"Brocklebank? Quem é Brocklebank?"

"O cavalheiro das artes, de rosto cor de vinho do porto, com um séquito de mulheres. Mas estou brincando. Ele me disse que começou a estudar medicina, mas depois abandonou os estudos."

"Então tem alguma experiência médica?"

"Não, não! Eu estava brincando. O sujeito é... Como é mesmo, Summers? Duvido que consiga tomar o pulso de alguém."

"Mesmo assim... Brocklebank, o senhor disse? Hawkins, vá encontrar o sr. Brocklebank e peça-lhe que tenha a bondade vir aqui imediatamente."

Já vi tudo — imaginei a entrada no diário —: recebeu a visita de *um cavalheiro com alguma experiência médica*! Era grosseiro, mas esperto, esse capitão! Estava ele, como diria Deverel, "procurando livrar o seu lais". Veja como me obriga, no meu próprio diário, a relatar a vossa senhoria que ele cercou o sujeito de todos os cuidados, fazendo com que seus oficiais, eu mesmo, e um cavalheiro com *alguma experiência médica* o visitassem!

Durante algum tempo ninguém disse nada. Nós três, os convidados, ficamos encarando nossos copos como se a lembrança do doente nos tivesse tornado solenes. Mas não se passaram mais de dois minutos até que Hawkins voltou, dizendo que Brocklebank tivera o prazer em aceitar o convite do capitão.

"Então vamos nos sentar", disse o capitão. "Sr. Talbot, à minha direita. O sr. Oldmeadow aqui! Summers, você sentaria do outro lado da mesa? Vejam só, que cena agradavelmente doméstica! Têm bastante espaço, cavalheiros? Summers naturalmente tem bastante. Mas é preciso deixar-lhe livre o acesso à porta, caso um de seus dez mil encargos no navio o roube de nossa companhia."

Oldmeadow observou que a sopa estava excelente. Summers, que comia com a destreza adquirida em dúzias de castelos de proa, comentou que se diziam muitas tolices a respeito da comida na Marinha.

"Podem acreditar", disse, "que quando a comida precisa ser encomendada, reunida, armazenada e servida aos milhares de toneladas, sempre haverá motivos de queixa aqui ou ali. Mas, de modo geral, os marinheiros ingleses comem melhor em alto-mar que em terra."

"Bravo!", exclamei. "Deveria fazer parte da bancada do governo, Summers!"

"Acompanha-me em uma taça de vinho, sr. Summers?", disse o capitão. "Como é mesmo a expressão? 'Enxuguemos os copos'? Bebamos todos, cavalheiros! Mas voltando ao assunto, Summers, que me diz da história do queijo colocado no alto do mastro principal, como capa de mastro? E as caixas de rapé esculpidas de ossos de boi?"

Com o canto do olho vi que o capitão apenas cheirou o buquê do vinho e baixou o copo. Decidi não irritá-lo somente para que eu pudesse entender as suas maquinações.

"Summers, quero ouvir a sua resposta ao capitão. Que caixas de rapé e que queijos no mastro eram aqueles?"

"Capas de mastro…"

"E os ossos que, ao que consta, são servidos apenas com uma tira de carne-seca aos nossos bravos marujos?"

Summers sorriu.

"Imagino que o senhor provará o queijo; e creio que o capitão está prestes a surpreendê-lo com alguns ossos."

"De fato estou", disse o capitão. "Traga-os, Hawkins."

"Meu Deus", gritei. "Ossos com tutano!"

"De Bessie, calculo. Um animal muito proveitoso", comentou Oldmeadow.

Inclinei-me diante do capitão.

"Estamos estupefatos, cavalheiro. Lúculo não poderia fazer melhor."

"Esforço-me para fornecer-lhe material para o seu diário, sr. Talbot."

"Dou-lhe a minha palavra de honra, cavalheiro, o menu será conservado até o futuro mais remoto, juntamente com a lembrança da hospitalidade do capitão."

Hawkins curvou-se para falar com o capitão.

"O cavalheiro está à porta, senhor."

"Brocklebank? Vou recebê-lo no escritório por um momento, se me dão licença, cavalheiros."

Aconteceu então uma cena farsesca. Brocklebank não permanecera na porta, mas já havia entrado e se adiantava. Tomara o recado do capitão como um convite semelhante ao que me fora feito, ou então estava embriagado, ou ambas as coisas. Summers empurrou a cadeira para trás, levantando-se. Agindo como se o primeiro-tenente fosse um lacaio, Brocklebank sentou-se pesadamente.

"Obrigado, obrigado. Ossos com tutano! Que diabo, como o senhor adivinhou, cavalheiro? Não duvido que uma de minhas meninas lhe tenha dito. Os franceses que se danem!"

Esvaziou de um só gole o copo de Summers. Seu tom de voz parecia uma fruta — se tal fruta existisse —, uma combinação de pêssego com ameixa. Um pouco entediado, levou o dedinho ao ouvido e examinou o resultado na unha, enquanto ninguém dizia nada. O criado estava perplexo. Brocklebank, reparando melhor em Summers, sorriu para ele.

"Você também aqui, Summers? Sente-se, rapaz!"

O capitão Anderson, demonstrando o que, para ele, era um tato incrível, interrompeu-o.

"Sim, Summers, pegue aquela cadeira ali e jante conosco."

Summers sentou-se ao canto da mesa. Ofegava, como se tivesse participado de uma corrida. Perguntei-me se estaria pensando no que Deverel pensara e me confidenciara quando estava ou, talvez deva dizer, quando *estávamos* embriagados: *Não, Talbot, este não é um navio feliz.*

Oldmeadow dirigiu-se a mim.

"Falou-se em um diário, Talbot. Vocês do governo escrevem como o diabo."

"Na verdade, o senhor está me promovendo. Mas é fato. Os gabinetes políticos são forrados de papel."

O capitão fingiu beber, depois pousou o copo.

"O senhor devia imaginar que os navios tivessem um lastro de papel. Tantos são os registros. Registramos quase tudo, aqui e ali, desde os livros dos aspirantes até o diário de bordo, que eu mesmo faço."

"No meu caso, acho que mal tenho tempo de registrar os acontecimentos de um dia, antes que já se passem dois ou três."

"Como faz a seleção?"

"Os fatos de destaque, naturalmente... E ninharias que possam distrair o meu padrinho em seu lazer."

"Espero", disse o capitão pesaroso, "que mencione à vossa senhoria a nosso senso de obrigação diante dele, por nos ter proporcionado a sua companhia."

"É o que farei."

Hawkins encheu o copo de Brocklebank. Pela terceira vez.

"Senhor, ahn, Brocklebank", disse o capitão. "Podemos recorrer à sua experiência médica?"

"Minha o que, cavalheiro?"

"Talbot... O sr. Talbot que está aqui", apontou-me o capitão com um tom de voz constrangido. "O sr. Talbot..."

"Que diabos houve com ele? Deus do céu! Eu lhe asseguro que Zenobia, a cara mocinha de coração ardente..."

"Pessoalmente", interrompi com certa precipitação, "não tenho nada a ver com este caso. Nosso capitão se refere a Colley."

"O vigário, não é? Déus do céu! Asseguro-lhes que na minha idade isso não tem importância. Que se divirtam a bordo, foi o que eu disse... Ou não disse?"

O sr. Brocklebank soluçou. Um estreito fio de vinho escorreu pelo seu queixo. Ficou com o olhar vago.

"Precisamos de sua experiência médica", repetiu o capitão, com um rosnado mal contido, o que para ele era quase um tom conciliador. "Não temos nenhuma, por isso dependemos da que o senhor..."

"Eu também não tenho nenhuma", respondeu o sr. Brocklebank. "Garçom, outro copo."

"O sr. Talbot disse..."

"Tentei, o senhor sabe, mas eu disse: 'Wilmot, essa tal de anatomia não é para você. Não mesmo. Você não tem estômago para isso'. De fato, como disse na ocasião, abandonei Esculápio pela Musa. Não lhe disse isso, sr. Talbot?"

"Disse, cavalheiro. Pelo menos em duas ocasiões. O capitão certamente aceitará as suas desculpas."

"Não, não", disse o capitão irritado. "Por menor que seja a experiência do cavalheiro, devemos tirar proveito."

"Proveito", disse Brocklebank. "Há maior proveito na Musa que em qualquer outra coisa. Eu seria um homem rico agora, não fosse o calor de meu temperamento, uma atração mais forte do que o habitual pelo sexo, e as oportunidades de cometer excessos que me impõe a escandalosa corrupção da sociedade inglesa…"

"Eu não suportaria ser médico", disse Oldmeadow. "Todos aqueles cadáveres, meu Deus!"

"Justamente, cavalheiro. Prefiro manter a uma braça de distância tudo que me faz lembrar a mortalidade. Sabe que depois da morte de Lorde Nelson no campo de batalha, fui o primeiro a fazer uma litografia deste feliz acontecimento?"

"O senhor não estava presente!"

"A uma braça de distância, cavalheiro. Nenhum outro artista estava também. Tenho que admitir francamente que, na ocasião, eu acreditava que Lorde Nelson expirara no convés."

"Brocklebank", exclamei. "Eu a vi! Há uma cópia na parede da taberna 'Dog and Gun'! Com que diabo aquela multidão de jovens oficiais conseguiu se ajoelhar ao redor de Lorde Nelson, em atitude de tristeza e devoção na hora em que o combate era mais intenso?"

Outro filete de vinho escorreu pelo queixo do sujeito.

"O senhor está confundindo a arte com a realidade."

"Pareceu-me inteiramente idiota, senhor."

"Na verdade, vendeu muito bem, sr. Talbot. Não posso negar que sem a popularidade duradoura dessa obra eu estaria na rua da amargura. No mínimo, permitiu-me comprar uma passagem para onde quer que estejamos indo, o nome me escapa agora. Imagine, cavalheiro, Lorde Nelson a morrer embaixo, em algum canto fedorento do porão, imagino, sem nada que o iluminasse, a não ser um lampião do navio! Que diabo, quem é capaz de retratar algo assim?"

"Rembrandt, talvez."

"Ah! Rembrandt. Sim, sr. Talbot, o senhor precisa admirar ao menos a minha habilidade no tratamento à fumaça."

"Explique-me, cavalheiro."

"A fumaça é o diabo. Não viu quando Summers disparou a minha arma? Com os canhões a bordo, a batalha naval não passa de um nevoeiro londrino. Por isso o verdadeiro artesão deve escondê-la em um canto onde ela não se intrometa... intrometa..."

"Como um palhaço."

"Intrometa..."

"E interrompa algum curso de ação necessário."

"Intrometa... Capitão, o senhor não está bebendo."

O capitão fez outro gesto com o copo, depois olhou os três convidados com uma frustração raivosa. Mas Brocklebank, com os cotovelos ladeando o osso de tutano destinado a Summers, continuou a arengar.

"Eu sempre disse que a fumaça, quando bem retratada, pode ser uma ajuda concreta. O senhor é abordado por um capitão qualquer que teve a sorte de enfrentar o inimigo e conseguiu se safar. Ele vem me procurar, como fizeram depois da minha litografia. Por exemplo, ele, junto com outra fragata e uma pequena corveta, encontrou os franceses e travou-se uma batalha... Perdão! Como diz o epitáfio: 'Onde quer que estejas, solte seus gases e veja, pois prendê-los trouxe-me a morte de bandeja'. Agora peço aos senhores que imaginem o que aconteceria... E na verdade, meu bom amigo, Fuseli, o senhor sabe, o escudo de Aquiles... sim, imagine só!"

Bebi com impaciência e dirigi-me ao capitão.

"Acho, cavalheiro, que o sr. Brocklebank..."

Não adiantou nada e o sujeito babou de novo sem sequer notar.

"Sabe quem me paga? Se *todos* pagassem não haveria fumaça nenhuma! Além disso, todos devem ser vistos engajados com bravura! O diabo que carregue! Chegam a se engalfinhar, percebe?"

"Sr. Brocklebank", disse o capitão irritado. "Sr. Brocklebank..."

"Mostre-me um único capitão que tenha sido condecorado unicamente por seus méritos! *Aí* não tem mais discussão!"

"Não", disse Oldmeadow, grasnando dentro de seu colarinho. "Não é bem assim."

O sr. Brocklebank olhou-o, truculento.

"O senhor duvida da minha palavra? Duvida? Pois se duvida, cavalheiro..."

"Eu, cavalheiro? Não, Deus do céu, de modo algum!"

"Então ele dirá, 'Brocklebank'; dirá, 'por mim, não dou um vintém furado, mas minha mãe, esposa e minhas quinze filhas exigem um retrato de meu navio no auge da ação!' Está entendendo? Então, depois de me entregar um exemplar da gazeta oficial e de me ter descrito a batalha em seus mínimos detalhes, ele vai embora, na feliz ilusão de saber como se representa uma batalha naval!"

O capitão ergueu o copo. Desta vez esvaziou-o de um só gole. Dirigiu-se ao sr. Brocklebank com uma voz que assustaria o sr. Taylor a ponto de fazê-lo pular de uma ponta a outra do navio, e até mais longe, se conseguisse.

"Quanto a mim, cavalheiro, concordaria com ele!"

Para demonstrar o grau da própria inteligência, o sr. Brocklebank tentou, com um ar de esperteza, alcançar o nariz com o dedo, mas errou.

"O senhor se engana. Se eu me deixasse limitar pela verossimilhança — mas, não. Acha que o cliente que me deu um sinal, e que de repente pode ser obrigado a partir e perder a cabeça de uma hora para outra…"

Summers levantou-se.

"Estão me chamando, capitão."

Este, com o único lampejo de humor que eu já vira, deu uma risada alta.

"Sorte a sua, sr. Summers!"

Brocklebank não percebeu nada. Na verdade, creio que se todos nós partíssemos, ainda assim ele continuaria o monólogo.

"Agora, o senhor por acaso acha que a outra fragata deveria ser retratada com o mesmo entusiasmo? Não pagou nada! É aí que entra a fumaça. No momento em que acabo o meu esboço, ela terá acabado de atirar, e a fumaça se elevará e a envolverá. Quanto à corveta, que estará sob as ordens de algum tenente obscuro, terá muita sorte de aparecer, afinal. Por outro lado, o navio de meu cliente vai arrotar mais fogo do que fumaça, sendo atacado por todos os adversários simultaneamente."

"Quase chego a desejar", disse eu, "que os franceses nos dessem a oportunidade de recorrer aos bons ofícios de seu pincel."

"Quanto a isso não há nenhuma esperança", retrucou o capitão taciturno. "Nenhuma esperança."

Talvez o tom em que falou tenha afetado o sr. Brocklebank, o qual sofreu uma dessas súbitas e extraordinárias transformações, tão comum entre os bêbados, que vão da euforia à melancolia.

"Mas nunca se trata apenas disso. O cliente há de voltar, e a primeira coisa que dirá é que *Corina* ou *Erato* jamais tiveram o mastro de traquete enfunado tão a vante, e o que estará fazendo aquela roldana no braço da verga grande? Ora, o meu cliente mais importante — sem falar no falecido Lorde Nelson, se é que posso chamá-lo assim, de cliente — foi bastante tolo ao fazer objeções a algumas avarias insignificantes que infligi na fragata acompanhante. Jurou que ela não perdeu o mastaréu da gávea, o mastaréu da gávea da proa, acho que foi isso o que disse, porque estava fora da mira do canhão. Depois reclamou que eu não mostrara nenhum dano ao tombadilho de seu navio, o que não era exato. Obrigou-me a transformar duas portinholas de canhão em uma só, e a retirar grande parte da antepara. Depois perguntou, 'não poderia me desenhar ali, Brocklebank? Lembro nitidamente de ter ficado ali, junto à amurada destruída, encorajando a tripulação, indicando o inimigo com a ponta da espada.' Que havia eu de fazer? O primeiro axioma do artista é que o cliente tem sempre razão. 'A figura será muito pequena, sr. Sammel', adverti-o. 'Não importa', retrucou. 'Pode me exagerar um pouco.' Fiz-lhe uma reverência. 'Se o desenhar assim, por contraste sua fragata será reduzida a uma corveta.' Deu uma ou duas voltas para cima e para baixo no meu ateliê, parecido mais que tudo com nosso capitão aqui, quando no tombadilho. 'Bem', disse afinal, 'então me desenhe pequeno. Serei reconhecido pelo meu bicorne e pelas minhas dragonas. Para mim, isso não faz diferença, mas minha boa senhora e filhas insistem nisso, sr. Brocklebank.'"

"Sr. Sammel", repetiu o capitão. "O senhor falou em sr. Sammel?"

"Falei. Vamos agora ao conhaque?"

"Sr. Sammel. Eu o conheço. Conhecia."

"Conte-nos tudo, capitão", pedi, esperando conter aquele fluxo. "Um colega oficial?"

"O tenente que comandava a corveta era eu", respondeu sombriamente o capitão, "mas não vi o quadro."

"Capitão! Preciso realmente ouvir uma descrição disso tudo", pedi. "Nós homens da terra somos ávidos por esse tipo de coisa!"

"Deus do céu, a corveta! Encontrei a outra corv... A outra corv... O outro tenente. Capitão, o senhor precisa ser retratado. Vamos espalhar a corv... a fumaça e mostrar o senhor bem no meio!"

"Ora essa, ele estava lá", comentei. "É possível imaginá-lo em qualquer outro lugar? O senhor estava bem no meio, não estava?"

O capitão Anderson rosnou abertamente.

"Bem no meio da batalha? Em uma corveta? Contra fragatas? Mas o capitão — Sr. Sammel, como imagino ter que chamá-lo — deve ter me achado um jovem imbecil, pois foi o que gritou, berrando em seu porta-voz, 'saia já daqui, seu jovem imbecil, ou mandarei que acabem com você!'."

Ergui meu copo para o capitão.

"Bebo em sua honra, cavalheiro. Mas não ficou cego de um olho? Surdo de um ouvido?"

"Garçom, onde está o conhaque? Preciso pintá-lo, capitão, a um preço muito reduzido. O futuro de sua carreira..."

O capitão Anderson estava contraído à cabeceira da mesa, como uma mola prestes a saltar. Os dois punhos cerrados se comprimiam contra a mesa, e seu copo havia caído e quebrado. Se antes já rosnava, agora ele realmente rugia.

"Carreira? Não compreende, maldito idiota? Acabada a guerra, todos nós, sem exceção, desceremos em terra firme."

Houve um silêncio prolongado, durante o qual até Brocklebank pareceu achar que algo diferente havia lhe acontecido. Sua cabeça pendeu, depois sacudiu-se bruscamente, olhando em volta com uma expressão vaga. Então focou o olhar. Viramos todos, um por um.

Summers estava à porta.

"Capitão. Estive com o sr. Colley, senhor. Tenho certeza de que o homem está morto."

Lentamente cada um de nós se pôs de pé, passando em um instante de uma furiosa repulsa a um outro tipo de compreensão. Olhei para o rosto do capitão. O rubor violento da raiva desaparecera. Assumira uma expressão inescrutável. Não percebi no seu semblante nem preocupação, alívio, tristeza ou triunfo. Ele deve ser feito do mesmo material que a figura de proa.

Foi o primeiro a falar.

"Cavalheiros, este triste fato encerra a nossa... nossa reunião."

"Evidentemente, senhor."

"Hawkins. Acompanhe este cavalheiro até a sua cabine. Sr. Talbot, sr. Oldmeadow, tenham a bondade de examinar o corpo, com o sr. Summers, para confirmar o juízo dele. Eu pessoalmente também o farei. Receio que a intemperança do homem o tenha destruído."

"Intemperança, senhor? Por um único e desastrado pecadilho?"

"O que quer dizer, sr. Talbot?"

"Vai registrá-lo assim no diário de bordo?"

Visivelmente o capitão tivera que se controlar.

"Isto cabe a mim julgar, quando me for conveniente, sr. Talbot."

Inclinei-me, calado. Oldmeadow e eu nos retiramos, enquanto Brocklebank ia meio carregado, meio arrastado, atrás de nós. O capitão seguiu o pequeno grupo que rodeava o monstruoso beberrão. Parecia que todos os passageiros do navio, ou ao menos os da ré, haviam se aglomerado no vestíbulo e olhavam em silêncio a porta da cabine de Colley. Vários tripulantes de folga e a maioria dos emigrantes haviam se reunido no limite da linha branca traçada no convés, fitando-nos também em silêncio. Suponho que o vento e a passagem do navio pelo mar fizessem algum barulho, mas eu, naquele momento, não tinha consciência dele. Os demais passageiros abriram caminho para nós. Wheeler montava guarda à porta da cabine, com seus tufos de cabelo branco, a cabeça calva, e o rosto *iluminado* — eu não poderia descrever de outra forma sua expressão de quem compreendia todos os caminhos e dores do mundo — que lhe davam um ar de verdadeira santidade. Ao avistar o capitão, curvou-se com a unção de um agente funerário, ou como se o manto do pobre e obsequioso Colley tivesse caído sobre ele. Embora a tarefa coubesse a Phillips, foi Wheeler quem abriu a porta, pondo-se ao lado. O capitão entrou. Permaneceu pouco tempo, saiu, fez sinal para que eu entrasse, galgou até a escada e subiu, dirigindo-se a seus aposentos. Entrei na cabine de completa má vontade, acredite! O pobre sujeito ainda agarrava o arganéu — ainda jazia com o rosto contra o travesseiro, mas o cobertor fora erguido e dobrado, revelando sua face e pescoço. Pus três dedos hesitantes sobre a face exposta e retirei-os depressa, como se tivessem sido queimados. Não quis, e de fato não foi necessário, inclinar-me para ouvir a respiração dele. Saí para juntar-me à congregação silenciosa de Colley, e fiz sinal com a cabeça para Oldmeadow, que entrou, lambendo os lábios pálidos. Também saiu sem demora.

Summers voltou-se para mim.

"Então, sr. Talbot?"

"Não existe ser vivo que pudesse estar tão frio."

O sr. Olmeadow revirou os olhos, escorregando lentamente pela antepara até cair sentado no convés. Wheeler, com um ar de devota compreensão, empurrou a cabeça do valente oficial para baixo, entre os joelhos. E então, entre todas as pessoas indesejáveis, quem haveria de aparecer, senão Sileno? Brocklebank, talvez um pouco recuperado, ou talvez em algum extraordinário transe de embriaguez, precipitou-se para fora de sua cabine, livrando-se das duas mulheres que tentavam detê-lo. As outras damas gritaram, depois se calaram, presas entre duas situações diferentes. O homem vestia apenas uma camisa. Cambaleante e aos tropeços, enfiou-se na cabine de Colley, empurrando Summers para o lado com uma força que fez o primeiro-tenente rodopiar.

"Conheço todos os senhores", bradou, "todos, todos! Sou artista! Este sujeito não está morto, está dormindo! A febre está baixa, mas ele pode se recuperar com um trago..."

Agarrei-o e puxei-o para fora. Summers também ajudou. Estávamos embolados com Wheeler e tropeçávamos em Oldmeadow — porque na verdade a morte é a morte, e se *ela* não merece ser tratada com um mínimo de seriedade, então... De algum modo, nós o levamos ao vestíbulo, onde os cavalheiros e damas faziam silêncio de novo. Há algumas situações em que não existe reação adequada — talvez a única teria sido que todos se retirassem. Conseguimos carregá-lo de algum modo até a porta de sua baia, enquanto ele resmungava sobre o *álcool* e a *febre baixa*. Comecei a resmungar, por minha vez.

"Vamos lá, meu bom homem, volte ao seu beliche!"

"Uma febre baixa..."

"Que diabo é uma febre baixa? Agora entre... Entre, estou dizendo! Sra. Brocklebank, apelo para as senhoras, pelo amor de Deus..."

Elas ajudaram e fecharam a porta depois dele. Voltei-me no mesmo instante em que o capitão Anderson descia a escada e entrava no vestíbulo de novo.

"Bem, cavalheiros?"

Respondi por mim e Oldmeadow.

"Até onde sei, capitão Anderson, o sr. Colley morreu."

Cravou em mim seus olhos pequenos.

"Ouvi que mencionaram uma 'febre baixa', não foi?"

Summers saiu, fechando a porta da cabine de Colley atrás de si. Foi um ato revestido de uma estranha dignidade. Quedou ali, olhando do capitão para mim, e depois novamente para o capitão. Falei a contragosto, mas o que mais poderia dizer?

"Foi uma observação do sr. Brocklebank que está, receio, inteiramente fora de si."

Juro que o rosto do capitão murchou e as duas centelhas tornaram a aparecer nos seus olhos. Ele olhou a multidão de testemunhas em volta.

"Ainda assim, o sr. Brocklebank tem alguma experiência médica!"

Antes que eu pudesse contradizê-lo, falou ainda, com sua entonação tirana típica.

"Sr. Summers, cuide que sejam tomadas as providências habituais."

"Muito bem, capitão."

O capitão deu as costas e retirou-se apressadamente. Mas Summers prosseguiu, quase no mesmo tom de seu capitão.

"Sr. Willis!"

"Sim, senhor!"

"Traga à ré o fabricante de velas com o auxiliar, e três ou quatro homens robustos. Pode convocar os homens que estão de folga do turno, de castigo."

"Sim, senhor."

Ali não havia nada daquela melancolia hipócrita que é marca registrada de nossas agências funerárias. O sr. Willis partiu correndo para *vante*. Então, o primeiro-tenente falou aos passageiros reunidos, no tom comedido que lhe era costumeiro.

"Senhoras e senhores, acho que não desejam assistir ao que se segue. Posso pedir que desocupem o vestíbulo? Recomendo-lhes o ar no convés de ré."

Lentamente o vestíbulo foi ficando vazio, até restarem apenas Summers e eu, juntamente com os criados. A porta da baia de Brocklebank se abriu, e o sujeito ficou ali, nu e grotesco. Falou com uma solenidade ridícula.

"Cavalheiros. A febre baixa é o contrário da febre alta. Desejo-lhes um bom dia."

Foi puxado para trás e rodopiou. Fecharam a porta às suas costas. Summers voltou-se então para mim.

"E o senhor, sr. Talbot?"

"Ainda preciso atender ao pedido do capitão, não preciso?"

"Acredito que não seja mais preciso, em vista da morte do pobre homem."

"Falamos de *noblesse oblige* e de jogo limpo. Descobri que essas palavras podem ser traduzidas em uma só."

"Qual?"

"Justiça."

Summers pareceu pensar. "Já decidiu quem terá que comparecer diante do tribunal?"

"Você não?"

"Eu? Veja o poder de um capitão… Além disso, cavalheiro, não tenho *nenhum* protetor."

"Não tenha tanta certeza, sr. Summers."

Olhou-me aturdido, por um momento. Depois prendeu a respiração. "Eu?…"

Mas os homens da tripulação vinham atrás de nós. Summers relanceou para eles, depois para mim.

"Posso recomendar o convés de ré?"

"Um conhaque seria mais adequado."

Fui até o salão de passageiros e encontrei Oldmeadow afundado em uma cadeira sob a grande janela da popa, com um copo vazio na mão. Respirava fundo e suava profusamente, mas a cor já voltara a seu rosto. Resmungou para mim.

"Que tolice eu fiz. Não sei o que me deu."

"É assim que se comporta no campo de batalha, Oldmeadow? Não, perdoe-me. Também não me sinto bem. Sabe, o defunto, naquela posição que o tinha visto tão recentemente. Ora, até naquela ocasião ele já poderia estar... Mas agora, rígido e duro como... Que diabo, onde está esse taifeiro? Taifeiro! Um conhaque para mim e outro para o sr. Oldmeadow!"

"Eu sei o que você quer dizer, Talbot. A verdade é que jamais estive em um campo de batalha, nem ouvi nenhum tiro disparado com ódio, a não ser uma vez, quando meu adversário errou por mais de um metro. Como o navio ficou silencioso!"

Olhei de relance para a porta do salão. O grupo de homens começava a se amontoar na cabine de Colley. Fechei a porta e voltei a Oldmeadow.

"Tudo há de acabar logo, Oldmeadow... será que nossos sentimentos são artificiais?"

"Visto o uniforme do rei e jamais havia visto um defunto, exceto aqueles objetos alcatroados, acorrentados. Isto aqui foi demais para mim, quero dizer, tocá-lo. Sou da Cornualha, entende?"

"Com esse nome?"

"Nem todos trazemos Tre, Pol e Pen no nome. Meu Deus, como o madeirame está rangendo. Houve alguma mudança no progresso do navio?"

"Impossível."

"Talbot, você acha que..."

"O que, cavalheiro?"

"Nada."

Ficamos sentados por algum tempo; eu estava mais atento ao calor do conhaque correndo em minhas veias do que em qualquer outra coisa. Mais tarde, entrou Summers. Atrás dele, avistei um grupo de homens que carregavam um objeto coberto pelo convés. O próprio Summers ainda não se recuperara de certa palidez.

"Conhaque para o senhor, Summers?"

Ele balançou a cabeça. Oldmeadow pôs-se de pé.

"Para mim, o convés de ré e um pouco de ar. Foi uma tremenda tolice minha. Apenas uma tremenda tolice."

Logo após, Summers e eu ficamos a sós.

"Sr. Talbot", disse ele em voz baixa, "o senhor mencionou justiça."
"Sim, cavalheiro?"
"O senhor tem um diário."
"E...?"
"Só isso."

Fez-me um gesto significativo com a cabeça, levantou-se e saiu. Permaneci onde eu estava, pensando comigo quão pouco ele me compreendia, afinal. Ele não sabia que eu já utilizara este próprio diário... Nem que planejara apresentar este simples relato a alguém cujo juízo e integridade...

Meu senhor, teve a bondade de me recomendar que praticasse a arte da lisonja. Mas como posso continuar a *lisonjear* alguém que inevitavelmente perceberá o meu esforço? Permita-me que lhe desobedeça, ainda que apenas nisso, deixando de bajulá-lo!

Pois bem, acusei o capitão de abuso de poder e deixei por escrito a insinuação do próprio Summers de que eu era, até certo ponto, responsável por isso. Não sei o que mais pode ser exigido de mim em nome da justiça. A noite já está avançada — e só *agora*, ao escrever estas palavras, lembrei-me do *manuscrito de Colley*, no qual talvez haja provas até mais cabais da culpabilidade de vosso afilhado e da crueldade do capitão! Irei espiar o que aquele pobre-diabo escreveu, e depois vou para a cama.

Foi o que fiz e, meu Deus, quase quisera não tê-lo feito. Pobre, pobre Colley, pobre Robert James Colley! Billy Rogers. Summers descarregando a arma, Deverel e Cumbershum, Anderson, o ameaçador e cruel Anderson! Se existe justiça neste mundo... Mas o senhor pode ver, pelo aspecto da minha caligrafia, como isso me afetou, e eu que... eu!

Há uma luz filtrada pelo lanternim. Então já é cedo, a manhã está adiantada. Que devo fazer? Não posso dar a carta de Colley, essa carta sem começo nem fim, não posso dar essa carta ao capitão, embora, por mais jurídico que pareça, seja *isso* o que eu deva fazer. Mas e depois? Será jogada ao mar e abafada. Colley terá morrido de uma *febre baixa* e isso será tudo. Minha participação desparecerá com ela. Estarei exagerando? Porém Anderson é o capitão e terá em capítulos e versículos excelentes justificativas para tudo o que fez. Também não posso fazer confidências a Summers. Sua preciosa *carreira* está em jogo. Ele certamente dirá que, apesar de eu ter razão em me apossar da carta, não tenho o direito de escondê-la.

Bem, não a esconderei. Tomarei o único caminho da justiça — quero dizer, da justiça natural, em vez da justiça do capitão ou dos tribunais —, colocando as provas nas mãos de vossa senhoria. Ele diz que está prestes a "descer em terra firme". Se o senhor acreditar, como eu, que ele extrapolou a disciplina e passou a exercer a tirania, então uma palavra sua, no setor certo, manterá o capitão em terra.

E eu? Estou, neste registro, definitivamente mais exposto do que pretendia, pode ter certeza! O que eu pensava ser o comportamento consoante com minha posição...

Muito bem, então. Eu também.

Ora, Edmund, Edmund! Isso é uma loucura metodista! Você não acreditava que sua racionalidade superava a sua sensibilidade? Não sentia, ou melhor, *acreditava* que suas teorias sobre a moralidade dos homens em geral, irrefletidamente adotadas, deviam menos aos sentimentos do que às operações intelectuais? Olhe aqui mais coisas que você há de preferir rasgar e não exibir. Mas li e escrevi a noite toda, e mereço perdão se estou um pouco aturdido. Nada é real, e já estou meio sonâmbulo. Vou pegar cola e inserir a carta aqui. Deverá tornar-se mais uma parte do *manuscrito de Talbot*.

A irmã dele jamais deverá saber. Mais um motivo para não mostrar a carta. Ele morreu de uma febre baixa — ora, aquela pobre moça lá na popa morrerá de outra bem parecida, antes de chegarmos. Falei em cola? Deve haver alguma por aí. Um casco de Bessie. Wheeler há de saber, o onisciente e onipresente Wheeler. É preciso manter tudo trancado. Este diário tornou-se tão mortífero quanto uma pistola carregada.

A primeira página, ou talvez as duas primeiras páginas sumiram. Eu as vi, ou uma só, na mão dele quando caminhava em um transe de embriaguez, caminhava, com a cabeça erguida e um sorriso, como se já estivesse no paraíso...

Mais tarde, em alguma ocasião após ter se embriagado e ter tirado um cochilo, acordara — devagar, talvez. Possivelmente houvera um tempo em branco no qual não se lembrou de quem ou do que era —, depois, chegara o momento de recordar o reverendo Robert James Colley.

Não. Não quero sequer imaginá-lo. Visitei-o aquela primeira vez. Teriam minhas palavras lhe feito pensar em tudo o que ele perdera? Autoestima? O respeito de seus colegas? *Minha* amizade? *Minha* proteção? Então, então naquela *agonia*, pegou a carta, amassou, afastou a carta como teria afastado sua memória, se pudesse — enfiando-a embaixo, bem embaixo do beliche, incapaz de suportar a consciência dela...

Minha imaginação me trai. Decerto ele quis morrer, mas não por causa daquilo, não por causa de qualquer coisa dessas, não por uma casualidade, uma única...

Teria ele cometido algum assassinato... ou, sendo o que era!...

Que loucura, que absurdo. Que mulheres havia para ele *naquela* extremidade do navio?

E eu? Poderia tê-lo salvado se pensasse menos em minha importância pessoal, menos no perigo de ficar entediado!

Ah, as opiniões judiciosas, as observações interessantes, os lampejos de razão com os quais eu me propusera a entreter vossa senhoria! Em vez disso, eis aqui uma descrição franca das *ações* de Anderson, e de minhas próprias... omissões.

Agora, vossa senhoria pode ler:

A CARTA DE COLLEY

Assim retiro o manto daquela que foi uma de minhas experiências mais penosas e menos louváveis. Minha náusea prolongada tornou esses primeiros dias e horas um pouco menos nítidos em minha memória, e nem sequer tentarei descrever em detalhes o ar viciado, o balanço brutal, o desregramento e as blasfêmias ocasionais a que está exposto o passageiro em semelhante navio, ainda que se trate de um clérigo! Mas agora que já me recuperei o suficiente do enjoo e consigo segurar a pena, não posso furtar-me de recordar a primeira vez em que entrei no navio. Depois de escapar das garras da horda de *criaturas inomináveis* na praia, e de ter sido transportado até nosso nobre barco da maneira mais cara possível; tendo sido içado até o convés em uma espécie de eslinga — de alguma forma parecida, porém um pouco mais elaborada que o balanço que pende da faia além dos chiqueiros —, dei de cara com um jovem oficial que carregava uma luneta sob o braço.

Em vez de se dirigir a mim como um cavalheiro deve se dirigir a outro, virou-se para um de seus colegas e fez o seguinte comentário:

"Ah, meu D..., um vigário! Isso fará o velho pançudo ir pelos ares até a gávea do traquete!"

Isso era só uma amostra do que eu haveria de sofrer. Não relatarei o resto em detalhe, já que se passaram muitos dias, querida irmã, desde que nos despedimos da costa da velha Albion. A despeito de já estar bastante forte para me sentar na pequena aba que me serve de *priedieu*, escrivaninha, mesa e atril, ainda não estou suficientemente seguro para me aventurar além. Minha primeira tarefa deve ser, é evidente (depois das que me cabem por ofício), apresentar-me ao nosso galante capitão, que mora e repousa a dois andares, ou convés, como agora os devo chamar, acima de nós. Espero que ele concorde em mandar esta carta por um navio que esteja em direção oposta para que você tenha as minhas mais recentes notícias. Enquanto escrevo, Phillips (meu *criado*!) trouxe um pouco de brodo a minha pequena cabine e aconselhou-me contra uma visita prematura ao capitão Anderson.

Diz que preciso recuperar um pouco as minhas forças, fazer refeições no salão de passageiros em vez de fazê-las aqui — aproveitando o que conseguisse *reter* delas — e me exercitar um pouco no vestíbulo, ou um pouco além, naquele grande espaço do convés que ele chama *meia-nau,* de onde se alça nosso mastro mais alto.

Embora não conseguisse comer, saí *sim,* e ah, minha querida irmã, como fui ingrato ao me queixar do destino! Trata-se de um paraíso terrestre, não, oceânico! O sol é quente como uma bênção da natureza. O mar brilha como a cauda dos pássaros de Juno (quero dizer, dos pavões) que passeiam pelos terraços de Manston Place! (Não seja omissa a qualquer atenção possível por aquelas bandas, devo lembrar-lhe.) Usufruir tal cena é o melhor remédio que um homem pode desejar quando se está enlevado pelo trecho das Escrituras escolhido para aquele dia. Quando surgiu brevemente uma vela no horizonte, ofereci uma breve oração pela nossa segurança, sujeita como sempre à sua vontade. Dediquei minha irritação pelo comportamento de nossos oficiais e tripulação ao amor e proteção de nosso salvador, em cujo seio eu tenho uma âncora muito mais segura do que qualquer uma pertencente ao navio! Ouso confessar que quando a vela desconhecida mergulhou e desapareceu no horizonte — ela jamais aparecera totalmente acima dele — peguei-me em um devaneio de que ela nos atacara e eu fora capaz de um feito valoroso, na verdade impróprio a um ministro ordenado da Igreja, embora desde menino eu sonhasse obter fama e fortuna ao lado do herói da Inglaterra! Foi um pecado venial, de que tomei rapidamente consciência e arrependimento. Nossos heróis cercavam-me de todos os lados, e é a eles a quem devo ministrar!

Bem, eu quase pude desejar uma batalha pelo amor *deles*! Eles cumprem suas tarefas, com suas formas másculas e bronzeadas despidas até a cintura, com os cabelos abundantes presos em um rabo de cavalo, com vestes inferiores muito justas, mas largas nos tornozelos como narinas de um garanhão. Divertem-se displicentemente a trinta metros de altura. Rogo-lhe que não acredite nas histórias espalhadas por homens sem virtudes e infiéis, sobre os tratos brutais a que são submetidos. Jamais ouvi ou presenciei qualquer açoitamento. Não ocorreu nada mais drástico que uma punição criteriosa dada à parte adequada do corpo de um *jovem cavalheiro* que já teria sofrido assim e suportado estoicamente no colégio.

Preciso dar-lhe uma noção da configuração da pequena sociedade em que seremos obrigados a viver por não sei quantos meses. Nós que somos considerados cavalheiros, estamos no castelo da parte traseira, ou na popa da embarcação. Do outro lado do poço, atrás de uma parede vazada por duas entradas e com degraus de corda, ou como eles chamam, *escadas*, ficam as acomodações dos nossos alegres tripulantes e dos demais passageiros de tipo mais baixo — emigrantes, e assim por diante. Acima dali ficam o convés da proa e o mundo extraordinário do gurupés! Você se acostumou, como eu também, a achar que o gurupés era (lembra-se do navio do sr. Wembury, montado dentro de uma garrafa?) uma vara que se projetava da ponta dianteira de um navio. Mas não; devo lhe informar agora que o gurupés é um mastro inteiro, mas projetado mais horizontal que os outros. Possui *vergas, capa de mastro, patarrases laterais* e até *adriças*! Mais ainda: do mesmo modo que se pode comparar os outros mastros a árvores enormes, por cujos galhos e ramos sobem os nossos rapazes, o gurupés é uma espécie de estrada, íngreme na verdade, mas na qual eles caminham ou correm. Tem mais de um metro de diâmetro. Os mastros, essas outras "varas", são também dessa grossura! Nem a maior faia da floresta de Saker possui semelhante massa para dar corpo a tais monstros. Quando lembro que algumas ações inimigas ou, ainda mais apavorante, que algum golpe da natureza é capaz de quebrá-los ou arrancá-los como se arranca as folhas de uma cenoura, sinto uma espécie de terror. Na verdade, não se tratava de um terror quanto a segurança pessoal! Era e é um terror diante da majestade dessa enorme máquina de guerra, ademais, por uma curiosa extensão do sentimento, de uma espécie de deslumbramento pela índole desses seres cuja função e alegria é manejar semelhante invento, a serviço de DEUS e do rei. Sofócles (o dramaturgo grego) não expressou um pensamento um tanto parecido no coro de seu Filoctetes? Mas foi uma digressão.

O ar está morno e às vezes quente, o sol deita sua mão tão vívida sobre nós! Precisamos nos acautelar para que ele não nos derrube! Estou cônscio, ainda que me ache sentado aqui a minha *escrivaninha*, de um calor nas faces causado por seus raios! Nesta manhã o céu estava azul profundo, porém nem tão brilhante ou tão carregado quanto o azul salpicado de branco do amplo oceano. Quase cheguei a me regozijar com os poderosos círculos descritos incessantemente pela ponta do gurupés, *nosso* gurupés, por cima da linha incisiva do horizonte!

Dia seguinte.
Estou de fato mais forte e com mais apetite. Phillips diz que em breve ficarei bem. No entanto, o tempo mudou um pouco. Enquanto ontem estava azul e brilhante, hoje apenas venta um pouco e há uma névoa branca cobrindo o mar. O gurupés — que me provocava sucessivos ataques de náusea nos primeiros dias, se eu cometia a tolice de nele concentrar minha atenção — está imóvel. Na verdade, a aparência de nosso pequeno mundo já mudou pelo menos três vezes desde que nossa querida pátria se perdeu, não, pareceu se perder... entre as ondas! Onde estarão, eu me pergunto, as matas e os campos férteis, as flores, a igreja de pedra cinzenta em que você e eu oramos a vida inteira, aquele cemitério onde descansam nossos queridos pais — não, os restos mortais de nossos queridos pais, que decerto já obtiveram sua recompensa no céu. — Onde estarão, eu me pergunto, todas essas cenas familiares que constituíram, para nós, a essência de nossas vidas? A mente humana não se adequa a semelhante situação. Digo a mim mesmo que existe uma realidade material a unir o lugar em que estou ao lugar onde estive, tal como há uma estrada que une Upper a Nether Compton. O intelecto aquiesce, mas o *coração* não consegue encontrar nenhuma certeza nisso. Censuro-me, dizendo que NOSSO SENHOR está presente lá e aqui; ou melhor, que a TEUS OLHOS lá e aqui talvez sejam o mesmo lugar!
Estive no convés de novo. A névoa branca parecia mais espessa, embora quente. Raramente se vê nossa gente. O navio está completamente parado, com as velas pendentes. Meus passos reverberavam de um modo anormal, alto, e não me importava em ouvi-los. Não vi nenhum passageiro no convés. Não se ouve um estalo sequer de nosso madeirame e, quando me aventurei a olhar pelo lado, não percebi nenhuma ondulação, nenhuma bolha no mar.

* * *

Bem! Voltei a mim novamente — mas só por pouco!

Estava naquele vapor quente somente por alguns minutos quando um raio de uma brancura ofuscante saiu da névoa à nossa direita, atingindo o mar. O estrondo chegou com a visão e deixou meu ouvido tinindo. Antes que eu tivesse tempo de me virar e correr, vieram trovões um atrás do outro e a chuva começou a cair — quase disse, aos regatos! Mas na verdade parecia um dilúvio! Grandes gotas pulavam do chão a um metro ao bater no convés. Só havia poucos metros entre onde eu antes estivera, na amurada, e o vestíbulo, no entanto fiquei encharcado antes de conseguir me proteger. Despi-me o máximo que a decência permitia, em seguida sentei-me diante desta carta, muito abalado. Durante os últimos quinze minutos — quem dera que eu tivesse um relógio! — os raios terríveis não pararam de cair e a chuva de cascatear.

Agora a tempestade resmunga à distância. O sol ilumina o que pode de nosso vestíbulo. Uma leve brisa fez-nos retomar nosso rumo, rangendo, marulhando e borbulhando. Eu disse que o sol aparecera, mas apenas para se pôr.

O que me restou além de uma nítida recordação das apreensões que senti não foi apenas a sensação de SUA ENORMIDADE e da majestade de SUA criação. Mas também a sensação do esplendor de nosso navio, em vez de sua trivialidade e pequenez! É como se eu o concebesse como um mundo à parte, um universo em miniatura no qual devêssemos passar a vida e receber nossa recompensa ou castigo. Acredito que este não seja um pensamento ímpio! Mas é um pensamento estranho e poderoso!

Ele ainda me acompanha, pois, tendo a brisa amainado, arrisquei-me a sair de novo. É noite agora. É impossível transmitir-lhe a impressão da altura de seu grande mastro contra as estrelas, de como são enormes e infladas suas velas, de como está distante do convés a superfície noturna e cintilante do mar. Permaneci imóvel à amurada não sei por quanto tempo. Enquanto ali estava, o último arrepio causado pela brisa desapareceu, e então aquele brilho, aquela imagem do céu estrelado deu lugar à planura e à escuridão, ao nada! Tudo era mistério. Aquilo me apavorou e voltei-me, dando de cara com o rosto semioculto do sr. Smiles, o arrais. Phillips me diz que abaixo do capitão o sr. Smiles é o responsável pela navegação de nosso navio.

"Sr. Smiles, diga-me qual a profundidade dessas águas!"

Ele é um homem estranho, conforme eu já sabia. Tem o costume de ficar pensando longamente, à observação constante. Seu sobrenome veio a calhar, pois ele possui uma espécie de longinquidade sorridente que o destaca de seus semelhantes.

"Quem há de dizer, sr. Colley!"

Eu ri constrangido. Ele se aproximou e olhou-me bem no rosto. É até mais baixo do que eu, e como você sabe, não sou alto de jeito nenhum.

"Essas águas podem ter mais de uma milha de profundidade, duas milhas, quem sabe? Poderíamos sondá-las, mas geralmente não o fazemos. Não há necessidade."

"Mais de uma milha!"

Quase fui vencido por uma tontura. Aqui estamos, suspensos entre a terra submersa no mar e o céu, como uma noz em um galho, ou uma folha sobre a lagoa! Não consigo transmitir-lhe, querida irmã, minha sensação de pavor, ou, diria, minha sensação de estarmos aqui, almas vivas, em um lugar onde tenho certeza de que ninguém deveria estar!

Escrevi isso na noite passada à luz de uma vela muito cara. Sabe como preciso ser parcimonioso. No entanto estou muito isolado e preciso me dar ao luxo de ao menos uma boa luz. São circunstâncias como essa que mostram ao homem (ainda que ele aproveite ao máximo o consolo que a religião fornece à sua natureza individual), digo, que ele necessita de companhia humana. No entanto, as damas e cavalheiros deste lado do navio não correspondem às minhas saudações com nenhuma alegria ou entusiasmo. Pensei primeiro que eles estavam, como se diz, "com vergonha do padre". Pressionei Phillips várias vezes para saber o que isto significava. Talvez não devesse tê-lo feito. Ele não precisa se inteirar de divisões sociais que não são de sua conta. Mas chegou a balbuciar que, entre as pessoas comuns, se acreditava que um vigário em um navio era igual a uma mulher em um barco de pesca — algo que atraía naturalmente o azar. Esta superstição baixa e repreensível não pode ser aplicada a nossas damas e cavalheiros. Nada explica. Ontem tive a impressão de descobrir uma pista sobre a *indiferença* indefinível que eles têm a meu respeito. Temos em nossa companhia o célebre, ou melhor, o *famigerado* livre-pensador, sr. Pretti-man, amigo dos republicanos e jacobinos! Ele não é, creio, tido em boa conta pela maioria das pessoas. É baixo e atarracado. Sua cabeça calva é circundada por um halo desgrenhado — meu Deus, como fui infeliz nas palavras que escolhi —, por uma faixa desgrenhada de cabelo castanho que cresce na parte de baixo das orelhas e em volta da nuca. É um homem capaz de gestos violentos e excêntricos que surgem, devemos supor, da fonte de sua indignação. Nossas jovens damas o evitam e a única que o apoia é uma tal de srta. Granham, já de certa idade, cuja firmeza de princípios decerto lhe dá segurança, mesmo ao calor das opiniões dele. Há também uma jovem dama, srta. Brocklebank, de extraordinária beleza, de quem nada mais digo, para que não me aches malicioso. Ao menos ela não é antipática com seu irmão, eu acho! Mas está muito ocupada com a indisposição da mãe, que sofre de *mal de mer* ainda mais do que eu.

Deixei por último a descrição de um jovem cavalheiro em quem confio e rogo a Deus que se tornará meu amigo no desenrolar da viagem. É um membro da aristocracia, com todos os atributos e nobreza de porte que esse berço implica. Tive a audácia de saudá-lo em determinadas ocasiões, sendo correspondido graciosamente. Seu exemplo talvez frutifique entre os demais passageiros.

Hoje de manhã saí ao convés de novo. Soprara uma brisa durante a noite que auxiliara o nosso avanço, mas que tornara a amainar. Nossas velas estão pendentes e há uma névoa vaporosa em todo canto, até mesmo ao meio-dia. Mais uma vez, e com a mesma instantaneidade apavorante, caíram os raios da névoa com uma fúria terrível! Fugi para minha cabine e tamanha era a sensação do perigo vinda desses elementos conflitantes, tamanha era a sensação repetida de nossa fragilidade, suspensos sobre essa profundeza líquida, que mal consegui juntar as mãos para orar. No entanto, pouco a pouco voltei a mim mesmo e recuperei a tranquilidade, embora lá fora fosse apenas tumulto. Lembrei-me, como já deveria ter feito, de que uma boa alma, uma boa ação, um bom pensamento e, mais, um toque da graça divina eram maiores do que aquelas milhas infindáveis de bruma revolta e de água, do que aquela vastidão intimidante, do que aquela ameaçadora majestade! Na verdade, pensei, embora com alguma hesitação, que talvez os ímpios, após suas ignorantes mortes, encontrassem aqui os horrores com os quais precisavam conviver por causa de sua depravação. Veja só, minha querida irmã, que a estranheza ao nosso redor, a fraqueza pelo meu prolongado enjoo e a timidez natural que fez com que eu me recolhesse prontamente *à minha concha* produziram em mim algo parecido com um distúrbio temporário das faculdades intelectuais! Vi-me imaginando um pássaro marinho que gritava como uma daquelas almas penadas a que aludi! Agradeci a DEUS humildemente por ter me permitido identificar esta fantasia em mim antes de ela se transformar em uma crença.

Despertei de minha letargia. Percebi afinal uma causa possível para a indiferença com que sou tratado. Não me apresentei ao nosso capitão, o que talvez tenha sido considerado uma desfeita a ele! Estou resolvido a desfazer este equívoco o quanto antes. Devo abordá-lo e transmitir-lhe meu sincero arrependimento pela falta do cumprimento do preceito do Sabá no navio, causada pelo meu mal-estar, já que não levamos nenhum capelão. Preciso e hei de apagar de minha mente a desconfiança mesquinha de que, ao *embarcar* no navio, fui recebido pelos oficiais com menos cortesia do que merecia por minha condição eclesiástica. Nossos valorosos defensores não podem, tenho certeza, ser desse tipo. Caminharei agora um pouco no convés, como preparativo para o encontro com o capitão. Deve se lembrar da minha velha timidez ao ter de me aproximar da face da autoridade, e será solidária comigo!

Estive novamente no poço e falei mais uma vez com o nosso arrais. Ele estava do lado esquerdo da embarcação, fitando com aquela sua concentração particular o horizonte; ou melhor, fitando onde o horizonte deveria estar.

"Bom dia, sr. Smiles! Eu ficaria mais contente se essa bruma desaparecesse!"

Ele sorriu para mim com a mesma longinquidade misteriosa.

"Muito bem, cavalheiro. Verei o que pode ser feito."

Ri do gracejo. Seu bom humor fez com que eu recuperasse inteiramente o meu ânimo normal. Para *exorcizar* aquela sensação curiosa de estranhamento do mundo, fui até a beira do navio e encostei-me no parapeito (amurada, como dizem) e olhei para baixo, onde as pranchas do nosso enorme navio são bojudas e ultrapassam as portinholas fechadas dos canhões. Seu lento avanço criava uma minúscula ondulação naquele mar que me obriguei, por assim dizer, a examinar friamente. A sensação que tive de sua profundidade — mas, como dizer isto? Já vi tantos açudes ou recantos de rio que pareciam tão profundos! Nem sequer havia algum ponto ou marca que o barco fizesse ao sulcá-lo, uma esteira a se fechar no "oceano sem sulcos" do poeta Homero. No entanto, encontrei-me diante de um novo enigma — enigma com o qual o poeta não se defrontara! (Deves saber que Homero é geralmente tido como cego.) Como pode a água, acrescentada à água, produzir opacidade? Qual o empecilho à visão que a transparência e a ausência de cor podem construir diante de nós? Não vemos com nitidez através do diamante ou do cristal? Não vemos o Sol, a Lua e aqueles astros menos brilhantes (quero dizer, as estrelas) através das alturas desmedidas da atmosfera? No entanto aqui, aquilo que havia sido preto e cintilante à noite, cinza sob as nuvens revoltas das terríveis tempestades, tornava-se agora, aos poucos, verde e azul sob o sol que finalmente rompia a bruma!

Por que eu, um clérigo, um homem de DEUS, alguém familiarizado com os intelectos robustos, ainda que equivocados, deste e do século passado, capaz de tomá-los pelo que são — por que haveria de me interessar, perturbar e excitar tanto com a natureza material do globo terrestre? *Os que se vão ao mar nos navios!* Não posso deixar de pensar na nossa querida pátria quando me pego avistando o horizonte (na imaginação, é claro), mas de fato estou tentando calcular esse segmento de terra, água e *rocha tremendamente profunda* que devo encarar para conseguir avistar você e nossa — digamos — *nossa* aldeia! Preciso perguntar ao sr. Smiles que conhece bem os ângulos e a matemática apropriada a este caso, para calcular exatamente quantos graus é preciso para olhar além do horizonte! Como será incomensuravelmente estranho contemplar (bastante de perto, eu diria) as fivelas dos meus sapatos nos Antípodas e talvez você também ache, hei de supor... Desculpe, desandei a fantasiar de novo! Mas acho que lá estranharei as próprias estrelas e a lua estará de cabeça para baixo!

Basta de fantasia! Irei agora apresentar-me ao nosso capitão! Talvez tenha oportunidade de entretê-lo com as fantasias ociosas a que aludi acima.

Abordei o capitão Anderson e narrarei os fatos, pura e simplesmente, se eu conseguir. Os nervos de meus dedos estão quase insensíveis e mal posso segurar a pena. Pode deduzi-lo pela qualidade dessa caligrafia.

Pois bem, cuidei de minhas roupas com mais esmero do que de costume, saí da cabine e subi os lances de escada até o convés superior, onde o capitão geralmente se posiciona. Na parte da frente deste convés, um pouco mais abaixo, é onde ficam o leme e a bússola. O capitão Anderson e o primeiro-tenente, sr. Summers, consultavam esse instrumento. Percebi que o momento não era propício e esperei um pouco. Finalmente os dois cavalheiros encerraram sua conversa. O capitão se virou e se dirigiu a extremidade traseira da embarcação, e eu o segui, achando que seria a minha oportunidade. Mas tão logo chegou à amurada da ré, virou-se de novo. Como o seguia de perto, precisei pular de lado de uma maneira dificilmente consoante com a dignidade de minha missão sagrada. Mal recuperara meu equilíbrio quando ele *rosnou* para mim, como se fosse minha, e não dele, a culpa. Proferi uma ou duas palavras de introdução, que ele ignorou com um grunhido. Em seguida, fez um comentário que não se deu ao trabalho de amenizar com o menor sinal de civilidade.

"Os passageiros vêm ao tombadilho superior a convite. Não estou acostumado a essas interrupções durante minha caminhada, cavalheiro. Vá para vante, por favor, e mantenha-se a sotavento."

"A sotavento, capitão?"

De repente fui puxado à força para o lado. Um jovem cavalheiro me arrastava até o leme, de onde me levou — eu obedeci — até o lado oposto do navio onde o capitão Anderson estava. Ele sibilou positivamente ao meu ouvido. Aquele lado do convés, seja qual for seu nome, de onde sopra o vento, é reservado ao capitão. Eu cometera, portanto, um engano, porém não podia compreender qual era minha culpa por uma ignorância tão natural a alguém que jamais estivera antes em alto-mar. No entanto, desconfio profundamente que a grosscria do capitão comigo não podia ser explicada tão facilmente. Será talvez sectarismo? Se assim for, como humilde servidor da Igreja da Inglaterra — da Igreja Católica da Inglaterra — que abre seus braços amplamente ao acolher os pecadores, eu não posso senão deplorar tamanha teimosia divisionista! Ou, se não for sectarismo e sim menosprezo social, a situação é igualmente séria — sim, *quase* tão séria! Sou um clérigo, com destino a uma situação honrada, ainda que humilde, nos Antípodas. O capitão não tem mais direito de me olhar de cima — na verdade, ainda menos direito — do que os cônegos da congregação ou os membros do clero que encontrei *duas vezes* à mesa do senhor bispo! Resolvi, portanto, sair com mais frequência da minha obscuridade e mostrar minhas vestes clericais a este cavalheiro e a todos os passageiros, pois se não *me* respeitam, pelo menos que *as* respeitem! Decerto posso esperar algum apoio da parte do jovem cavalheiro, sr. Edmund Talbot, da srta. Brocklebank e da srta. Granham — é evidente que preciso voltar à presença do capitão, oferecer-lhe minhas sinceras desculpas pela invasão e levantar em seguida a questão do cumprimento do Sabá. Pedirei sua permissão para oferecer a comunhão às damas e aos cavalheiros — e naturalmente às pessoas simples que o desejarem. Temo que haja motivos mais que evidentes para se aperfeiçoar a maneira de conduzir os serviços neste navio. Há (por exemplo) uma cerimônia diária de que ouvi falar e que agora desejaria impedir — pois você sabe como o senhor bispo é paternalmente severo na condenação da embriaguez nas classes mais baixas! E, no entanto, isso é mais do que verdade aqui! As pessoas recebem diariamente uma dose de bebida forte! Outro motivo de instituir o ofício divino é pelas oportunidades que ele oferece de precaver as pessoas contra esse assunto! Voltarei ao capitão e adotarei um processo de amaciamento. Devo de fato representar tudo, para todos.

Tentei fazê-lo e fracassei de modo abjeto e humilhante. Tinha em mente, como escrevi antes, subir até o convés do capitão, desculpar-

-me pela invasão anterior, pedir permissão para encontrarmo-nos e depois levantar a questão da autorização do serviço. Mal posso relatar a cena verdadeiramente horrível que se seguiu a minha tentativa bem-intencionada de ser aceito com naturalidade pelos cavalheiros e oficiais. Tão logo havia escrito o parágrafo anterior, subi até a parte mais baixa do tombadilho, onde um dos tenentes estava com dois homens ao leme. Ergui o chapéu para ele e fiz um comentário amável.

"O tempo agora está melhor, cavalheiro."

O tenente me ignorou. Mas não foi o pior. Ouvi uma espécie de rosnado vindo da balaustrada de trás do navio.

"Sr. Colley! Sr. Colley! Venha aqui, cavalheiro!"

Este não era o tipo de convite que eu esperara receber. Não gostei do tom, nem das palavras. Mas não eram nada em comparação ao que aconteceu quando me aproximei do capitão.

"Sr. Colley! O senhor deseja subverter todos os meus oficiais?"

"Subverter, cavalheiro?"

"Foi isso que eu disse!"

"Há algum engano…"

"O engano é seu, cavalheiro. O senhor está ciente do poder de um capitão no seu próprio navio?"

"É devidamente grande. Mas como ministro ordenado…"

"O senhor é um passageiro, cavalheiro. Nem mais, nem menos. E, ainda, não está se comportando com o mesmo decoro dos demais…"

"Mas…"

"O senhor é um estorvo, cavalheiro. Foi colocado a bordo sem que eu fosse notificado. Eles demonstram mais cortesia comigo quando se trata de um fardo ou de um barril, cavalheiro. E ainda o creditei com a capacidade de saber ler…"

"Ler, capitão Anderson? Claro que sei ler!"

"Mas assim mesmo, a despeito de minhas ordens por escrito, tão logo se recuperou de sua indisposição, o senhor veio duas vezes abordar e importunar meus oficiais…"

"Não sei nada disso, não li nada…"

"São minhas Ordens Permanentes, cavalheiro, um cartaz colocado bem à vista perto de seus aposentos e dos demais passageiros."

"Não prestei atenção…"

"Conversa fiada, cavalheiro. O senhor tem um criado e as ordens lá estão."

"Minha atenção..."

"Sua ignorância não é desculpa. Se o senhor quiser desfrutar da mesma liberdade dos passageiros, faça-o no convés de ré deste navio. Ou não deseja morar entre damas e cavalheiros? Vá, e estude o documento!"

"Tenho direito..."

"Leia-o, cavalheiro. E depois de lê-lo, decore-o."

"Ora, cavalheiro! Quer tratar-me como um colegial?"

"Eu o trato como colegial se eu quiser, senhor, ou o porei a ferros, se quiser, ou o açoitarei na plataforma de grade, se quiser, ou o enforcarei no lais da verga, se quiser..."

"Cavalheiro! Cavalheiro!"

"O senhor questiona a minha autoridade?"

Percebi tudo agora. Como meu pobre e jovem amigo Josh — lembra de Josh? —, o capitão Anderson era louco. Josh regulava bastante bem, exceto quando se tratava de sapos. Então sua *mania* se revelava clara a todos que pudessem ouvir, e depois, infelizmente, a todos que pudessem ver. Agora aqui estava o capitão Anderson, em grande parte são de juízo, mas que por um azar qualquer resolvera me escolher, na sua mania, como objeto de humilhação — como de fato aconteceu. Eu não podia fazer outra coisa senão agradar-lhe, pois ele me convencera pelo seu comportamento de que, louco ou não louco, seria capaz de cumprir ao menos parte de suas ameaças. Respondi-lhe da maneira mais branda possível, mas temo que num tom de voz infelizmente trêmulo.

"Concedo-lhe isto, capitão Anderson."

"O senhor cumprirá as minhas ordens."

Virei e me afastei em silêncio. Logo que deixei sua presença vi que meu corpo estava banhado em suor, e, no entanto, estranhamente frio, embora meu rosto estivesse, por contraste, estranhamente quente. Quanto a meus olhos — choravam! Gostaria de dizer que eram lágrimas de ira viril, mas a verdade é que eram lágrimas de vergonha. Em terra um homem é punido, em última instância, pela Coroa. No mar ele é punido pelo capitão, que ali está de corpo presente, quando a Coroa está ausente. No mar a masculinidade do homem sofre. Há uma espécie de competição... não é estranho? De modo que os homens... Mas assim me desvio de meu relato. Basta dizer que acabei achando, ou melhor, tateando, os arredores de minha cabine. Depois que minha vista se desanuviou e voltei um pouco a mim, procurei as Ordens Permanentes do capitão. Estavam de fato afixadas em uma parede perto das cabines! Agora lembrei também que Phillips de fato me falara sobre as *Ordens,* até mesmo *ordens do capitão* durante meus espasmos de náusea; mas só quem já os sofreu como eu sofri é capaz de compreender a impressão vaga que essas palavras fizeram no meu espírito abatido. Mas ali estavam elas. Foi um infortúnio, no mínimo. De acordo com os padrões mais rigorosos, eu havia sido relapso. As ordens estavam à mostra em um quadro. O vidro estava meio embaçado por dentro em virtude do vapor condensado. Mas eu era capaz de ler as letras, cuja parte mais importante aqui reproduzo.

Os passageiros não poderão, em nenhum caso, falar com os oficiais que se encontram no exercício de seus deveres no navio. Não poderão, em nenhum caso, se dirigir ao oficial em turno, durante a vigia, a não ser quando expressamente convidado por ele.

Percebi agora a situação horrível em que me encontrava. O oficial em turno devia ser, segundo meus cálculos, o primeiro-tenente que estivera junto com o capitão, e na minha *segunda* tentativa, o tenente que estava junto ao leme. Meu erro fora inteiramente involuntário, mas nem por isso menos real. Ainda que a atitude do capitão Anderson comigo não houvesse sido, e talvez jamais fosse, a atitude de um cavalheiro perante outro cavalheiro, mesmo assim eu lhe devia algum tipo de desculpa, e, por intermédio dele, uma desculpa aos outros oficiais que eu talvez tenha atrapalhado no cumprimento do dever. Além do mais, a capacidade de perdoar deve fazer parte da própria essência de minha vocação. Por isso, memorizei rapidamente as palavras essenciais e voltei imediatamente às cobertas superiores, conhecidas no linguajar náutico como "tombadilho". O vento havia aumentado um pouco. O capitão Anderson andava para cima e para baixo junto à amurada, o tenente Summers falava com outro tenente ao leme, onde dois membros da tripulação guiavam o nosso enorme navio por cima dos vagalhões. O sr. Summers indicou uma determinada corda na vasta complicação do cordame. Um jovem cavalheiro que estava atrás dos tenentes tocou em seu chapéu e desceu pulando agilmente as escadas pelas quais eu subira. Aproximei-me do capitão pelas costas e esperei que ele se virasse.

O capitão Anderson passou por cima de mim!

Eu quase desejei que de fato o tivesse feito — porém a hipérbole não é inadequada. Ele devia estar muito absorto em seus pensamentos. Bateu-me no ombro com o movimento de seu braço e em seguida seu peito colidiu com meu rosto, fazendo com que eu cambaleasse e acabasse por me estatelar de corpo inteiro nas pranchas limpas e alvejadas do convés!

Foi difícil recuperar o fôlego. A cabeça zunia pelo impacto com a madeira. Na verdade, houve um momento em que vi não um, mas dois capitães a me fitar de cima. Passou-se algum tempo até que percebi que era a mim que ele se dirigia.

"Levante-se, cavalheiro! Levante-se imediatamente! Será que sua tolice impertinente não acabará nunca?"

Eu estava engatinhando na coberta atrás de meu chapéu e peruca. Restava-me pouco fôlego para uma réplica.

"Capitão Anderson... O senhor me pediu..."

"Eu não pedi nada, cavalheiro. Dei-lhe uma ordem."

"Minhas desculpas..."

"Não pedi que se desculpasse. Não estamos em terra, e sim no mar. Suas desculpas me são indiferentes..."

"Mesmo assim..."

Havia ali, creio, e de fato foi um pensamento apavorante, um tipo de olhar, um afluxo de sangue em todo seu semblante que me fez acreditar que ele poderia me agredir fisicamente. Tinha um de seus punhos fechados, e confesso que me encolhi e recuei alguns passos sem lhe dar resposta. Ele então socou o punho na palma da outra mão.

"Quantas vezes serei afrontado em minha própria coberta por homens da terra que resolvem pisar aqui? Quantas? Diga-me, cavalheiro!"

"Eu pretendia... Que minhas desculpas..."

"Preocupa-me mais a sua pessoa, cavalheiro, que me é mais visível que sua mente, e que adquiriu o hábito de estar no lugar errado, na hora errada... Repita a lição, cavalheiro!"

Sentia meu rosto inchado. Devia estar tão irrigado quanto o dele. Cada vez eu suava mais. Minha cabeça ainda zunia. Os tenentes examinavam atenta e cuidadosamente o horizonte. Os dois marinheiros no leme poderiam ter sido forjados em bronze. Acredito que deixei escapar um soluço trêmulo. As palavras que eu aprendera recentemente e com tanta facilidade me escaparam da cabeça. Eu mal conseguia enxergar por entre minhas lágrimas. O capitão resmungou, talvez um pouco menos — na verdade, eu esperava que sim —, um pouco menos feroz.

"Vamos lá, cavalheiro. Repita sua lição!"

"Preciso de um tempo para lembrar. De tempo..."

"Muito bem. Então volte quando for capaz. Compreendeu?"

Devo ter respondido algo, porque ele encerrou o encontro com a violência de seu berro.

"Pois bem, cavalheiro, o que está esperando?"

Não cheguei a voltar, mas sim fugir até a cabine. Ao aproximar-me do segundo lance da escada, vi o sr. Talbot e os dois jovens cavalheiros que o acompanhavam — mais três testemunhas de minha humilhação! — desaparecerem depressa no vestíbulo. Caí das cordas, ou das escadas como suponho que devo chamá-las, corri para minha cabine e arremessei-me no beliche. Eu tremia todo, batia os dentes. Mal conseguia respirar. Na verdade, acredito, não, confesso, que teria tido um ataque, uma síncope, um acesso, ou algo assim — algo que teria, de qualquer forma, acabado comigo, pelo menos com minha lucidez, não tivesse ouvido o jovem sr. Talbot falar com firmeza, do lado de fora da cabine, com um dos jovens cavalheiros. Ele disse algo assim: "Vamos, seu aprendiz, um *cavalheiro* não se compraz ao ver outro cavalheiro perseguido!". Diante disso, minhas lágrimas escorreram copiosamente, mas com o que se pode chamar de liberdade salutar! Deus abençoe o sr. Talbot! Existe um *verdadeiro* cavalheiro neste navio e, antes de chegarmos ao nosso destino, espero poder tratá-lo como *amigo* e dizer-lhe quanto significou para mim sua autêntica consideração! De fato, deixei de ficar encolhido no beliche e me ajoelhei, dando graças por sua consideração e compreensão — por sua nobre caridade! Orei por nós. Só então fui capaz de sentar nesta mesa e avaliar minha situação com algum distanciamento racional.

Contudo, examinei a questão seguidamente e percebi uma coisa com bastante clareza. Assim que o avistei, quase entrei em pânico de novo. Não havia, não *há* dúvida de que sou alvo de uma animosidade especial por parte do capitão! Foi com uma emoção próxima ao terror que recapitulei na minha imaginação aquele momento em que, como eu disse, ele "passou por cima de mim". Pois agora compreendo que não foi por acidente. Quando seu braço me bateu, não foi o movimento natural de andar, mas o exagero artificial de seu balanço — aumentado logo depois pelo impacto de seu peito, que me fez finalmente cair. Eu sabia, ou, minha alma sabia através de alguma faculdade extraordinária, que o capitão Anderson me derrubara de propósito! É um inimigo da religião — só pode ser isso! Oh, que alma vil!

As lágrimas clarearam minha mente. Eles haviam me esgotado, mas não vencido. Pensei primeiro na minha condição clerical. Ele tentara desonrá-la, mas eu disse comigo mesmo que só *eu* poderia fazer isso. Ele nem sequer podia desonrar-me como semelhante, já que eu não cometera erro algum, nenhum pecado, salvo o pecado venial de ter deixado de ler suas ordens! E a culpa coube mais à minha indisposição do que a mim! É verdade que fui tolo e objeto de desprezo dos oficiais e demais cavalheiros, que zombaram de mim, com exceção do sr. Talbot. Mas então — e digo isto com toda a humildade — o mesmo se aplicaria a meu Mestre! Assim, comecei a perceber que a situação, não importa quão injusta e dura me parecesse, constituía uma lição para mim. Ele desprezou os poderosos e exaltou os humildes e mansos de coração. Humilde já era eu por necessidade antes de sofrer a ação do poder brutal inerente ao mando absoluto. Manso de coração, no entanto, é o que ainda me cabe ser. Minha querida irmã...

Entretanto, é estranho. O que escrevi já seria demasiadamente doloroso aos seus, aos olhos dela. É preciso que seja corrigido, alterado, abrandado; e todavia...

Se não aos olhos de minha irmã, então aos de quem? Aos TEUS? Será possível que, tal como os TEUS santos de antanho (especialmente Santo Agostinho), esteja eu a me dirigir a TI, SALVADOR MISERICORDIOSO?

Orei por muito tempo. Esse pensamento me fizera cair de joelhos — foi-me simultaneamente sofrimento e consolo. No entanto, fui capaz de finalmente afastá-lo por ser elevado demais para mim! Ter olhado — na verdade, chegado a tocar a fímbria daquelas vestes... Mas ter contemplado por um momento AQUELES PÉS fez-me recuperar uma visão mais lúcida de mim mesmo e de minha situação. Fiquei sentado, então, a refletir.

Finalmente concluí que o certo seria fazer uma de duas coisas. Primeiro: jamais voltar ao tombadilho, e sim manter-me dignamente afastado dele pelo resto de nossa passagem; segundo: ir ao tombadilho, recitar as ordens do capitão Anderson para ele, e para quantos cavalheiros estivessem presentes, acrescentando algum comentário eventual como, "e agora, capitão Anderson, não voltarei a importuná-lo", retirando-me em seguida e recusando-me absolutamente a usar essa parte do navio em quaisquer circunstâncias possíveis — salvo talvez se o próprio capitão Anderson me pedisse (o que não acreditava) desculpas. Passei algum tempo emendando e corrigindo meu discurso de despedida a ele. Mas acabei finalmente por considerar que ele talvez não me dê a oportunidade de pronunciá-lo. Ele é um mestre da réplica brutal e arrasadora. Melhor então seguir a primeira opção, sem lhe dar mais nenhum pretexto ou oportunidade de me insultar.

Devo confessar um grande alívio por ter chegado a essa decisão. Com auxílio da PROVIDÊNCIA talvez consiga evitá-lo até o final da viagem. Entretanto, meu primeiro dever como cristão era perdoá-lo, a despeito de sua monstruosidade. Fui capaz de fazê-lo, mas não sem a ajuda de muitas preces e imaginação do destino terrível que lhe aguardava quando se encontrasse finalmente diante do TRONO. Então eu o reconheci como meu irmão, fui seu guardião e orei por nós dois.

Isto feito, brincando um pouco com a literatura profana, como se fosse um Robinson Crusoé, resolvi considerar qual parte do navio restava — conforme me expressei — para ser meu *reino*! Incluía minha cabine, o corredor ou o vestíbulo, do lado de fora, o salão de passageiros, onde eu poderia fazer minhas refeições se tivesse bastante coragem de estar na presença das damas e cavalheiros que testemunharam a minha humilhação. Havia também as instalações sanitárias deste lado do navio e do convés, ou *poço*, como o chama Phillips, até a linha branca próxima ao mastaréu, que nos separa das pessoas comuns, sejam marujos ou emigrantes. Esse convés se destinaria aos meus passeios ao ar livre, quando o tempo estivesse bom. Ali eu também poderia me encontrar com os cavalheiros e *damas* mais bem-dispostos! Ali — pois eu sabia que ele o frequentava — eu ampliaria e aprofundaria minha amizade com o sr. Talbot. É evidente que durante o tempo chuvoso ou a ventania eu teria de me contentar com a cabine e o vestíbulo. Percebi que mesmo confinado a esses lugares, ainda assim poderia passar os meses vindouros sem muito desconforto e evitar o que há de mais temível: a melancolia que pode levar à loucura. Tudo acabará bem.

Essa foi uma decisão e uma descoberta que me deram mais prazer terreno, acredito, do que qualquer outra que experimentei desde que me separei daquelas cenas que me são tão caras. Saí imediatamente para passear em volta da minha ilha — meu *reino!* —, pensando nesse ínterim em todos aqueles que teriam recebido semelhante expansão de seu território como uma conquista da liberdade — isto é, aqueles que no decorrer da história foram encarcerados por uma causa justa. Embora eu tenha, por assim dizer, abdicado daquele setor do navio que deveria ser minha prerrogativa como clérigo e, portanto, de minha posição social, o poço é, sob alguns aspectos, preferível ao tombadilho! Na verdade, já vi o sr. Talbot não apenas andar até a linha branca, mas atravessá-la e juntar-se às pessoas comuns com uma desenvoltura generosa e democrática!

Desde que escrevi estas últimas palavras estreitei minhas relações com o sr. Talbot! Foi ele, entre todos os demais, quem de fato me procurou! É um verdadeiro amigo da religião! Veio à minha cabine me pedir da maneira mais amistosa e sincera para que agraciasse a tripulação com uma breve preleção à noite! Foi o que fiz no salão dos passageiros. Não posso fingir que muitos dos *fidalgos*, como devo chamá-los, prestaram atenção ao que ouviram, e apenas um dos oficiais estava presente. Dirigi-me, portanto, especialmente àqueles corações abertos à mensagem que tinha para transmitir — a uma jovem de grande beleza e devoção, e ao próprio sr. Talbot, cuja devoção não apenas o engrandece pessoalmente, mas a toda sua classe. Que bom seria se todos os fidalgos e a aristocracia inglesa estivessem imbuídos do mesmo espírito!

Deve ser a influência do capitão Anderson; ou talvez me ignorem por suas maneiras refinadas e delicadeza de sentimentos — porque embora eu faça uma mesura até a cintura quando cumprimento as damas e cavalheiros, ao vê-los lá de cima no tombadilho, eles raramente retribuem! Embora agora, verdade seja dita, já faz três dias que não há ninguém para saudar — nem meia-nau para caminhar, já que está inundada pela água do mar. Não fiquei enjoado como antes — tornei-me um marinheiro de verdade! O sr. Talbot, entretanto, ficou mesmo mareado. Perguntei a Phillips o que acontecera, ao que ele me respondeu com evidente sarcasmo: *acho que foi algum troço que ele comeu!* Ousei atravessar o vestíbulo de mansinho e bati à porta, mas não houve resposta. Ousando ainda mais, levantei a tranca e entrei. O rapaz estava deitado, adormecido, com a barba sobre o lábio e o queixo por fazer há uma semana — mal ouso registrar aqui a impressão que me causou seu semblante adormecido — era o rosto de ALGUÉM que sofrera por todos nós —, e, ao ceder a um impulso irresistível, me curvei sobre ele e posso dizer sem engano que havia um doce aroma de santidade em seu hálito! Não me senti digno de seus lábios, mas pressionei os meus reverentemente sobre a mão que jazia para fora da coberta. Tão grande é o poder da bondade que me retirei como se estivesse me afastando de um altar!

O tempo abriu de novo. Voltei aos meus passeios na meia-nau, e as damas e cavalheiros aos seus no tombadilho. Vejo que sou bom marinheiro pois já estava ao ar livre antes dos outros!

O ar em minha cabine está quente e úmido. Na verdade, estamos nos aproximando da região mais quente do mundo. Eis que estou sentado à minha escrivaninha dobrável de camisa e trajes indescritíveis, redigindo esta carta, caso venha a ser uma carta, que é de certo modo minha única amiga. Devo confessar que ainda sinto uma timidez diante das damas desde que o capitão me fez passar pela grande *desmoralização*. Ouvi dizer que o sr. Talbot melhorou e tem sido visto há alguns dias, mas tem demonstrado acanhamento diante de minhas vestes e, talvez pelo desejo de me poupar um constrangimento, vem se mostrando arredio.

Desde que escrevi isso, passeei de novo na meia-nau. Tornou-se um lugar agradável e acolhedor. Ao andar por ali cheguei àquela conclusão sobre nossos bravos marujos que os homens de terra sempre tiveram sobre eles! Observei com cuidado as pessoas comuns. São evidentemente bons sujeitos que têm como missão conduzir nosso navio, içar cabos e fazer coisas estranhas com as velas, em posições que decerto são perigosas por irem tão alto! O serviço deles é ininterrupto, sendo necessário, suponho, ao progresso do navio. Estão sempre limpando, raspando, pintando. Criam estruturas maravilhosas a partir da própria substância da corda! Eu não sabia o que era possível criar com o cordame! Já tinha visto em terra, aqui ou ali, trabalhos engenhosos de talha imitando corda; aqui eu via a corda arrumada imitando madeira! Na verdade, alguns tripulantes fazem talhas em madeira ou na casca de cocos, em ossos ou talvez em marfim. Alguns estão construindo modelos de navios tais como os que vemos nas vitrines de lojas, nas estalagens ou tabernas dos portos. Parecem pessoas de infinita engenhosidade.

Contemplo tudo isso, com prazer, de longe, abrigado pela parede de madeira com a escada que leva aos aposentos dos passageiros *privilegiados*. Lá em cima há silêncio, murmúrio baixo de conversas ou gritos ásperos de uma ordem. Mas adiante, além da linha branca, as pessoas trabalham, cantam, marcam o ritmo do violino quando tocam — pois brincam como se fossem crianças, dançando inocentemente ao som do violino. É como se a infância do mundo lhes pertencesse. Tudo isso me deixou meio perplexo. O navio está apinhado na parte da frente. Há um pequeno grupo de soldados de uniforme, alguns emigrantes, cujas mulheres parecem tão vulgares quanto os homens. Mas quando ignoro todo o resto, exceto a tripulação do navio, acho-os motivo de perplexidade para mim. São em grande parte analfabetos. Não sabem nada que nossos oficiais sabem. Porém esses belos e másculos sujeitos possuem uma — como direi? Não uma "civilização" completa, porque lhes falta uma cidade. Sociedade, talvez, salvo alguns aspectos porque estão *ligados* aos oficiais superiores, e existem categorias intermediárias entre eles — os suboficiais, como são chamados! — e parece que há graus de autoridade entre os próprios marinheiros. Quem são então esses seres ao mesmo tempo tão livres e dependentes? São *marujos,* e começo a compreender esse termo. Pode-se observá-los, quando estão de folga, de braços dados ou passados em torno dos ombros uns dos outros! Às vezes dormem nas pranchas esfregadas do convés, um com a cabeça apoiada no peito do outro! O prazer inocente da amizade — do qual, infelizmente, eu tenho *até hoje* tão pouca experiência — e a alegria de um convívio ameno ou até mesmo a ligação entre duas pessoas a qual, nos ensina a Santa Escritura, supera o amor pelas mulheres, deve ser o cimento que mantém a coesão dessa comunidade. Pareceu-me, na verdade, do ponto de vista do que chamo jocosamente de "meu reino", que a vida na proa do navio parece ser às vezes preferível ao terrível sistema de controle que prevalece *vante da mezena* ou até mesmo do *mastro principal*! (Devo a meu criado, Phillips, a exatidão desses termos). Que pena que o meu sacerdócio, e a posição social que dele resulta, prendeu-me com tanta força onde não desejo mais estar!

 Tivemos um período de mau tempo — não muito, mas o suficiente para manter a maioria de nossas damas presas em suas cabines. O sr. Talbot está recolhido à sua. Meu criado me assegura que o rapaz não está mareado, entretanto ouvi estranhos ruídos vindos de sua porta trancada. Tive a temeridade de oferecer meus préstimos e fiquei tão constrangido quanto preocupado ao conseguir arrancar do jovem cavalheiro a confissão de que ele estava com a alma intensamente entregue à oração! Longe, longe de mim culpá-lo por isso — não, não, eu não o faria! Contudo, os ruídos eram de *entusiasmo*! Temo muito que o rapaz, com toda sua categoria, tenha se deixado apanhar por um desses sistemas mais extremados contra os quais nossa Igreja se pronunciou! Devo e preciso ajudá-lo! Mas isso só será possível quando se recuperar e gozar de nossa companhia com a naturalidade de sempre. Esses ataques de devoção extremada são mais temíveis que as febres que assolam os habitantes destas regiões. Ele é leigo: e será meu agradável dever reconduzi-lo àquela saudável moderação religiosa que, se me é permitido cunhar uma expressão, é o grande trunfo da Igreja da Inglaterra!

Ele reapareceu; e me evita, talvez encabulado por ter sido descoberto em suas devoções por demais prolongadas; hei de deixá-lo em paz por hora e rezarei por ele enquanto nos aproximamos dia após dia, assim anseio, de um entendimento mútuo. Saudei-o de longe esta manhã quando ele passeava pelo tombadilho, mas ele fingiu não notar. Que nobre rapaz! Tão pronto a ajudar os outros, e não se digna a pedir auxílio em proveito próprio!

Esta manhã, na meia-nau, fui novamente testemunha dessa cerimônia que me enche de uma mistura de tristeza e admiração. Colocam um barril no convés. Os marujos fazem fila e cada um recebe sucessivamente uma caneca do líquido do barril, que esvaziam, depois de exclamar, "Ao rei! DEUS o abençoe!". Eu gostaria que Sua Majestade o tivesse visto. Sei evidentemente que o líquido é a infusão do diabo e não mudo uma vírgula sequer da minha opinião anterior de que o consumo de bebidas fortes devia ser proibido às classes inferiores. Decerto, já basta a cerveja, e mesmo assim é demais — mas que bebam!

No entanto aqui, *aqui,* junto ao mastaréu saltitante, sob o sol quente e na companhia dos jovens colegas bronzeados, nus até a cintura — com mãos e pés calejados pela labuta perigosa e honesta — com seus rostos severos, ainda que francos, curtidos pelas tempestades de todos os mares, e com suas madeixas luxuriosas a lhes cair tremulantes sobre a testa à brisa — *aqui,* ainda que minha opinião não tivesse sido destituída, havia ao menos uma modificação e abrandamento dela. Ao contemplar um rapaz em particular, um *filho de Netuno* de cintura fina, quadris estreitos e ombros largos, senti que o que havia de maligno na bebida fora neutralizado por onde e por quem a tomara. Pois era como se esses seres, esses rapazes, alguns e especialmente um deles, pertencessem a uma raça de gigantes. Acudiu-me à mente a lenda de Talos, o homem de bronze cujo corpo artificial fora preenchido com fogo líquido. Pareceu-me que um líquido tão claramente abrasador como aquele (era *rum*) o qual a benevolência e o paternalismo equivocadamente fornecem ao serviço naval era o próprio *icor* (ou seja, supostamente o sangue dos deuses gregos) desses seres semidivinos, de proporções tão verdadeiramente heroicas! Viam-se claramente aqui e ali marcas disciplinares, mas eles ostentavam essas cicatrizes paralelas com indiferença e até orgulho! Alguns, creio de verdade, ostentavam-nas como sinais de distinção! Alguns, e não eram poucos, traziam no corpo as cicatrizes de uma honra inquestionável — cicatrizes de espadadas, tiros de pistola, chumbo miúdo e estilhaços. Nenhum deles era aleijado; ou, se o fosse, era em grau muito pequeno, um dedo, olho ou orelha, talvez, e ostentava o defeito como uma medalha. Havia um deles que eu chamava comigo mesmo de meu herói particular! Não tinha não mais que quatro ou cinco arranhões no lado esquerdo de seu semblante simpático e franco como se, igual a Hércules, houvesse lutado com um animal selvagem! (Hércules, como sabe, ficou famoso por ter lutado contra o leão de Nemeia). Ele andava de pés descalços e suas pernas estavam sempre expostas — refiro-me ao *meu* jovem herói, e não ao lendário! Suas roupas de baixo colavam-se às pernas como se ali tivessem sido moldadas. Fiquei muito impressionado com a graça viril com que bebera de um gole sua caneca, devolvendo-a vazia ao topo do barril. Tive uma estranha fantasia. Lembro-me de ter lido em algum lugar na história da união dos reinos da Inglaterra e da Escócia que a primeira vez em que Mary, rainha da Escócia, chegara a seu reino, fora recebida com uma festa. Consta que sua garganta era tão estreita e sua pele tão branca que quando engoliu o vinho os admiradores puderam enxergar o esplêndido vermelho vivo a descer pela sua garganta! Esta cena sempre exercera uma forte impressão em minha mente de menino! Só agora lembrei com que prazer infantil eu sonhava que minha futura esposa tivesse a mesma característica especial de formosura — além, é claro, das prendas mais necessárias de mente e espírito. Mas agora, com o sr. Talbot arredio comigo, encontrei-me inesperadamente destronado no meu *reino* do vestíbulo, meia-nau e cabine, e vi ser entronado ali outro monarca! Pois este rapaz de bronze, com seu icor ardente — quando bebeu o líquido penso ter ouvido um rugido de fornalha e visto com o olho de minha mente o fogo se expandir —, pareceu ao meu olho *externo* nada mais nada menos do que o próprio rei! Abdiquei de bom grado e ansiei ajoelhar-me diante dele. Desejei de todo coração converter este rapaz ao NOSSO SALVADOR, como o primeiro e certamente o mais rico fruto da colheita que me mandaram cuidar! Depois que ele se afastou do barril, meus olhos o seguiram, a despeito de minha vontade. Mas ele foi aonde infelizmente eu não podia ir. Correu por cima daquele quarto mastro disposto quase horizontalmente, o gurupés, quero dizer, com sua confusão de cordas e poleames, correntes, vergas e velas. Pensei no velho carvalho em que costumava subir comigo. Mas ele (o rei) correu dali para cima, até ficar na ponta da vara mais fina, a contemplar o mar embaixo. Todo o seu corpo se movia leve para contrabalançar nosso ligeiro avanço. Só o ombro se apoiava em uma corda, de modo que ele descansava como faria contra uma árvore! Em seguida virou-se, voltou alguns passos correndo e *deitou-se* sobre a superfície da parte mais grossa do gurupés, com tanta segurança quanto eu na minha cama! Com certeza, não há nada mais esplêndido e livre quanto um rapaz nos galhos de uma das *árvores viajantes* de Sua Majestade, como se pode chamá-las! Ou até mesmo florestas! Pois ali repousava o rei, coroado de cachos... mas estou fantasiando.

Estamos no marasmo. O sr. Talbot ainda me evita. Ele tem vagado pelo navio e descido até as suas entranhas, como se buscasse algum lugar discreto onde talvez pudesse dar prosseguimento às suas devoções, sem empecilhos. Receio, infelizmente, que minha abordagem tenha sido intempestiva e feito mais mal que bem. Rezo por ele. Que mais posso fazer?

Estamos parados. O mar é uma superfície polida. Não existe céu, apenas uma brancura quente que pende como uma cortina em todos os lados, chegando a descer, ao que parece, até abaixo do horizonte, diminuindo muito o círculo do oceano que nos é visível. O próprio círculo é feito de luz e de um azul luminoso. Vez ou outra alguma criatura marinha salta, rompendo a superfície e o silêncio. Entretanto, ainda que nada salte, há um constante tremor, vibrações e estremecimentos aleatórios da superfície, como se o mar não fosse apenas o lar e refúgio de todas as criaturas marinhas, mas a pele de uma coisa viva, de uma criatura maior do que o Leviatã. A combinação de calor e umidade é completamente inconcebível para alguém que nunca abandonou o agradável vale em que se encontrava a nossa casa. Nossa própria imobilidade — e acho que não encontrarás isso nos relatos sobre as viagens marítimas — aumenta os eflúvios da água no nosso entorno imediato. Ontem de manhã havia uma ligeira brisa, mas logo ficamos imóveis de novo. Toda nossa gente se mantém calada, de modo que as badaladas do sino do navio fazem um barulho alto e alarmante. Hoje os eflúvios tornaram-se insuportáveis devido à necessidade de sujar a água à nossa volta. Desceram os escaleres dos botalós, rebocando com eles o navio um pouco adiante, até se afastar daquele lugar odioso; mas agora se não tivermos vento, tudo terá de ser repetido. Fico deitado ou sentado na minha cabine, de camisa e calções, e mesmo assim mal consigo suportar o ar. Nossas damas e cavalheiros mantém-se recolhidos nas suas cabines, da mesma forma, deitados na cama, creio, na esperança de que o tempo e também o lugar passem. Somente o sr. Talbot perambula como se não conseguisse encontrar alguma paz — pobre jovem! Que DEUS o guarde! Aproximei-me dele uma vez, mas ele saudou-me com uma mesura leve e distante. Ainda não é chegada a hora.

É quase impossível o exercício da virtude! Ele requer uma vigilância constante — ah, minha querida irmã, como você e eu, e toda alma cristã, precisamos estar sempre na dependência da ação da Graça! Houve uma altercação! Não, como era de se esperar, entre os pobres na proa do navio, mas aqui entre os cavalheiros, ou melhor, entre os próprios oficiais!

    Foi assim. Eu estava sentado à minha escrivaninha dobrável, afiando uma pena, quando ouvi um tumulto do lado de fora, no vestíbulo, seguido de vozes que de início eram brandas, mas mais tarde se elevaram.

    "Seu cachorro, Deverel! Eu o vi saindo da cabine!"
    "E você, o que anda aprontando, Cumbershum, seu canalha!"
    "Dê-me ela aqui, cavalheiro! Por D..., hei de tê-la!"

"Está fechada dos dois lados. Seu cachorro sonso, Cumbershum. Juro que hei de lê-la, juro que sim!"

O tumulto tornou-se barulhento. Eu estava de camisa e calções, meus sapatos sob o beliche, meias que pendiam nele, a peruca em um prego apropriado. A linguagem tornou-se tão mais blasfema e obscena que eu não podia deixar passar a ocasião. Sem pensar na aparência, levantei-me depressa e corri para fora da cabine, encontrando os dois oficiais que lutavam violentamente pela posse de uma carta. Gritei.

"Cavalheiros! Cavalheiros!"

Segurei pelo ombro o que estava mais próximo de mim. Pararam de brigar e viraram-se.

"Que diabo é esse aí, Cumbershum?"

"É o vigário, acho. Vá embora, cavalheiro, e vá cuidar da sua vida!"

"Estou cuidando da minha vida, meus amigos, e rogo-lhes em nome da Caridade Cristã que parem com esse comportamento e linguajar indecoroso e façam as pazes!"

O tenente Deverel ficou me olhando, boquiaberto.

"Ora, com mil trovões!"

O cavalheiro chamado Cumbershum — outro tenente — espetou o indicador com tanta violência na minha direção que se eu não tivesse recuado, o dedo teria atingido meu olho.

"Quem, em nome de tudo que é admirável, lhe deu permissão para pregar neste navio?"

"Sim, Cumbershum, é um bom argumento."

"Deixe comigo, Deverel. Agora, seu vigário, se é isso que você é, mostre-nos a autoridade que possui."

"Autoridade?"

"Que diabo, homem, quero dizer, sua autorização!"

"Autorização!"

"Licença, como dizem, Cumbershum, meu velho, licença para pregar. Está bem, vigário, mostre-nos sua licença!"

Fui pego de surpresa, ou melhor, fiquei confuso. A verdade é que, registro-o aqui para que você possa transmiti-lo a qualquer jovem clérigo prestes a embarcar em semelhante viagem, eu guardara a licença de meu senhor, o bispo, junto com outros documentos particulares — que eu supostamente não precisaria na viagem — na minha mala, que fora levada para baixo em algum lugar nas entranhas do barco. Tentei explicar isso em poucas palavras para os oficiais, mas o sr. Deverel me interrompeu.

"Retire-se, cavalheiro, ou o levarei ao capitão!"

Devo confessar que essa ameaça me fez voltar correndo para minha cabine, e eu tremia consideravelmente. Durante um ou dois instantes fiquei pensando se, afinal, eu não havia conseguido acalmar a ira deles, pois ouvi que riam alto ao se afastarem. Mas concluí que sendo gente de espírito tão leviano — não os chamarei de outro nome — eles provavelmente estavam rindo de meu erro *sartório*, e do provável resultado do interrogatório com que haviam me ameaçado. Era evidente que eu me equivocara ao aparecer em público em vestes mais *íntimas* do que as que a norma recomendava e o decoro exigia. Comecei a me vestir depressa, sem esquecer as fitas do colarinho clerical, embora no calor elas me fizessem sentir um aperto infeliz na garganta. Arrependi-me de ter guardado o hábito e o capelo, ou, deveria dizer, de tê-los *armazenado* junto com minha outra impedimenta. Finalmente, vestido com alguns dos sinais visíveis da dignidade e autoridade do meu sacerdócio, emergi da cabine. Mas é claro que os dois tenentes não estavam em nenhum lugar à vista.

Não tardou, porém, que, por efeito desta parte equatorial do globo terrestre, um ou dois instantes após estar completamente vestido eu estivesse banhado de suor. Saí para a meia-nau, mas não encontrei nenhum alívio para o calor. Voltei ao vestíbulo e à minha cabine, decidido a ficar mais confortável, mas sem saber o que fazer. Sem os adornos próprios do sacerdócio, eu poderia ser tomado por um emigrante! Fora impedido de ter intercurso com as damas e cavalheiros e privado de qualquer oportunidade, exceto aquela primeira vez, de me dirigir às pessoas comuns. Entretanto, aguentar o calor e a umidade em trajes feitos para o campo inglês parecia algo impossível. Seguindo um impulso, receio que oriundo menos da prática cristã do que de minha leitura dos clássicos, abri o Livro Sagrado, e antes que tivesse muita ciência do que eu estava fazendo, pratiquei naquele momento uma espécie de *Sortes Virgilianae,* ou consulta oracular, processo que eu sempre julgara questionável ainda que praticado pelos servos mais santificados do Senhor. As palavras que me caíram sob os olhos foram das ii Crônicas 8, 7. "Restava toda uma população de hetitas, emoritas, ferezeus, hivitas e iebusitas que não pertencia a Israel" — palavras essas que logo apliquei ao capitão Anderson e aos tenentes Deverel e Cumbershum, pondo-me a seguir de joelhos, para implorar perdão!

Recordo essa ofensa trivial apenas para mostrar o comportamento singular, a perplexidade para compreender, em resumo, a *estranheza* desta vida nesta estranha parte do mundo, entre gente estranha nesta estranha construção de carvalho inglês que me conduz, mas também me aprisiona! (Estou ciente, é claro, da divertida paranomásia presente na palavra "conduzir" e espero que, depois de sua leitura atenta, você se divirta com ela!)

Resumindo. Após um período entregue às minhas devoções, considerei o que poderia ser melhorado para evitar qualquer equívoco futuro quanto à minha identidade *sagrada*. Despi-me de tudo, menos da camisa e calções, e assim despido utilizei o pequeno espelho de barbear para examinar minha aparência. Foi um processo um tanto difícil. Lembra-se do buraco no nó da madeira no celeiro que usávamos, quando crianças, para vigiar Jonathan ou nossa pobre e santa mãe, ou o mordomo de sua senhoria, sr. Jolly? Lembra-se ainda como, cansados de esperar, mexíamos a cabeça para ver quanto do mundo lá fora conseguíamos espionar pelo nó? Depois fingíamos estar deslumbrados por tudo que havíamos visto, de Seven Acre até o alto do morro? É assim que me contorço diante do espelho, e o espelho diante de mim! Mas aqui estou — se esta carta algum dia for realmente enviada — a instruir um membro do sexo frágil sobre o uso do espelho e, ouso dizer, sobre a arte da "autoadmiração"? No meu caso, é claro, uso a palavra em seu sentido original de surpresa e espanto, em vez do sentido de autossatisfação! Havia muito com que me espantar naquilo que vi, mas pouco que aprovar. Eu não me dera conta de quanto o semblante masculino podia sofrer ao sol, quando exposto à crueza de seus raios quase verticais.

Meu cabelo, você sabe, é claro, porém tem matizes indefinidas. Agora percebi que infelizmente você o cortara, na véspera de minha partida — com certeza devido à nossa tristeza mútua —, de modo irregular. Essa assimetria parece ter se acentuado em vez de diminuir com o passar do tempo, e assim minha cabeça se parece com um terreno mal capinado. Como eu não conseguira me barbear durante meu primeiro ataque de *náusea* (na verdade, essa palavra é derivada da palavra navio, em grego!), e temi fazê-lo no período posterior, quando o navio se movera violentamente — sendo que mais tarde adiara a questão, temendo a dor que sentiria na minha pele tostada pelo sol —, a parte inferior de meu rosto ficou coberta de pelos eriçados. Não são compridos, pois minha barba cresce devagar — entretanto, exibem matizes variados. No meio desses dois *cercamentos,* como se pode chamá-los, o dos cabelos e o da barba, o rei Sol exercera sua plena soberania. Aquilo que às vezes é chamado de bico de viúva, em pele rosada, delineava exatamente a área da testa que minha peruca cobria. Abaixo dessa linha, a testa estava cor de ameixa e em determinado ponto havia surgido uma bolha. Mais embaixo ainda, minhas faces e o nariz pareciam abrasados, como se estivessem em fogo! Percebi de imediato que me enganara inteiramente ao supor que recuperaria a autoridade inerente ao meu ofício aparecendo de camisa e calções com *aquele* aspecto. Pelo contrário, não são especialmente os marinheiros que julgam os outros pelos seus uniformes? Meu "uniforme", conforme devo chamá-lo com toda humildade, deve ter a sobriedade do preto ao lado da alvura do linho e do cabelo branco. São esses os adornos do homem espiritual. Para os oficiais e tripulação deste navio, um clérigo sem suas fitas eclesiásticas do colarinho e sem peruca não tem mais importância que um mendigo.

 É verdade, fora o barulho súbito da altercação e o desejo de fazer o bem que me arrancaram de minha reclusão, mas a culpa era minha. Inspirei fundo e com um pouco de medo visualizei o aspecto com que surgi diante deles — cabeça desnuda, barba por fazer, queimado de sol, despido! Foi com vergonha e embaraço que lembrei as palavras que me foram dirigidas pessoalmente durante minha ordenação — palavras cujo caráter sagrado sempre hei de preservar em virtude da ocasião e do santo sacerdote que as disse — "Evite a hesitação, Colley, e mostre sempre uma aparência decente". Era *isso* o que eu agora via no espelho de minha imaginação, a figura de um trabalhador naquele país onde "os campos estão brancos para a ceifa"? Entre aqueles com quem agora convivo, a aparência não é apenas um *desideratum,* mas um *sine qua non*. (Quero dizer, querida, não apenas desejável, mas necessária.) Resolvi de imediato tomar mais cuidado. Quando eu andasse por onde eu definira como meu reino, não seria apenas um homem de DEUS, mas *aparentaria* ser um homem de DEUS!

As coisas melhoraram um pouco. O tenente Summers veio pedir o favor de ter uma palavra comigo. Respondi-lhe através da porta, pedindo-lhe que não entrasse, pois eu ainda não estava propriamente trajado, nem com disposição para um encontro. Assentiu, mas falando baixo como se tivesse medo que os outros ouvissem. Pediu que o perdoasse pelo fato de não ter havido mais ofícios religiosos no salão. *Sondara* os passageiros várias vezes e encontrara apenas indiferença. Perguntei-lhe se sondara o sr. Talbot, e ele respondeu, depois de uma pausa, que o sr. Talbot estava muito ocupado com seus próprios problemas. Mas que ele, sr. Summers, achava que talvez houvesse a oportunidade de uma *pequena reunião* no próximo Sabá. Surpreendi-me ao declarar, através da porta, com uma intensidade estranha ao meu temperamento tranquilo de sempre…

"Este é um navio ímpio!"

O sr. Summers não respondeu, por isso fiz ainda outro comentário.

"Por influência de certa pessoa!"

Foi quando ouvi que o sr. Summers mudara de posição do outro lado da porta, como se tivesse olhado em volta de repente. Então sussurrou.

"Por favor, sr. Colley, eu lhe peço que não alimente tais pensamentos! Uma pequena reunião, cavalheiro…Um hino ou dois, uma leitura e uma bênção…"

Aproveitei a oportunidade para frisar que um serviço matutino na meia-nau seria muito mais adequado; mas o tenente Summers respondeu, com o que eu acredito ser um suposto constrangimento, que *não seria possível*. Em seguida se retirou. Contudo, foi uma pequena vitória da religião. Pois quem sabe quando aquele coração terrivelmente empedernido há de ceder, já que ao final terá que ceder?

Descobri o nome do meu jovem herói. É um tal de Billy Rogers, temo que seja um triste patife cujo coração juvenil ainda não foi tocado pela graça. Tentarei criar uma oportunidade de falar com ele.

Passei a última hora *fazendo a barba*! Foi de fato doloroso, e não posso dizer que os fins justificam os meios. Entretanto, está feita.

Ouvi um barulho inesperado e saí para o vestíbulo. Ao fazê-lo senti que o convés se inclinava sob meus pés — embora ligeiramente. É uma pena que esses dias de total calmaria me desacostumaram ao movimento e roubaram as "pernas de marinheiro" que eu pensava ter adquirido! Fui obrigado a recuar repentinamente para minha cabine e ao beliche. Lá a posição era melhor e podia perceber que temos um pouco de vento favorável, leve e ameno. Estamos a caminho novamente; e, embora eu não quisesse confiar de imediato nas minhas pernas, senti aquela animação que empolga todo viajante que, depois de algum obstáculo ou empecilho, se sente novamente rumo a seu destino.

Um dia de descanso está resumido nesta linha que tracei acima destas palavras! Saí para dar uma volta, embora me mantivesse o mais distante possível dos passageiros e da tripulação. Preciso me reapresentar a eles, gradativamente, até que deixem de ver um palhaço de cabeça descoberta e passem a enxergar um homem de Deus. Os tripulantes trabalham no navio, alguns içam certo cabo, outros *jogam* ou soltam uma corda de modo mais ágil e animado que de costume. Podemos ouvir de modo muito mais claramente o chiado de nosso progresso pelo mar! Até eu, homem de terra que sou, e devo continuar sendo, sinto uma espécie de leveza no barco, como se ele fosse animado e compartilhasse a alegria geral! Mais cedo, via-se a tripulação por todo lado, escalando os galhos e membros do navio. Quero dizer, é claro, escalando a vasta parafernália que permite aos ventos nos impulsionarem em direção ao porto desejado. Rumamos ao sul, sempre ao sul, com o continente africano à esquerda, mas a uma enorme distância. Nossa tripulação acrescentou uma área ainda maior às velas, adicionando pequenas *vergas* (varas, como você as chamaria) das quais pende um pano mais leve para além da borda externa de nossa habitual andaina de velas (veja só como absorvi a linguagem naval, prestando cuidadosa atenção nas conversas à minha volta!). Este novo espaço do velame aumenta nossa velocidade e, de fato, acabei de ouvir um jovem cavalheiro gritar para outro — omito uma imprecação infeliz —: "Veja só como a velha levanta a p... da saia e corre!". Talvez este novo espaço seja chamado de "p..." no dialeto náutico; pois você não imagina com que indecência a tripulação e até os oficiais chamam as várias partes do equipamento da embarcação! Isso acontece até na frente de um clérigo e de damas, como se os marinheiros em questão não tivessem nenhuma consciência de suas palavras.

Mais uma vez passou-se um dia entre um parágrafo e outro! O vento amainou, e com ele minha pequena indisposição. Vesti-me, cheguei até a me barbear de novo, e saí para a meia-nau. Devo procurar definir para você a situação em que me encontro diante dos demais cavalheiros, sem falar nas damas. Desde que o capitão me infligiu uma humilhação pública, tenho estado especialmente cônscio de que me encontro na situação mais constrangedora possível, entre todos os passageiros. Não sei como descrevê-la, desde que a minha opinião sobre as considerações a meu respeito muda a cada dia, a cada hora! Não fosse pelo meu criado, Phillips, e o primeiro-tenente Summers, creio que eu não falaria com ninguém; pois o pobre sr. Talbot quando não está indisposto caminha angustiado por uma possível crise religiosa, com a qual eu teria o dever e um profundo prazer em ajudá-lo, mas ele me evita. Não quer infligir seus problemas a ninguém! Agora, quanto ao resto dos passageiros e oficiais, às vezes desconfio que, influenciados pela atitude do capitão Anderson, menosprezam a mim e ao meu sacerdócio sagrado, demonstrando uma frívola indiferença. Mas logo no momento seguinte acho que se trata de uma espécie de delicadeza de sentimentos, a qual nem todos os nossos compatriotas possuem, que os impede de me dedicarem sua atenção. Talvez — e digo apenas, talvez — estejam inclinados a me deixar à vontade e estejam fingindo que ninguém notou nada. Quanto às damas, não posso esperar que se aproximem de mim e, caso fizessem, as teria em baixa estima. Mas esse fato (já que ainda limito meus movimentos à região que chamo de meu *reino*) agora resultou em um grau de isolamento maior do que fui capaz de supor. No entanto, tudo isso precisa mudar! Estou determinado! Se a indiferença ou a delicadeza os impede de se dirigirem a mim, então devo ser audacioso e dirigir-me *a eles*!

Estive de novo na meia-nau. As damas e os cavalheiros, ou aqueles que não estavam em suas cabines, passeavam no tombadilho, onde eu não deveria ir. Cheguei a fazer mesuras para eles de longe, para demonstrar como desejava um intercurso amigável, mas a distância era grande demais e eles não notaram. Talvez por causa da luz fraca e da distância. Não poderia ter sido por outro motivo. O navio está imóvel, com as velas suspensas verticalmente, vincadas como o rosto dos idosos. Ao virar-me depois de observar o estranho passeio no tombadilho — pois aqui, nesta planura aquosa, tudo é estranho — e ao encarar a parte dianteira do barco, vi algo estranho e novo. Os tripulantes estão armando o que a princípio pensei ser um toldo à frente do castelo de proa — à frente, quero dizer, do local em que eu me encontrava, embaixo das escadas que levam ao tombadilho —, algo que talvez fosse, segundo pensei de início, um abrigo contra o sol. Mas o sol está baixo no horizonte e, como comemos nossos animais, os currais foram desfeitos, pois então o abrigo não protegeria nada. E mais: o material de que é feito o "toldo" parece mais pesado que o necessário para essa finalidade. Está esticado sobre o convés, na altura da sua amurada onde está suspenso, ou melhor, amarrado com cordas. Os marinheiros chamam esse material de "oleado", se não me engano; e o termo que usam para marinheiro experiente, "lobo do mar", vem daí.

Depois de escrever essas palavras tornei a vestir o casaco e botar a peruca (jamais hão de me ver malvestido de novo) e voltei à meia-nau. De todas as estranhezas deste lugar no fim do mundo, a mudança que houve no nosso navio é certamente a mais estranha! Reina um silêncio, quebrado apenas por explosões de risos. Os tripulantes, com todas as indicações de estarem se divertindo, arriam baldes do lado de fora da amurada com cordas que correm em roldanas ou *cadernais,* como aqui as chamamos. Trazem para cima água do mar — que deve ser muito suja, infelizmente, já que estamos parados há algumas horas — e a derramam em cima do oleado, que agora está selado com o peso. Isso não parece ajudar em nada o nosso progresso; além do mais, alguns tripulantes (meu jovem herói entre eles, infelizmente) se aliviaram dentro do que agora não passa de um tanque, em vez de toldo. Isto em um navio, onde, pela proximidade do mar, essas coisas são resolvidas com mais qualidade, sendo assim preferido em relação ao que nosso estado de seres decaídos nos obriga a fazer em terra! Fiquei repugnado diante daquilo e estava voltando para minha cabine quando fui envolvido em um estranho acontecimento! Phillips veio rapidamente em minha direção e estava prestes a falar quando uma voz falou, ou melhor, gritou-lhe da parte escura do vestíbulo.

"Silêncio, Phillips, seu cachorro!"

Ele desviou seu olhar de mim para as sombras, de onde ninguém menos que o sr. Cumbershum emergiu e encarou-o duramente, obrigando-o ao silêncio. Phillips se retirou e Cumbershum ficou me olhando. Não gostava nem gosto desse homem. Trata-se de outro Anderson, creio, ou há de transformar-se nele assim que obtiver o posto de capitão! Corri para minha cabine. Tirei meu casaco, colarinho e peruca, e preparei-me para rezar. Mal começara quando ouvi uma batida tímida na porta. Abri e ali encontrei Phillips de novo. Ele começou a cochichar.

"Sr. Colley, cavalheiro. Eu lhe rogo que..."

"Phillips, seu cachorro! Vá para baixo, senão o porei atrás das grades!"

Olhei em volta, espantado. Era Cumbershum novamente e, com ele, Deverel. Entretanto, em um primeiro momento só os reconheci pela voz de Cumbershum e pelo inquestionável ar de elegância de Deverel, pois também eles estavam sem chapéu ou casaco. Eles me viram, eu, que prometera jamais ser visto assim de novo, e desandaram a rir. Na verdade, o riso deles era um pouco maníaco. Percebi que ambos estavam, em algum grau, bêbados. Esconderam-me os objetos que seguravam e fizeram-me uma mesura enquanto eu entrava na cabine com uma cerimônia que julguei não ser sincera. Deverel é um cavalheiro! Com certeza não tem intenção de me fazer mal!

O navio está extraordinariamente quieto. Há alguns minutos ouvi o rumor dos passos do restante dos passageiros que atravessavam o vestíbulo, subiam as escadas e passavam sobre minha cabeça. Não há dúvida quanto a isto. As pessoas desta extremidade do navio estão reunidas no tombadilho superior. Somente *eu* fui excluído!

Saí de novo, escapuli furtivamente rumo a essa estranha situação, apesar de todas as minhas resoluções sobre meu modo de vestir. O vestíbulo estava silencioso. Somente um murmúrio confuso vinha da cabine do sr. Talbot. Tive a intenção de ir ter com ele e pedir sua proteção, mas eu sabia que ele estava no meio de orações particulares. Escapuli do vestíbulo até a meia-nau. O que ali percebi, como se estivesse petrificado, continuará gravado na minha mente até o dia da minha morte. A *nossa* extremidade do navio — as duas partes elevadas na popa — estava apinhada de passageiros e oficiais, e todos calados encaravam-me por cima de minha cabeça. Pois tinham bom motivo para olhar! Nunca viram algo igual. Nenhuma pena, nem lápis pertencente ao maior artista da história seria capaz de dar uma ideia daquilo. Nosso enorme navio estava imóvel, com suas velas ainda pendentes. À direita se punha o sol, vermelho, e à esquerda nascia a lua cheia, os dois diretamente opostos um ao outro. As duas enormes luminárias pareciam se fitar entre si e modificar mutuamente suas luzes. Na terra esse espetáculo jamais estaria tão evidente por causa da interposição de morros, árvores e casas, mas aqui, do nosso navio parado, vemos todos os lados e até os próprios confins do mundo. Ali estava claramente à vista a própria balança de DEUS.

A balança se inclinou, a luz dupla esmaeceu e fomos talhados em marfim e ébano pela lua. Os tripulantes se moveram na proa, pendurando dezenas de lampiões no cordame, de modo que agora eu via que haviam erigido algo como o *trono* de um bispo, além da pança desajeitada do oleado. Comecei a compreender. Comecei a tremer. Eu estava só! Sim, naquele vasto navio com suas inúmeras almas, eu estava sozinho em um lugar que de repente me fez temer a justiça de DEUS, rematado por TUA misericórdia! De repente, temi tanto a DEUS quanto ao homem! Voltei aos tropeções para minha cabine e empenhei-me em rezar.

O DIA SEGUINTE

Mal consigo segurar a pena. Preciso e *hei* de recuperar minha compostura. O que desonra um homem é o que ele faz, e não o que os outros lhe fazem — minha vergonha, ainda que arda como brasa, me foi infligida.

Eu terminara minhas devoções, mas estava triste em recapitular o que acontecera. Despira minhas vestes, com exceção da camisa, quando ouvi batidas estrondosas na porta da cabine. Já estava, sem exagero, apavorado. As batidas estrondosas completaram minha confusão. Embora já houvesse especulado sobre as cerimônias horríveis em que eu talvez fosse a vítima, pensei então em um naufrágio, incêndio, abalroamento, ou violência inimiga. Gritei, creio.

"O que é? O que é?"

Ao que respondeu uma voz tão alta quanto as batidas.

"Abra esta porta!"

Respondi com grande ansiedade, ou melhor, pânico.

"Não, não, estou despido... O que é?"

Houve uma breve pausa e em seguida a voz me respondeu, apavorante.

"Robert James Colley, chegou a hora de seu julgamento!"

Essas palavras, tão inesperadas e terríveis, aturdiram-me completamente. Mesmo sabendo que aquela era uma voz humana, senti uma pontada no coração; sei que devo ter levado as mãos à região com muita força, pois há uma contusão nas minhas costelas, que sangrou. Gritei em resposta à terrível convocação.

"Não, não, não estou nem um pouco pronto, quero dizer, estou despido..."

Então a mesma voz sobrenatural respondeu, em tom ainda mais apavorante.

"Robert James Colley, o senhor foi convocado a comparecer perante o trono."

Essas palavras — as quais minha mente reconheceu em *parte* por serem tão tolas — mesmo assim inibiram completamente a minha respiração. Fiz menção de ir à porta para fechar o trinco, mas nesse ínterim a porta foi aberta com violência. Duas enormes figuras com cabeça de pesadelo, grandes olhos e bocas, estas negras, cheias de presas desordenadas, me derrubaram. Puseram um pano sobre minha cabeça. Fui agarrado e arrastado com força irreprimível, com os pés suspensos, capazes apenas de encostar de vez em quando no convés. Não me considero, reconheço, um homem de pensamento rápido e compreensão instantânea. Acredito que desmaiei durante alguns instantes, tendo recuperado os sentidos ao som de gritos, apupos e risadas verdadeiramente demoníacas. Um vestígio *qualquer* de presença de espírito me fez gritar, no entanto, enquanto eu era levado à força, preso e abafado, "Socorro! Socorro!", em uma breve súplica ao MEU SALVADOR.

Arrancaram o pano e pude ver claramente — até demais — à luz dos lampiões. A coberta da proa estava cheia de tripulantes, e suas bordas cercadas de figuras de pesadelo semelhantes às que me arrastaram às pressas. No trono estava sentado um homem de barba, coroado de chamas, segurando um enorme tridente na mão direita. Ao dobrar o pescoço, no momento em que tiraram o pano, pude ver que a extremidade de ré do navio, *meu lugar de direito,* estava apinhada de *espectadores*! Mas havia pouquíssimos lampiões no tombadilho para que eu visse com clareza, e então não tive mais que um instante para procurar um amigo, pois estava absolutamente entregue aos meus sequestradores. Agora que eu disponho de mais tempo para compreender a minha situação e a crueldade do "trote", um pouco do meu medo foi abafado pela vergonha, sem exagero, de aparecer seminu diante das damas e dos cavalheiros. Eu, que pensara jamais aparecer senão nos trajes de homem espiritual! Procurei fazer um apelo sorridente para que dessem algo para me cobrir, como se consentisse e decidisse participar do trote, mas tudo aconteceu muito depressa. Obrigaram-me a ajoelhar diante do "trono", sob tantos tapas e empurrões que roubaram qualquer fôlego que tivesse me sobrado. Antes que eu pudesse me fazer ouvir, fizeram-me uma pergunta tão grosseira que não quero lembrar, muito menos descrever. Entretanto, quando abri a boca para protestar, encheram-na imediatamente de coisas tão nauseabundas que já a lembrança basta para ter vontade de vomitar. Não sei dizer por quanto tempo essa operação foi repetida; e quando me recusava a abrir a boca, essas coisas eram lambuzadas na minha face. As perguntas, uma depois da outra, eram de tal natureza que não posso escrever nenhuma. Só podem ter sido concebidas pelas almas mais depravadas. No entanto, cada uma delas era recebida com uma explosão de vivas e com aquele terrível clamor britânico que sempre aterrorizou o inimigo; e então me brotou à mente, empurrada à força na minha alma, a terrível verdade: *o inimigo era eu*!

Não podia ser, é claro. Eles ardiam, talvez por causa da poção do diabo — foram desviados —, não podia ser! Mas na confusão e, para mim, diante do horror daquela situação, era este o pensamento que congelava meu próprio sangue nas veias: *o inimigo era eu!*

Veja como as pessoas comuns podem ser levadas ao excesso pelo exemplo daqueles que deveriam conduzi-las a coisas melhores! Finalmente o líder dos foliões dignou-se a se dirigir a mim.

"Você é um indivíduo inferior, sujo, que precisa ser ensaboado."

Então vieram mais dores, náuseas e sufocação, o que fez com que eu ficasse o tempo todo desesperado, com medo de morrer ali na hora, vítima daquela cruel brincadeira. No momento em que pensei que chegara ao fim, fui empurrado para trás, com extrema violência, para dentro da pança de água imunda. Eis que aqui há ainda mais estranhezas terríveis para mim. Eu não lhes fizera mal. Eles brincaram comigo, abusaram de mim à vontade. Entretanto, quando eu procurava escapar da pança borbulhante e escorregadia, ouvia aquilo que as pobres vítimas do Terror francês devem ter ouvido nos seus derradeiros momentos, e ah! Isso é mais cruel que a morte, deve ser. Deve ser, pois nada, *nada* que os homens são capazes de fazer uns aos outros, se compara àquele apetite voraz, lascivo, feroz...

A essa altura eu já havia abandonado a esperança de viver e, desorientado, procurava me preparar para o fim — tal como no momento decisivo quando se cai do cavalo, *entre o arreio e o chão* —, quando me dei conta de uma série de gritos vindos do tombadilho, seguidos do barulho de uma tremenda explosão. Por contraste, houve um quase silêncio, até que uma voz gritou uma ordem. As mãos que me empurravam para baixo e me mantinham lá dentro agora me levantavam e tiravam dali. Caí no convés e lá fiquei, deitado. Houve um interlúdio, no qual comecei a rastejar, deixando para trás um rastro de imundícies. Mas outra ordem veio aos gritos. Algumas mãos me levantaram e me carregaram até a cabine. Alguém bateu a porta. Mais tarde — não sei quanto tempo mais tarde — a porta se abriu de novo e alguma alma cristã colocou um balde d'água quente ao meu lado. Talvez tenha sido Phillips, não sei. Não descreverei as dificuldades que enfrentei até que ficasse relativamente limpo. Eu podia ouvir ao longe os demônios — não, não, não os chamarei assim —, as *pessoas* da proa do navio, que recomeçaram sua brincadeira com outras vítimas. Porém, os barulhos do folguedo eram joviais, em vez de bestiais. Foi uma pílula amarga de engolir! Imagino que em qualquer outro navio eles nunca tiveram um "vigário" que lhes servisse de brinquedo. Não, não, *nada* de mágoas, hei de perdoá-los. São meus irmãos, ainda que não o sintam — ainda que *eu* não o sinta! Quanto aos cavalheiros — também não guardarei mágoas; é verdade que um deles — o sr. Summers talvez, ou pode ter sido o sr. Talbot — interveio, ainda que tarde, para parar com a brincadeira brutal!

Caí no sono, exausto, e tive então os mais medonhos pesadelos sobre o juízo final e o inferno. Eles me despertaram, graças a DEUS! Pois se eles se prolongassem, teriam me feito perder a razão.

Desde então tenho orado, orado longamente. Depois de rezar e recapitular devidamente o acontecido, pus-me a pensar.

Acredito que voltei a ser até certo ponto eu mesmo. Vejo, sem disfarçar nada, *o que aconteceu*. Há algo muito saudável nesta frase, *o que aconteceu*. Ela limpa, por assim dizer, o mato rasteiro dos meus próprios sentimentos, do meu pavor, da minha repugnância, da minha indignação; abre caminho para que eu venha a fazer um bom juízo. Sou uma vítima, ainda que bastante indireta, da antipatia que o capitão Anderson tivera por mim desde o nosso primeiro encontro. Uma *farsa* como a que foi encenada ontem não aconteceria sem sua aprovação, ou pelo menos sem seu consentimento explícito. Deverel e Cumbershum foram seus agentes. Percebo que minha vergonha — salvo a modéstia ultrajada — é bastante irreal e não faz jus à minha inteligência. Não importa o que eu tenha *dito* — pelo que já supliquei o perdão de meu SALVADOR; o que me deixou mais *sentido* foi a opinião das damas e cavalheiros a meu respeito. Na verdade, pecaram mais contra mim do que eu havia pecado, mas é preciso pôr ordem na própria casa e aprender de novo — essa infindável lição! — a perdoar! Recordo-me agora, o que mesmo foi prometido aos servos do SENHOR neste mundo? Se assim for, deixe que a perseguição seja meu fardo daqui para a frente. Não estou só.

Orei de novo com grande fervor e levantei-me finalmente de meus joelhos, convencido de ter me tornado um homem melhor e mais humilde. Percebi que o insulto que *me* havia sido feito não era nada, nada além da oportunidade de dar a outra face!

Entretanto, resta o insulto feito não a mim, mas, através de mim, àquele cujo nome está sempre na boca de todos, mas raramente nos pensamentos! O verdadeiro insulto é ao meu sacerdócio e, através dele, ao Grande Exército do qual sou o mais ínfimo e humilde soldado. o próprio mestre foi insultado, e apesar de ele perdoar — como estou convicto que tenha feito —, tenho o dever de exprobar, em vez de sofrer calado esta *ofensa*!

Não por nossa causa, senhor, mas pela tua!

Dormi de novo, agora mais tranquilo depois de escrever essas palavras, e quando acordei percebi que o navio avançava com facilidade ante um vento moderado. Achei o ar mais fresco. Senti medo novamente, e tive dificuldade em controlá-lo, me lembrei dos acontecimentos da noite anterior. Mas então os acontecimentos *interiores* da minha fervorosa prece voltaram com grande força e desci, ou melhor, pulei de meu beliche, cheio de alegria à medida que sentia minhas certezas renovadas sobre as grandes verdades da religião cristã! Minhas orações foram, creia-me, bem mais prolongadas que de costume!

Depois de levantar-me da prostração, tomei meu caldo matutino, em seguida pus-me a fazer tranquilamente a barba. Meu cabelo se beneficiaria muito dos teus cuidados! (Mas nunca lerás isto aqui! A situação se torna cada vez mais paradoxal — talvez em algum momento eu *censure* o que escrevi!) Vesti com o mesmo esmero o colarinho, a peruca, o chapéu. Mandei o criado me mostrar onde minha mala fora *armazenada* e depois de alguma discussão me deixaram descer às entranhas sombrias do navio. Tirei da mala meu capelo e peitilhos e a licença de sua senhoria, que pus no bolso de trás do casaco. Agora que tinha — não as *minhas*, mas as vestes de combate do senhor, eu era capaz de encarar um encontro com qualquer um no navio, sem precisar mais ter medo — sim, pois como sabes, já falei uma vez com um salteador de estrada! Subi, portanto, com passo firme à parte superior do tombadilho e fui além, até a plataforma elevada à ré, onde o capitão Anderson costumava ser visto. Olhei em volta. O vento soprava do quarto de estibordo, forte. O capitão Anderson andava para lá e para cá. O sr. Talbot, que estava, com um ou dois cavalheiros à amurada, tocou a aba do chapéu e seguiu adiante. Fiquei satisfeito com o seu desejo de estreitar amizade comigo, mas no momento fiz apenas uma mesura e passei adiante. Atravessei a coberta e parei diretamente no caminho do capitão Anderson, tirando meu chapéu. Desta vez ele não *passou por cima de mim,* como descrevi antes. Parou, fitou-me, abriu e fechou a boca.

Iniciou-se a seguinte conversa então.

"Capitão Anderson, desejo falar com o senhor."

Ele fez uma pausa de um ou dois instantes. Então…

"Bem, cavalheiro, pode fazê-lo."

Prossegui com calma, em tom controlado.

"Capitão Anderson. Sua tripulação desonrou minhas funções religiosas. O senhor mesmo as desonrou."

Seu rosto cobriu-se de um intenso rubor, que depois passou. Ergueu o queixo na minha direção, em seguida o abaixou. Falou, ou melhor, murmurou em resposta.

"Eu sei, senhor Colley."

"O senhor admite?"

Ele murmurou de novo.

"Não houve essa intenção… o caso fugiu do controle. O senhor foi maltratado, cavalheiro."

Respondi-lhe com serenidade:

"Capitão Anderson, depois da confissão de seu erro, eu o perdoo sinceramente. Mas apesar de não crer nem supor que agissem de acordo com suas ordens, eles o fizeram por seguir o seu exemplo. Havia também oficiais envolvidos, e não apenas as pessoas comuns da tripulação. O insulto *deles* ao meu sacerdócio foi talvez o maior que recebi! Creio que sei quem eles são, apesar do disfarce que usavam. Precisam admitir a culpa não por minha causa, mas por eles mesmos."

O capitão Anderson deu uma rápida volta pelo convés. Voltou e ficou parado com as mãos cruzadas nas costas. Encarava-me, e percebi espantado que não estava apenas muito ruborizado, mas também com raiva! Não é estranho? Confessara seu erro, mas a menção que eu fizera a seus oficiais lhe fizera voltar àquele estado que infelizmente lhe é costumeiro. Falou zangado.

"O senhor terá tudo que quiser, então."

"Defendo a honra de meu MESTRE, como o senhor defenderia a honra do rei."

Por um instante nenhum de nós disse nada. O sino bateu e ocorreu a troca dos membros do turno da vigia. O sr. Summers e o sr. Willis substituíram o sr. Smiles e o jovem sr. Taylor. A mudança de turno foi, como sempre, cerimoniosa. Então o capitão Anderson olhou-me de volta.

"Falarei com os oficiais em questão. O senhor está satisfeito, agora?"

"Que venham a mim, cavalheiro, pois hão de receber o meu mais sincero perdão assim como o senhor. Mas ainda há mais…"

Aqui, cumpre dizer que o capitão pronunciou uma imprecação de índole verdadeiramente blasfematória. No entanto, usei a sabedoria da serpente e a meiguice da pomba, fingindo *desta vez* não ter notado! Não era o momento de censurar um oficial da Marinha por imprecar. Isso, eu já sabia, viria depois!

Prossegui.

"A gente pobre e ignorante da parte da frente do navio. Preciso visitá-la e fazê-la se arrepender."

"O senhor é maluco?"

"Não, cavalheiro."

"Não se importa de talvez atrair ainda mais zombaria?"

"O senhor possui o seu uniforme, capitão Anderson, e eu o meu. Irei até eles neste traje, *paramentado* como homem espiritual!"

"Uniforme!"

"O senhor não compreende? Irei até eles trajando essas vestes que meus longos estudos e minha ordenação me permitem usar. Estou sem trajá-las no momento. O senhor sabe quem eu sou."

"De fato sei, cavalheiro."

"Obrigado. Peço sua licença, então, para ir avante e me dirigir a eles?"

O capitão Anderson atravessou as pranchas e expectorou no mar. Respondeu-me sem se virar.

"Faça como quiser."

Fiz uma mesura para as suas costas e afastei-me. Quando cheguei à primeira escada, o tenente Summers segurou-me a manga.

"Senhor Colley!"

"Sim, meu amigo?"

"Sr. Colley, peço-lhe que pense no que está fazendo!" Neste ponto sua voz baixou a um sussurro. "Se eu não tivesse disparado a arma do sr. Prettiman para o lado, assustando-os, não se sabe até onde iria esse caso. Rogo-lhe, deixe que eu os reúna sob a vista dos oficiais! Alguns são homens violentos, um dos emigrantes…"

"Ora, sr. Summers, aparecerei diante deles nas vestes em que conduzo o ofício religioso. Eles hão de reconhecer esses paramentos, cavalheiro, e respeitá-los."

"Pelo menos espere até que tenham recebido o rum. Acredite em mim, senhor, sei o que estou falando! Isso os deixará mais amistosos e calmos… Mais receptivos ao que o senhor terá a lhes dizer… Eu lhe rogo, cavalheiro! De outro modo encontrará desprezo, indiferença… E quem sabe mais o quê…"

"E a lição não seria ouvida, o senhor acha… A oportunidade perdida?"

"Isso mesmo, cavalheiro."

Pensei um instante.

"Muito bem, sr. Summers. Hei de esperar até tardar mais a manhã. Nesse meio-tempo gostaria de escrever um pouco."

Fiz-lhe uma mesura e prossegui. Agora o sr. Talbot se aproximou de novo. Perguntou muito simpático se não poderíamos estreitar amizade. Ele é de fato um rapaz que faz jus à sua posição! Se os privilégios sempre estivessem nas mãos de gente como ele — de fato, no futuro talvez estejam —, mas eis que divago!

Mal havia me instalado na cabine para escrever quando ouvi uma batida na porta. Eram os tenentes, sr. Deverel e sr. Cumbershum, meus dois *demônios* da noite anterior! Dei-lhes o meu olhar mais severo, pois na verdade mereciam um pequeno castigo antes do perdão. O sr. Cumbershum disse pouco, já o sr. Deverel, muito. Confessou francamente o erro deles e que ele, tal como seu companheiro, estava um pouco embriagado. Não imaginara que eu fosse levar a coisa tão a sério, mas a tripulação estava acostumada a brincar de tal forma ao atravessar o equador; só lamentava que tivesse interpretado mal a permissão ampla do capitão. Em suma, pediu-me que tratasse todo o assunto como um trote que tivesse ultrapassado os limites. Se eu estivesse trajando as vestimentas de agora, ninguém teria tentado nada…

Na verdade, seria di*ból*co se a intenção deles fosse me causar algum mal, e ele agora me pedia para esquecer esse assunto todo.

Fiquei algum tempo calado como se estivesse pensando, embora já soubesse o que eu faria. Não era momento de confessar meu próprio sentimento de desonra por ter aparecido diante de nossa gente mais do que indevidamente trajado. Na verdade, eles sim precisavam de um *uniforme* — um para usar e outro para respeitar!

Finalmente falei.

"Eu os perdoo sinceramente, cavalheiros, como manda MEU MESTRE. Vão, e não pequem mais."

Dito isso, fechei a porta da cabine. Ouvi um deles lá fora, o sr. Deverel, acho, assobiar baixo, porém prolongadamente. Então, enquanto os passos dele se afastavam, ouvi o sr. Cumbershum falar pela primeira vez desde o início de nosso encontro.

"Eu me pergunto quem, di*bo, é o mestre dele? Você acha que ele está do lado do maldito capelão da frota?"

Depois se foram. Confesso que me senti em paz pela primeira vez em muitos, muitos dias. Tudo agora iria correr bem. Percebi que pouco a pouco eu poderia fazer o meu trabalho, não só entre o vulgo, porém, mais tarde, entre os oficiais e os cavalheiros, que não seriam, não devem ser tão insensíveis à PALAVRA como parecera! Ora, até o próprio capitão dera alguns sinais... O poder da graça é infinito. Antes de vestir os paramentos, fui até a meia-nau e ali fiquei, finalmente livre... Ora, sem dúvida o capitão teria de revogar sua dura proibição que me vedava o tombadilho! Contemplei a água, o azul, o verde, o violeta, a brancura nevada e deslizante da espuma! Vi, com uma nova sensação de segurança, as longas algas verdes a ondular debaixo d'água, agarradas aos nossos flancos de madeira. Havia também, ao que parece, uma estranha suntuosidade nas colunas de nossas velas infladas. Agora é o momento; depois da devida preparação, irei à proa repreender esses filhos rebeldes, mas dignos de serem amados, de nosso CRIADOR! Pareceu-me — e ainda me parece — que eu me consumia e me consumo por um grande amor por todas as coisas, pelo mar, o navio, o céu, os cavalheiros, o vulgo e, sobretudo, é claro, acima de tudo por NOSSO REDENTOR! Aqui está, afinal, o desenlace feliz de todos os meus pesares e dificuldades! QUE POR TODOS SEJA LOUVADO!

Como vossa senhoria sabe, Colley não escreveu mais. Pós *mortem* — nada. Não deve haver nada! O meu único consolo sobre toda essa questão é poder garantir que sua pobre irmã jamais saberá a verdade. O bêbado Brocklebank pode rugir em sua cabine, "Quem matou Colley, o tolo?", mas *ela* jamais saberá qual a fraqueza que o matou, nem quais foram as mãos — inclusive as minhas — que o abateram.

Ao ser acordado por Wheeler de um sono muito breve e agitado, descobri que a primeira parte da manhã seria dedicada a um inquérito. Eu faria parte de uma comissão, junto com Summers e o capitão. Quando objetei que, naquelas latitudes quentes, o corpo deveria ser logo enterrado, Wheeler não disse nada. Está claro que o capitão pretende abafar as suas e as nossas perseguições àquele indivíduo com um manto de procedimentos corretos e legais! Ficamos sentados, então, à mesa da cabine do capitão enquanto as testemunhas passaram a desfilar diante de nós. O criado que cuidara de Colley não nos disse nada que já não soubéssemos. O jovem sr. Taylor, abalado pela morte do vigário, mas demonstrando o devido receio do capitão, repetiu que vira o sr. Colley concordar em tomar um gole de rum, em um espírito de algo que ele não conseguia recordar bem; quando sugeri que a palavra talvez fosse "reconciliação", concordou. "O que fazia o sr. Taylor fazendo ali na proa?" (Essa foi feita pelo sr. Summers). O sr. Tommy Taylor examinava o paiol dos cabos, para desdobrar as amarras da âncora de proa e examiná-las de ponta a ponta. Este esplêndido jargão satisfez os cavalheiros do mar, que balançaram em conjunto a cabeça, como se ele tivesse sido pronunciado no mais perfeito inglês. Mas o que o sr. Taylor estava fazendo, neste caso, do lado de fora do paiol dos cabos? O sr. Taylor terminara sua inspeção e fazia seu relatório quando se deteve, porque jamais vira um clérigo naquele estado. "E depois?" (Essa da parte do capitão). O sr. Taylor "seguira para vante, capitão, para informar ao sr. Summers...", mas o sr. Cumbershum "tinha lhe passado um *sabão,* antes que pudesse fazê-lo."

O capitão assentiu com a cabeça e o sr. Taylor se retirou, aparentemente aliviado. Virei-me para Summers.

"Um sabão, Summers? Que diabo faria com um sabão?"

O capitão resmungou.

"Um sabão é uma reprimenda, cavalheiro. Continuemos."

A próxima testemunha foi um certo East, um emigrante respeitável, marido da pobre garota cujo rosto emaciado tanto me impressionara. Ele sabia ler e escrever. Sim, vira o sr. Colley, mas conhecia o reverendo de vista. Não o encontrara durante "o balaio de gato", como dizem os marinheiros, mas ouvira a história. Talvez alguém lhe tivesse dito que sua mulher passava muito mal. Ele a acompanhava quase ininterruptamente, e revezava com a sra. Roustabout, embora ela estivesse prestes a dar à luz. Apenas vislumbrara o sr. Colley entre os marinheiros, e não achava que ele tivesse falado muito antes de tomar um gole na companhia dos marujos. O aplauso e os risos que ouvíramos? Isso foi depois das poucas palavras do cavalheiro, quando procurava ser sociável com os marinheiros. Os rugidos e a ira? Não sabia dizer nada sobre isso. Só sabia que os marinheiros tinham levado o reverendo com eles, até quando o jovem cavalheiro estivera entre o cordame. Ele precisara cuidar da mulher, e não sabia mais nada. Esperava que os cavalheiros não considerassem isso um desrespeito, mas era tudo que todos sabiam, exceto os marinheiros que estavam com a guarda do reverendo.

Permitiram que ele se retirasse. Dei minha opinião de que o único homem capaz de nos esclarecer era quem o carregara ou trouxera de volta para nós, no estupor da bebida. Disse que ele talvez soubesse o quanto Colley bebera, quem lhe dera ou obrigara a tomar a bebida. O capitão Anderson concordou e disse que mandaria chamar o indivíduo. Em seguida dirigiu-se a nós, sussurrando um pouco alto:

"Meu *informante* aconselha-me que essa é a testemunha que devemos pressionar."

Era minha vez de falar.

"Creio", disse, e preparei-me para o pior, "que estamos fazendo o que os senhores chamam 'tempestade em copo d'água'! O pastor foi embebedado. Há certos homens, como sabemos agora por experiência própria, tão tímidos que são capazes de ser feridos quase mortalmente pela cólera do outro, e cuja consciência é tão delicada que podem morrer de algo que, digamos, o sr. Brocklebank haveria de considerar um pecadilho, se tanto! Ora, cavalheiros! Será que não podemos admitir que sua intemperança o matou, mas que a causa provável da morte foi a nossa indiferença generalizada a seu bem-estar?!"

Foi um gesto de muita audácia, não foi? Eu estava comunicando ao nosso tirano que ele e eu, juntos... Mas ele me olhava, perplexo.

"Indiferença, cavalheiro?"

"Intemperança, senhor", disse Summers depressa. "Deixemos a coisa assim."

"Um momento, Summers. Sr. Talbot, vou ignorar a sua estranha expressão 'nossa indiferença generalizada'. Mas o senhor não compreende? Acha que um único episódio de bebedeira..."

"O senhor mesmo disse, cavalheiro... Vamos descrever tudo sob o rótulo de *uma febre baixa*!"

"Isso foi *ontem*! Senhor, estou lhe dizendo. É bastante provável que a vítima, extremamente embriagada, tenha sofrido algum ataque criminoso por um, ou Deus sabe por quantos homens, e tenha morrido por causa dessa extrema humilhação!"

"Deus do céu!"

Aquilo foi uma espécie de convulsão da consciência. Acho que não pensei em nada durante vários minutos. *Voltei a mim,* por assim dizer, quando o capitão falava.

"Não, sr. Summers. Não admito nenhum encobrimento. Nem tolerarei acusações levianas no que tange à minha condução do navio e à minha atitude em relação aos seus passageiros."

Summers enrubesceu. "Fiz uma sugestão, capitão. Peço perdão se o senhor acha que extrapolei as minhas atribuições."

"Muito bem, sr. Summers, continuemos."

"Mas, capitão", disse eu, "ninguém há de confessá-lo!"

"O senhor é jovem, sr. Talbot. Não pode sequer adivinhar os canais de informação existentes em um navio como este, embora a missão atual dele ainda seja tão recente."

"Canais? Seu informante?"

"Preferia que continuássemos", disse o capitão asperamente. "Mande o homem entrar."

O próprio Summers saiu para trazer Rogers. Era o sujeito que nos trouxera Colley de volta. Jamais vira um jovem tão esplendoroso.

Estava despido até a cintura e tinha tal constituição que um dia poderia ser exageradamente corpulento. Mas agora poderia posar como modelo de Michelangelo! Seu amplo peito e pescoço eram de um bronzeado profundo, tal como seu rosto largo e belo, exceto onde havia cicatrizes paralelas em tom mais claro. O capitão Anderson virou-se para mim.

"Summers me diz que o senhor alegou ter alguma habilidade em examinar testemunhas."

"Ele disse? Eu aleguei?"

Vossa senhoria há de reparar que eu definitivamente não estava em meus melhores dias durante este triste episódio. O capitão Anderson sorriu-me verdadeiramente radiante.

"Sua testemunha, cavalheiro."

Não esperava por isso. Entretanto, não havia outra saída.

"Agora, meu amigo, seu nome, por favor!"

"Billy Rogers, excelência. Gajeiro do traquete."

Aceitei o tratamento. Que seja um augúrio!

"Queremos que nos dê alguma informação, Rogers. Queremos saber em detalhes o que aconteceu quando o cavalheiro se juntou a vocês no outro dia."

"Qual cavalheiro, excelência?"

"O vigário. O reverendo Colley, que agora está morto."

Rogers permaneceu em plena luz da grande janela. Pensei comigo que jamais vira um rosto com tanta candura exposta.

"Ele bebeu um pouco demais, excelência, não suportou, parece."

Era hora de "acuar a fera", como dizem os marujos.

"Como arranjou essas cicatrizes no rosto?"

"Uma meretriz, excelência."

"Devia ser uma gata brava, então."

"Quase, excelência."

"Mas você consegue o que deseja, apesar de tudo."

"Como, excelência?"

"Venceria a resistência dela, mesmo contra sua vontade?"

"Não sei de nada disso, excelência. Tudo o que sei é que ela estava com o resto de meu pagamento na outra mão e teria saído pela porta como um tiro de pistola se eu não a tivesse agarrado com força."

O capitão Anderson sorriu de lado para mim.

"Com licença, excelência..."

Que diabo, ele estava fazendo troça de mim.

"Agora, Rogers, esqueça as mulheres. O que me diz dos homens?"

"Senhor!"

"O sr. Colley foi ultrajado no castelo de proa. Quem foi o responsável?"

O rosto do sujeito não demonstrou nenhuma expressão. O capitão pressionou-o.

"Ora, Rogers. Isso pode lhe causar espanto, mas sabe que você mesmo é suspeito desse tipo de brutalidade?"

Toda a pose do sujeito se alterara. Encolheu-se um pouco agora, com um pé alguns centímetros atrás do outro. Cerrara os punhos. Olhou para cada um de nós rapidamente, como se buscasse descobrir o grau de periculosidade em cada rosto. Percebi que ele nos considerava *inimigos*!

"Não sei de nada, capitão. De nada!"

"Talvez você não tenha nada a ver com isso, rapaz, mas deve saber quem foi."

"Quem foi?"

"Sim, o indivíduo ou os indivíduos que atacaram criminalmente o cavalheiro, provocando a sua morte!"

"Não sei de nada... De nada mesmo!"

Eu recuperara minha razão.

"Ora, Rogers. Você foi o indivíduo que vimos com ele. Na falta de outra evidência, o seu nome é o primeiro na lista de suspeitos. O que os marinheiros fizeram?"

Nunca vi um rosto simular tão bem o espanto.

"O que *nós* fizemos, excelência?"

"Sem dúvida você possui testemunhas para o inocentar. Se for inocente, então nos ajude a levar os culpados a julgamento."

Ele não disse nada, mas ainda parecia acuado. Recomecei a inquiri-lo.

"Quero dizer, rapaz, que você pode nos dizer quem fez isso, ou pelo menos nos dar uma lista das pessoas que suspeita, ou sabe serem suspeitos dessa forma específica de violência, de abuso."

O capitão Anderson ergueu o queixo.

"Sodomia, Rogers, é isso que ele quer dizer. Sodomia."

Ele baixou os olhos, remexeu alguns papéis que tinha à sua frente e molhou a pena na tinta. O silêncio se prolongou pela nossa expectativa. O próprio capitão finalmente quebrou-o, fazendo um barulho de impaciência e irritação.

"Vamos lá, rapaz! Não podemos ficar aqui sentados o dia inteiro!"

Fez-se outra pausa. Rogers virou o corpo, em vez da cabeça, na nossa direção, olhando para um depois do outro. Em seguida, olhou diretamente para o capitão.

"Muito bem, senhor."

Foi só então que houve uma mudança no rosto dele. Projetou o lábio superior para baixo, e depois, como se estivesse provando a sua textura, mordiscou judiciosamente o lábio inferior com os dentes brancos.

"Devo começar pelos oficiais, capitão?"

Era de suma importância que eu não me mexesse. A mínima piscadela para Summers ou para o capitão, a menor contração muscular teria parecido uma acusação fatal. Eu tinha absoluta confiança em ambos a respeito daquela acusação de *bestialidade*. Quanto aos dois oficiais, não havia dúvida de que tinham confiança um no outro, mas, no entanto, também não ousaram fazer nenhum movimento. Éramos estátuas de cera. E Rogers também era.

A iniciativa do primeiro gesto cabia ao capitão, e ele o sabia. Pousou a pena ao lado dos papéis e falou gravemente.

"Muito bem, Rogers. É tudo. Pode voltar para seu serviço."

O rosto do sujeito ficou rubro e depois pálido. Soltou o fôlego em um arquejo prolongado. Bateu na fronte com os nós dos dedos, começou a sorrir, virou-se e saiu da cabine. Não posso dizer quanto tempo nós três ficamos sentados sem um movimento ou palavra. Da minha parte, devido a algo tão simples, tão comum como o medo de fazer ou dizer algo errado; entretanto "a coisa errada" seria, a bem dizer, elevada a uma potência maior, a tamanha potência que se tornaria temível, irremediável. Senti, nos longos momentos de nosso silêncio, como se não me fosse permitido pensar, do contrário meu rosto coraria e o suor começaria a escorrer de minhas faces. Por um esforço consciente, esvaziei ao máximo a cabeça e fiquei à espera do que aconteceria. Porque com certeza, de nós três, eu seria o último a falar. Rogers havia nos prendido numa armadilha. Sabe vossa senhoria como toques de suspeita surgiam à revelia na minha mente e pulavam do nome de determinado cavalheiro para outro?

O capitão Anderson nos salvou de nossa catalepsia. Não se mexeu, mas falou como se para si mesmo.

"Testemunhas, inquéritos, acusações, mentiras e mais mentiras, cortes marciais ... Esse sujeito consegue nos desgraçar a todos, se for bastante audaz. Coisa de que não duvido, pois temos aqui um caso para a forca. Acusações assim não podem ser desmentidas. Qualquer que fosse o resultado, algum estigma restaria."

Voltou-se para Summers.

"Então, sr. Summers, aqui termina a nossa investigação. Temos mais informantes?"

"Creio que não, capitão. Bata na madeira..."

"Está certo, sr. Talbot?"

"Estou desconcertado! Mas é um fato. O homem estava acuado e empregou sua última arma; falso testemunho, quase uma chantagem."

"Na verdade", disse o sr. Summers sorrindo afinal. "O sr. Talbot foi o único de nós a levar vantagem nisso. Pois foi elevado, pelo menos temporariamente, a par do reino!"

"Voltei a ter os pés na terra, cavalheiro... Embora tenha sido chamado de 'excelência' pelo capitão Anderson, que detém o poder de realizar casamentos e funerais."

"Ah, sim, funerais. Querem beber, cavalheiros? Chame Hawkins aqui, Summers, por favor. Devo lhe agradecer, sr. Talbot, pela colaboração."

"Infelizmente, de pouca serventia."

O capitão voltara a ser ele mesmo. Deu um sorriso radiante.

"Então, febre baixa. Xerez?"

"Obrigado, cavalheiro. Mas já está tudo concluído? Não sabemos ainda o que aconteceu. O senhor falou em informantes..."

"Este é um bom xerez", disse o capitão bruscamente. "Creio, sr. Summers, que o senhor é contra beber a esta hora do dia, e há de querer supervisionar as várias providências para o sepultamento desse pobre homem nas profundezas do mar. À sua saúde, sr. Talbot. O senhor está disposto a assinar, ou melhor, a rubricar um relatório?"

Pensei por um momento.

"Não tenho nenhuma posição oficial neste navio."

"Ora, vamos, sr. Talbot!"

Pensei de novo.

"Farei uma declaração e a assinarei."

O capitão Anderson me olhou de soslaio sob as suas grossas sobrancelhas e balançou a cabeça sem dizer nada. Esvaziei meu copo.

"O senhor falou em informantes, capitão Anderson…"

Mas ele franziu o cenho.

"Falei, cavalheiro? Acho que não!"

"O senhor perguntou ao sr. Summers…"

"Que respondeu não haver nenhum", disse o capitão Anderson em voz alta. "Nenhum, sr. Talbot, nem unzinho! O senhor me compreende? Ninguém veio me procurar sorrateiramente… ninguém! Pode ir, Hawkins!"

Pousei meu copo, que Hawkins tirou. O capitão observou-o a deixar o compartimento, em seguida voltou-se para mim de novo.

"Os criados têm ouvidos, sr. Talbot!"

"Ora, certamente, capitão! Tenho certeza absoluta de que o meu Wheeler tem."

O capitão sorriu, sombrio.

"Wheeler! Ah, sim, com certeza! *Aquele* sujeito é todo olhos e ouvidos…"

"Bem, até a triste cerimônia desta tarde, devo voltar ao meu diário."

"Ah, o diário. Não se esqueça de escrever nele, sr. Talbot, que digam o que for dos passageiros, no que tange a minha tripulação e oficiais, este é um navio *feliz*!"

Às três horas estávamos todos reunidos na meia-nau. Havia uma guarda composta pelos soldados de Oldmeadow, com espingardas de pederneiras, ou seja lá como se chamavam aquelas armas desajeitadas. O próprio Oldmeadow estava em uniforme completo e espada impecável, tal como os demais oficiais do navio. Até mesmo nossos jovens cavalheiros portavam adagas e traziam no rosto expressões compungidas. Nós, passageiros, trajávamos roupas das cores mais sóbrias possíveis. Os marinheiros também se perfilavam em guarda, de maneira tão apresentável quanto permitiam seus variados trajes. O imponente sr. Brocklebank mantinha a postura ereta, mas estava abatido e amarelado por aquelas libações que teriam feito o sr. Colley desencarnar. Ao contemplar o sujeito, pensei que Brocklebank teria passado por todo o martírio e colapso de Colley sem outras consequências além de uma dor de cabeça e de barriga. Tal é a heterogeneidade dos fios que compõem a tapeçaria humana à minha volta! Nossas damas, que certamente devem ter previsto uma situação semelhante ao preparar suas malas para a viagem, estavam de luto — até as duas amantes de Brocklebank, que o amparavam de ambos os lados. O sr. Prettiman compareceu àquele *ritual supersticioso* ao lado da srta. Granham, que o conduziu até ali. De que adiantava todo seu ateísmo militante e republicanismo contra a filha de um cônego da catedral de Exeter? Ao notá-lo indócil, mal se controlando ao lado dela, observei que era a *ela*, dos dois, a quem eu precisava falar e transmitir o tipo de advertência delicada que eu pretendia destinar ao nosso notório livre-pensador!

 O senhor há de notar que me recuperei um tanto do efeito de ter lido a carta de Colley. Ninguém pode cismar para sempre com aquilo que já passou, nem com a tênue ligação entre sua própria conduta involuntária e o comportamento criminoso, voluntário de outrem! Na verdade, tenho que confessar que esta cerimônia fúnebre ao mar me foi de grande interesse! Raramente assistimos a um enterro em um ambiente, ouso chamar, tão exótico! Não só foi estranha a cerimônia, como também os nossos atores proferiam suas falas o tempo todo — pelo menos durante parte dela — na linguagem dos marujos. O senhor sabe como adoro isso! Já deve ter notado alguns termos especialmente herméticos como, por exemplo, a menção ao *balaio de gato* — não foi Servius, creio eu, que declarou existirem meia dúzia de enigmas na *Eneida* que jamais serão decifrados, seja através de alguma correção, inspiração ou qualquer outro método tentado pelos acadêmicos? Bem, então hei de entretê-lo com mais alguns *enigmas náuticos*.

 O sino bateu surdamente. Surgiu o grupo de marinheiros trazendo o corpo sobre uma prancha, coberto pela bandeira inglesa. Foi colocado com os pés voltados a estibordo, ou lado nobre, pelo qual os almirantes, corpos e semelhantes raridades fazem suas saídas. Era um corpo mais comprido do que eu esperava, mas depois disseram que duas de nossas balas de canhão restantes haviam sido amarradas a seus pés. O capitão Anderson, cintilante em seus galões dourados, estava ao lado dele. Também me disseram depois que ele e os demais oficiais tinham muita prática sobre a natureza especial dessas cerimônias em que, nas palavras do jovem sr. Taylor, "se jogava pela amurada um navegante celestial".

Quase todas as nossas velas estavam *colhidas* e estávamos no que o dicionário náutico define tecnicamente — e quando não o são? — como "capeados", o que deve significar que estávamos parados no mar. Entretanto, o espírito farsesco (falando na mais perfeita língua dos marujos) acompanhou Colley até o fim. Tão logo foi a prancha arriada no convés, ouvi o sr. Summers sussurrar para o sr. Deverel:

"Pode acreditar, Deverel, sem você vante a um palmo do leme, o navio cairá à ré."

Mal havia falado isso quando se ouviu uma batida pesada e rítmica vinda da parte submersa do casco do navio, como se *Davey Jones* estivesse nos advertindo, ou talvez com fome. Deverel gritou ordens de tipo incompreensível, os marinheiros pularam, enquanto o capitão Anderson, que segurava um livro de orações como uma granada, se voltou para o tenente Summers.

"Sr. Summers! Quer suspender o cadaste?"

Summers não disse nada, mas as batidas pararam. A voz do capitão Anderson baixou até se tornar um resmungo.

"Os espigões do leme estão soltos como os dentes de um velho aposentado."

Summers concordou com a cabeça.

"Eu sei, capitão, mas até que seja fundeado de novo…"

"Quanto mais cedo aproveitarmos o vento, melhor. Maldito seja esse zéfiro bêbado!"

Olhou pensativamente para baixo à bandeira da Inglaterra, depois às velas acima que, aparentando querer discutir com ele, se enfunaram em resposta. Não podiam ter feito nada melhor para ficar à altura do diálogo anterior. Não foi esplêndido?

Finalmente o capitão olhou à sua volta e teve um verdadeiro sobressalto, como se nos visse pela primeira vez. Eu gostaria de poder dizer que ele *se sobressaltara como o culpado diante de uma temível intimação,* mas não o fez. Sobressaltou-se como alguém um pouquinho negligente que, distraído, esquecera que precisava dispor de um cadáver. Abriu o livro e rosnou a contragosto um convite para que orássemos — e assim por diante. Com certeza ele estava ansioso para acabar com aquela função, porque jamais ouvi um serviço fúnebre lido com tanta pressa. As damas mal tiveram tempo de sacar seus lenços (para o tributo de uma lágrima) e nós, cavalheiros, fitamos por um minuto nossos chapéus, quando lembramos então que aquela cerimônia incomum era boa demais para que a perdêssemos, voltando a levantar as cabeças. Eu esperava que os homens de Oldmeadow dessem uma salva de tiros, porém, mais tarde, ele me disse que devido a uma diferença entre o Almirantado e o Ministério da Guerra, eles não têm pólvora nem pederneiras. Mesmo assim apresentaram armas em ordem quase unida e os oficiais brandiram as espadas. Pergunto-me: seria tudo isso adequado a um sacerdote? Não sei, nem eles sabem. Um pífaro soou agudo e alguém rufou um tambor abafado, uma espécie de prelúdio, ou deveria dizer poslúdio, ou seria *envoi* um termo melhor?

O senhor há de perceber, excelência, que *Richard voltou a si* — ou devemos dizer que me recuperei de um período de remorso infrutífero e *talvez* injustificado?

E então, finalmente (quando a voz rabugenta do capitão Anderson convidou-nos a pensar naquele tempo quando não haverá mais mar), seis homens silvaram o toque de despedida no apito de contramestre. Provavelmente vossa senhoria jamais ouviu esse apito, por isso devo informar que ele possui a mesma musicalidade do grito de um gato no cio! No entanto, *no entanto*! A sua áspera e esganiçada falta de musicalidade e sua explosão de agudos que culminava em um longo descenso esvanecido em uma tremulação complicada que se prolongava até silenciar pareciam expressar algo além das palavras, da religião, da filosofia. Era simplesmente a voz da vida pranteando a morte.

Mal tive tempo de sentir um toque de complacência diante do caráter insofismável de minhas próprias emoções, quando levantaram e inclinaram a prancha. Os restos mortais de Robert James Colley se precipitaram de sob a bandeira inglesa e mergulharam na água com um único e sonoro *pluft!*, como se ele tivesse sido um mergulhador dos mais experientes, ou tivesse o hábito de ensaiar o próprio funeral, tão perfeita saiu a coisa. É evidente que as balas de canhão ajudaram. Este uso secundário da massa das balas foi, afinal, condizente com sua essência. Assim se devia imaginar agora que os restos mortais de Colley, mergulhando "mais profundo que a mais funda sonda", acabaram encontrando o fundamento concreto de tudo. (Nesses momentos necessariamente ritualísticos da vida, quando não se pode usar o livro de orações, recorra a Shakespeare! Nada mais serve.)

Vossa senhoria talvez ache que houve então um ou dois momentos de silêncio antes que os pranteadores abandonassem o adro. Nem um pouco! O capitão Anderson fechou o breviário, os apitos silvaram de novo, desta vez com uma espécie de urgência temporal. O capitão Anderson acenou com a cabeça para o tenente Cumbershum, que pôs a mão no chapéu e *berrou*:

"Avante a sotaventoooo!"

Nossa embarcação obediente começou a virar de bordo, enquanto se movia adiante, arrastando-se pesadamente de volta ao seu rumo original. As fileiras dispostas para a cerimônia se dispersaram, os tripulantes subiram no cordame por todos os lados para soltar completamente o conjunto de velas e adicionar-lhes, mais uma vez, as velas auxiliares dos mastaréus. O capitão Anderson retirou-se, decidido, de granada, digo, breviário em punho, de volta à sua cabine, suponho que para registrar o acontecimento no seu diário. Um jovem cavalheiro rabiscou algo no quadro-negro do passadiço, e tudo voltou a ser como antes. Voltei à minha cabine para pensar que declaração eu faria e assinaria. Devo fazê-la causando o mínimo sofrimento à sua irmã. Será uma *febre baixa,* tal como deseja o capitão. É preciso esconder dele que já espalhei um rastilho de pólvora até onde vossa senhoria poderá acendê-lo. Meu Deus, que mundo de conflitos, nascimentos, mortes, procriações, noivados, casamentos se pode encontrar, ao que parece, neste extraordinário navio!

(&)

Aí está. Acho que este sinal gráfico contribui com um toque excêntrico, não é? Nada de datas ou letras do alfabeto, ou suposto *dia da viagem!* Eu poderia ter intitulado esta parte de "adendo", mas ficaria insossa — muito insossa! Pois chegamos a um término, não há mais nada a dizer. Isto é, há, claro, o registro diário, porém este se tornou inadvertidamente o relato de um drama: o drama de Colley. Agora que o drama do pobre sujeito terminou e ali permanece, a muitas milhas de profundidade, preso a suas balas de canhão, a sós, como diz o sr. Coleridge, absolutamente, absolutamente só. Parece um anticlímax (vossa senhoria perceberá a divertida paranomásia, como disse Colley) voltar à miuçalha do dia a dia, sem nada de dramático, mas ainda restam algumas páginas do livro luxuosamente encadernado que vossa senhoria me deu de presente, e *tentei* fazer um esboço do funeral, na esperança de que, com o título de *A queda e o lamentável fim de Robert James Colley com um breve relato de suas exéquias talássicas,* ele pudesse se prolongar até preencher a última página. Mas de nada adiantou. A vida e a morte de Colley foram reais, e não podem ser encaixadas em qualquer livro como se fossem um pé torto em qualquer bota. É evidente que meu diário terá continuidade além deste volume, porém em um livro que Phillips há de comprar para mim do comissário, e que não deverá ser trancado. O que me faz lembrar a trivialidade da explicação para o medo e o silêncio com que as pessoas reagiam à figura deste último. Phillips contou-me, pois é muito mais comunicativo que Wheeler. Todos os oficiais, inclusive o capitão, devem ao comissário. Phillips o chama de *comissório*.

O que me faz lembrar também que contratei Phillips porque não conseguia chamar Wheeler, por mais que gritasse. Agora mesmo estão a sua procura.

Estavam. Summers acabou de me contar. Ele desapareceu. Caiu do navio. Wheeler! Foi-se como um sonho, com seus tufos de cabelo branco e sua careca reluzente, seu sorriso *beatífico,* seu total conhecimento de tudo que acontece em um navio, seu paregórico, e sua boa vontade em obter para os cavalheiros qualquer coisa neste vasto, vasto mundo, desde que pagassem por isso! Wheeler que, como dissera o capitão, *era todo olhos e ouvidos*! Sentirei falta dele, pois não posso esperar um serviço tão exclusivo da parte de Phillips. Já fui obrigado a tirar as minhas próprias botas, embora Summers, que estava presente naquele momento na cabine, tivesse a bondade de me ajudar. Duas mortes em apenas poucos dias!

"Ao menos", comentei expressivamente com Summers, "ninguém pode me acusar de ter a ver com *esta* morte, não é?"

Ele estava ansioso demais para poder me dar uma resposta. Acocorou-se sobre os calcanhares, em seguida se levantou e me observou calçar meus chinelos bordados.

"A vida é um negócio informe, Summers. O grande equívoco da literatura é forçá-la em certa forma!"

"Não é bem assim, cavalheiro, pois tanto há morte quanto nascimentos a bordo. Pat Roundabout…"

"Roundabout? Pensei que fosse 'Roustabout'!"

"Tanto faz um ou outro. Mas ela deu à luz uma menina que será batizada em homenagem ao navio."

"Pobre, pobre garota! Então foram esses a gemidos que ouvi, como da vez em que Bessie quebrou a perna?"

"Foi, cavalheiro. Vou ver agora como estão."

Assim ele me deixou, com essas páginas ainda por preencher, em branco. Novidades, então, novidades! Quais novidades? *Sim,* há mais a ser registrado, porém em relação ao capitão, e não a Colley. Deveria ter sido inserido muito antes — no quarto ato ou até mesmo no terceiro. Agora isso vem mancando depressa atrás do drama, como a peça satírica depois da trilogia trágica. Não é tanto um *dénouement,* mas um pálido esclarecimento. O ódio do capitão Anderson pelo clero! O senhor lembra. Bem, agora talvez o senhor e eu saibamos *realmente* tudo.

Caluda, como dizem. Deixe-me trancar a porta de minha baia!

Sim, foi Deverel que me contou. Ele começou a beber muito — muito, em comparação ao que já bebia antes, já que sempre foi descontrolado. Parece que o capitão Anderson — não só com medo do meu diário, mas também dos outros passageiros que, com a exceção da férrea srta. Granham, acreditam *agora* que o "pobre Colley" sofreu maus-tratos —, Anderson, como dizia, censurou duramente Cumbershum e Deverel pela parte que lhes coube neste caso. Isso pouco significou para Cumbershum, que é cara de pau. Mas Deverel, pelo regulamento da Marinha, não goza da isenção que cabe a um cavalheiro. Remói o caso e bebe. Então, na noite passada, veio embriagado à minha baia durante a noite e murmurou arrastadamente o que alegou serem as informações necessárias sobre a história de vida do capitão, para o meu diário. Entretanto, não estava tão bêbado a ponto de ignorar o perigo. Imagine-nos então, à luz do candeeiro, sentados lado a lado no beliche, Deverel a cochichar terrivelmente no meu ouvido, enquanto minha cabeça se inclinava em direção a seus lábios. Havia, parece, e ainda há uma família nobre — acredito que o senhor só a conheça de longe — cujas terras fazem divisa com as dos Deverel. Ela, como diria Summers, goza do privilégio de sua posição sem assumir as devidas responsabilidades. O pai do jovem e chefe da família tinha sob proteção uma dama de grande doçura, disposição, beleza, pouca instrução e, como ficou provado, bastante fertilidade. O gozo de privilégios às vezes custa caro. Lorde L. (isto é puro Richardson, não?) viu-se com a necessidade de uma quantia alta, e sem demora. Achou o dote, mas a família dela, num ataque de puritanismo wesleyano, insistiu que ele se livrasse da doce dama, contra a qual nada podia ser instado, a não ser a ausência de certas palavras recitadas ritualmente por algum clérigo. A catástrofe era iminente. Os perigos que a posição dele corria provocaram algumas faíscas na doce dama, pois a fortuna dele estava em jogo! Naquele momento, conforme Deverel cochichou no meu ouvido, a Providência interveio, e o beneficiário de uma das três propriedades pertencentes à família morreu durante uma caçada! O tutor do herdeiro, um tipo meio inexpressivo, aceitou receber a propriedade, a boa dama e aquilo que Deverel chamou de fardo maldito. O fidalgo conseguiu o seu dote, a dama um marido, e o reverendo Anderson uma propriedade, uma esposa e um herdeiro *de quebra*. Nesse ínterim, o rapaz foi mandado para servir na Marinha, ocasião em que o eventual interesse de seu verdadeiro pai por ele bastou para promovê-lo no serviço. Mas agora o velho fidalgo já morrera, e o caçula não tinha mais nenhum motivo para gostar de seu meio-irmão bastardo.

Tudo isso contado à luz bruxuleante de uma vela, reclamações queixosas do sr. Prettiman, que dormia, e os peidos e roncos do sr. Brocklebank, vindos do outro lado. Ah, o grito que veio do convés sobre nós...

"Oito badaladas e tudo em paz!"

Deverel, nesta hora de bruxarias, passou o braço sobre meus ombros com a familiaridade da embriaguez, revelando o motivo de ter falado isso. Esta história era o *gracejo* que pretendera antes me contar. Na baía de Sidney, ou no Cabo da Boa Esperança, se ali atracarmos, Deverel pretende — ou a bebida dentro dele pretende — demitir-se de seu posto, chamar o capitão e matá-lo com um tiro! "Porque", disse ele num tom de voz mais alto e com a mão direita para cima, trêmula, "consigo acertar um corvo pousado no alto de um campanário, com um balaço só!" Abraçava-me, batia nas minhas costas e me chamava seu *bom Edmund*, e dizia que eu deveria ser sua testemunha quando chegasse a hora; e que, *se* por algum azar do diabo ele morresse, ora, essa informação deveria ser plenamente registrada no meu célebre diário...

Tive muito trabalho para levá-lo de volta à sua cabine sem acordar todo o navio. Mas, na verdade, aqui está uma novidade! Então é por *isso* que certo capitão detesta tanto o clero! Seria muito mais razoável que detestasse os fidalgos! Pois não havia dúvida. Anderson fora prejudicado por um fidalgo, ou por um clérigo, ou pela vida, Deus do céu! Não me interessa arranjar desculpas para Anderson!

Nem gosto tanto de Deverel quanto gostava. Foi um erro de julgamento que me levou a estimá-lo. Talvez ele ilustre a decadência derradeira de uma família nobre, tal como o sr. Summers pode ilustrar a primeira de outra. Preciso reformular meu juízo. Peguei-me pensando que se eu tivesse sido vítima a este ponto da galantaria de algum lorde, teria me tornado um *jacobino*? Eu? Edmund Talbot?

Foi então que lembrei de minha meia intenção de aproximar Zenobia e Robert James Colley para livrar-me de um possível aborrecimento. Era algo tão parecido com o *gracejo* de Deverel que quase me detestei. Quando percebi como havíamos conversado e como ele deve ter me achado simpático à mentalidade da "família nobre", enrubesci de vergonha. Onde vai acabar tudo isso?

Pois um nascimento não compensa duas mortes. Há uma insensibilidade geral entre nós, porque, digam o que disserem, um funeral no mar, por mais frívolo que eu seja, não pode ser encarado como motivo de riso. Nem o desaparecimento de Wheeler há de tornar mais leve a atmosfera entre os passageiros.

Passaram-se dois dias desde que me abstive timidamente de pedir a Summers que me ajudasse com meus chinelos! Os oficiais não têm andado à toa. Summers — como se este fosse um navio de passageiros e não um vaso de guerra — resolveu não nos deixar com muito tempo ocioso nas mãos. Resolvemos que a popa do navio apresentará uma *peça teatral* à proa! Formou-se um *comitê sancionado pelo capitão*! Isso me colocou, queira eu ou não, na companhia da srta. Granham! Tem sido uma experiência edificante. Descobri que essa mulher, esta bela e culta donzela, tem opiniões que fariam o sangue do cidadão comum gelar nas veias! Ela *literalmente* não faz distinção alguma entre o uniforme usado pelos oficiais, o pastel-dos-tintureiros com o qual nossos rudes ancestrais costumavam se pintar, e as tatuagens corriqueiras nos mares do sul e talvez no continente australiano! Pior — do ponto de vista social — é que ela, filha de um cônego, não distingue absolutamente o curandeiro índio, o xamã siberiano e um padre papista vestido em seus paramentos! Quando expus que incluir o nosso clero seria apenas uma questão de justiça, ela só admitiu que ele fosse menos afrontoso porque não se diferenciava tão ostensivamente dos demais cavalheiros. Fiquei tão espantado com esta conversa que me vi incapaz de uma réplica, e só descobri o motivo para a sua terrível franqueza quando foi anunciado oficialmente (antes do jantar, no salão dos passageiros) o seu *noivado* com o sr. Prettiman! Na segurança inesperada daquele *fiancailles*, essa dama se sente na liberdade de dizer qualquer coisa! Mas com que olhar ela nos tem visto! Ruborizo-me de vergonha pelo muito que eu disse na sua presença e que deve ter parecido uma infantilidade digna dos bancos escolares.

No entanto, a participação animou a todos. O senhor pode imaginar as felicitações públicas e os comentários particulares! Por mim, espero sinceramente que o capitão Anderson, o mais sombrio dos himeneus, celebre o casamento a bordo, para que possamos ter o leque completo das cerimônias que acompanham este nosso ser bípede, do berço à sepultura. O casal parece se gostar — apaixonaram-se *a seu modo!* Deverel contribuiu com o único toque solene. Declarou que era uma grande vergonha que Colley houvesse morrido, pois, se não fosse por isso, o enlace poderia ter sido feito ali mesmo, por um vigário. Diante disso, fez-se um silêncio generalizado. A srta. Granham, que acabara de fornecer ao seu humilde criado as suas opiniões sobre padres em geral, perdeu a oportunidade de ficar calada. Em vez disso, fez uma afirmação espantosa.

"Ele era um verdadeiro devasso."

"Ora, minha senhora", protestei, "*de mortuis* et cetera e tal! Um único e azarado deslize... Era alguém bastante inofensivo!"

"Inofensivo", gritou Prettiman, com uma espécie de pulo, "um clérigo inofensivo?"

"Eu não me referia à bebida", disse a srta. Granham no seu tom de voz mais duro, "mas a outra forma de vício."

"Ora, madame... Eu não posso acreditar... Uma dama como a senhora não pode..."

"Ei, *cavalheiro*", gritou o sr. Prettiman, "o *senhor* está duvidando da palavra de uma dama?"

"Não, não, Claro que não! Nada..."

"Releve o caso, caro sr. Prettiman, eu lhe peço."

"Não, madame, não posso relevar. O sr. Talbot se deu ao direito de duvidar de sua palavra e exijo desculpas..."

"Ora", disse eu rindo, "a madame as tem incondicionalmente! Jamais pretendi..."

"Soubemos dos hábitos perniciosos dele acidentalmente", disse o sr. Prettiman. "Um padre! Foram dois marinheiros que desciam uma das escadas de corda, do mastro para a lateral do navio. A srta.

Granham e eu, estava escuro, abrigáramo-nos naquela confusão de cordas ao pé da escada..."

"Enxárcias, enfrechates... Summers, esclareça-nos!"

"Não importa, cavalheiro. A srta. Granham deve lembrar que discutíamos sobre a inevitabilidade do processo pelo qual a verdadeira liberdade leva necessariamente à verdadeira igualdade e daí à... Mas isso também não importa. Os marinheiros não sabiam de nossa presença, então ouvimos tudo sem querer!"

"Fumar já é uma coisa ruim, sr. Talbot, mas os cavalheiros pelo menos param por aí!"

"Minha cara srta. Granham!"

"É algo tão selvagem quanto todos os hábitos adotados pelos povos de cor!"

Oldmeadow dirigiu-se a ela em tom de completa incredulidade. "Por Júpiter, madame... Não quer dizer que o sujeito mordiscava tabaco!"

Houve uma explosão de risos dos passageiros e oficiais. Summers, que não é dado a rir à toa, riu também.

"É verdade", disse ele quando o barulho amainara. "Em uma das minhas primeiras visitas vi um grande punhado de folhas de tabaco penduradas no teto de sua cabine. Estavam mofadas e joguei-as ao mar".

"Mas Summers", protestei. "Não vi tabaco nenhum! E esse tipo de sujeito..."

"Eu lhe asseguro, cavalheiro. Foi antes que o senhor o visitasse."

"Mesmo assim, acho difícil de acreditar!"

"O senhor terá os fatos", disse Prettiman com sua bílis costumeira. "Muito tempo de estudo, uma aptidão natural e o hábito necessário de me defender me fizeram um perito na arte de reproduzir a linguagem casual, cavalheiro. O senhor terá as palavras que os marinheiros falaram, e *da maneira* como falaram!"

Summers levantou as duas mãos em um gesto de protesto.

"Não, não... Poupe-nos disso, eu lhe peço! Afinal, não tem muita importância!"

"Pouca importância, quando se trata da palavra de uma dama? Não se pode esquecer isso, cavalheiro. Um dos marinheiros disse para o outro, ao descerem lado a lado: 'Billy Rogers estava rindo à toa quando voltou do compartimento do capitão. Depois foi até o extremo da proa e eu me sentei a seu lado. Billy disse que já tinha visto muitas coisas na vida, mas nunca pensou que ganharia uma mordida de um padre!'."

A expressão triunfante e feroz no rosto do sr. Prettiman, seus cabelos revoltos e a transformação instantânea de sua voz educada para imitar exatamente a voz de um rufião a levaram a plateia ao delírio. Esse fato deixou o filósofo ainda mais desconcertado, e ele olhou em volta descontrolado. Havia algo mais absurdo? Acredito que foi essa situação que nos distraiu e marcou uma mudança nos nossos sentimentos, de modo geral. Sem que a fonte dessa determinação fosse evidente, fortaleceu-se entre nós o propósito de começar a montagem da peça! Talvez devido ao talento cômico do sr. Prettiman — ah, precisamos sem dúvida reservar o papel cômico para ele! Assim, o que teria sido uma troca inflamada de palavras entre o filósofo social e seu humilde servo transformou-se numa questão muito mais agradável de discutir o *que* representaríamos, *quem* produziria e faria isso ou aquilo!

Mais tarde, saí para dar minha caminhada costumeira na meia-nau; e eis que logo ali no castelo de proa estava a "srta. Zenobia" em uma conversa animada com Billy Rogers! Obviamente era ele o seu *herói do mar* que "não pode esperar mais". A qual espírito se afiliou para inventar o seu mal escrito, porém bem elaborado *billet-doux*? Bem, se tentar vir à ré para visitá-la em sua cabine, farei com que seja açoitado por isso.

O sr. Prettiman e a srta. Granham também caminhavam na meia-nau, mas do lado oposto do convés, conversando animadamente. A srta. Granham disse (eu a ouvi e creio que assim ela quisesse) que *como ele sabia* eles deviam visar, em primeiro lugar, o apoio aos setores da administração supostamente ainda não corrompidos. O sr. Prettiman trotava a seu lado — ela é mais alta que ele — assentindo veementemente com a cabeça diante do poder austero, porém penetrante, do pensamento dela. Eles hão de se influenciar mutuamente, pois creio que se gostam tanto quanto é possível dois tipos tão extraordinários se gostarem. Mas, veja, srta. Granham, não é nele que ficarei de olho, e sim na senhorita! Observei-os cruzar a linha branca que separa as classes sociais e se deterem na amurada, conversando com East e aquela sua pobre esposa pálida. Em seguida, voltaram e vieram diretamente para onde eu estava à sombra de um toldo que armamos a partir das enxárcias de boreste. Para meu espanto, a srta. Granham explicou que eles estavam *consultando o sr. East!* Sim, ao que parece, ele é um artesão ligado à composição tipográfica! Não tenho dúvida de que planejam empregá-lo. No entanto, não deixei que percebessem o meu interesse naquilo e mudei de assunto para a questão da peça que representaríamos para a plebe. O sr. Prettiman mostrou-se tão indiferente a isso quanto aos tantos outros problemas cotidianos por estar supostamente preocupado com sua filosofia! Desprezou Shakespeare por ser um escritor que poupava críticas aos demônios da sociedade! Perguntei, bastante razoável, de que mais consistia a sociedade senão de seres humanos, ao que descobri que o homem não era capaz de me compreender, ou melhor, que havia uma barreira entre o seu intelecto inquestionavelmente poderoso e a percepção do senso comum. Começou a discorrer, mas a srta. Granham desviou habilmente o assunto, declarando que o *Fausto* de Goethe, o autor alemão, seria adequado...

"Porém", declarou ela, "a alma de uma língua é incapaz de ser traduzida em outra."

"Perdão, madame!"

"Quero dizer", declarou pacientemente como se o fizesse para um dos seus *jovens cavalheiros*, "que é impossível traduzir inteiramente uma obra de talento, de uma língua para outra!"

"Ora, madame", respondi rindo, "aqui posso ao menos alegar que falo com autoridade! Meu padrinho traduziu os versos de Racine para o inglês; e na opinião dos conhecedores a tradução se igualou e, em certos pontos, chegou a superar o original!"

O casal parou e me encarou como se fossem um ser só. O sr. Prettiman falou com sua costumeira energia febril.

"Então eu gostaria de lhe informar, cavalheiro, que se trata de um caso único!"

Fiz-lhe uma mesura.

"Pois é mesmo, cavalheiro!"

Com isso, e com outra mesura à srta. Granham, eu me retirei. Ganhei um *ponto,* não foi? Mas, para falar a verdade, que casal irritante e cheio de opiniões! No entanto, ainda que para *mim* eles fossem irritantes e ridículos, não duvido que intimidassem os outros! Enquanto escrevia isto, ouvi-os passar pela minha cabine a caminho do salão de passageiros, e escutei a srta. Graham *dissecar* um pobre sujeito qualquer.

"Esperemos que ele aprenda a tempo, então!"

"A despeito da desvantagem que ele traz de berço e criação, madame, humor não lhe falta."

"Concordo consigo", respondeu ela, "ele sempre procura dar um toque cômico à conversa e, na verdade, é difícil não nos contagiarmos com a maneira como ri dos próprios gracejos. Mas quanto a suas opiniões, de modo geral... 'Góticas' é o único adjetivo que lhes convém!"

Com isso, afastaram-se do alcance de meus ouvidos. Com certeza não se referiam a Deverel, pois ainda que ele tenha certa pretensão a ser espirituoso, seu berço e criação são de primeira, embora ele não os aproveite. Summers é o candidato mais provável.

Não sei como escrevê-lo. É possível que a corrente pareça fina demais, os próprios elos demasiadamente fracos... Entretanto, algo dentro de mim insiste que *sejam* elos, todos unidos, de modo que agora compreendo o que aconteceu ao pobre, miserável, ridículo Colley! Já era noite, eu estava acalorado e cansado, no entanto, como se estivesse febril — com uma *febre baixa*, na verdade —, a minha mente recapitulou todo o caso, sem que me permitisse descansar. Parecia que determinadas frases, palavras, situações voltavam sucessivamente diante de mim — e elas cintilavam, por assim dizer, entre significados alternadamente farsescos, indecentes e trágicos.

Summers deve ter adivinhado. Não havia *folhas de tabaco*! Ele tentara proteger a memória do morto!

Rogers, durante o inquérito, com uma expressão de espanto fingido — "O que *nós* fizemos, excelência?" Esse espanto foi bem simulado? Imagine se o esplêndido animal estivesse dizendo a verdade nua e crua! Depois, Colley, na sua carta — *o que desonra um homem é o que ele faz, e não o que os outros lhe fazem* — fascinado pelo "rei da minha ilha", desejando ajoelhar-se diante dele; Colley, no paiol de cabos, bêbado pela primeira vez na sua vida, sem compreender sua situação e em um estado de louca exuberância; Rogers confessando na proa que vira muitas coisas na vida, mas nunca pensou que *ganharia uma mordida de um padre!* Ah, não há dúvida de que esse indivíduo consentira sarcasticamente e encorajara aquela prática ridícula e comum entre os colegiais; mesmo assim, não fora Rogers e sim Colley quem praticara o *felatio,* pelo qual o pobre idiota haveria de morrer, ao recordá-lo.

Pobre, pobre Colley! Obrigado a voltar para a própria espécie, transformado em palhaço equatorial — evitado, abandonado por mim, que poderia tê-lo salvo —, derrotado pela cordialidade e uma caneca ou duas da intoxicante...

Não posso nem sentir a satisfação hipócrita de ter sido o único cavalheiro a não ter testemunhado o seu "caldo". Teria sido muito melhor que eu o tivesse visto e protestado contra aquela selvageria infantil! Então a oferta de minha amizade poderia ter sido sincera, em vez de...

Escreverei uma carta à srta. Colley. Será composta de mentiras, de cabo a rabo. Descreverei minha crescente amizade pelo seu irmão. Descreverei a admiração que sentia por ele. Relatarei todos os dias de sua *febre baixa* e meu pesar pela sua morte.

Uma carta que contenha tudo, menos um pingo de verdade! Que tal isso como início de carreira a serviço do rei e da pátria?

Creio que poderei contribuir com o aumento da pequena quantia em dinheiro que será entregue a ela.

Trata-se da última página de meu diário, vossa senhoria, a última página do capítulo "sinal gráfico"! Acabei de folheá-lo, com bastante tristeza. Inteligência? Observações agudas? Entretenimento? Ora, ele se tornou, talvez, uma história do mar, mas uma história do mar sem nenhuma tempestade, naufrágio, resgate, sinal ou ruído do inimigo, sem trovejantes tiros de través, heroísmo, condecorações, defesas galantes e ataques heroicos! Houve somente um tiro, e assim mesmo de um bacamarte!

Veja só, tropeçando ele descobriu a si mesmo! Diz Racine... Mas deixe-me citar suas próprias palavras para o senhor:

Veja! Enquanto a virtude escala o escarpado Olimpo...
Com que passos miúdos se arrasta ao Hades o vício!

É verdade, e como não seria? É a miudeza desses passos que permite a sobrevivência dos Brocklebanks deste mundo, a adoção de uma finalidade voraz e devassa que repugna a todo mundo, exceto a eles mesmos! No entanto, não era este o caso de Colley. Ele era a exceção. Assim, como os saltos reforçados de ferro de seus sapatos lançaram-no sonoramente escada abaixo, do tombadilho ao convés de ré, também uma ou duas canecas de *ardente icor* derrubaram-no dos píncaros da austeridade presunçosa para onde a sua mente, ao recuperar um pouco de lucidez, sentira o que deveria ser o nível mais baixo e infernal do aviltamento próprio. No livro não tão grande do conhecimento do homem sobre o homem, que se inscreva esta frase: os homens podem morrer de vergonha.

O volume está completo, não falta senão um dedo para terminar. Hei de trancá-lo, embrulhá-lo, cosê-lo desajeitadamente em um pano de fazer velas e guardá-lo na gaveta, trancada a chave. Falta-me sono e sobra-me entendimento. Assim, fico meio enlouquecido, acho que como todos os navegantes que vivem muito próximos uns dos outros e, portanto, próximos demais de tudo que é monstruoso sob o sol e a lua.

ESTA OBRA FOI COMPOSTA PELA ABREU'S SYSTEM EM ADOBE GARAMOND
E IMPRESSA EM OFSETE PELA LIS GRÁFICA SOBRE PAPEL PÓLEN SOFT DA
SUZANO S.A. PARA A EDITORA SCHWARCZ EM FEVEREIRO DE 2022

A marca FSC® é a garantia de que a madeira utilizada na fabricação do papel deste livro provém de florestas que foram gerenciadas de maneira ambientalmente correta, socialmente justa e economicamente viável, além de outras fontes de origem controlada.